라셀라스

The History of Rasselas, Prince of Abissinia

세계문학전집 126

라셀라스

The History of Rasselas, Prince of Abissinia

새뮤얼 존슨

이인규 옮김

민음사

일러두기

1 다음을 저본으로 번역했다.

    The History of Rasselas, Prince of Abissinia(Oxford World's Classics, 1991)

2 주석은 모두 옮긴이 주이다.

차례

1장

골짜기에 있는 왕궁

공상이 속삭이는 소리를 곧이곧대로 들으며 희망의 환영을 열심히 좇아 가는 사람들이여, 나이를 먹으면 젊은 날의 기대가 이루어질 것이며 오늘 부족한 것이 내일이 되면 채워질 것이라고 기대하는 이들이여, 아비시니아[1]의 왕자 라셀라스에 관한 이야기에 한번 귀를 기울여 보라.

라셀라스는 대왕의 넷째 아들이었다. 그의 부친은 물의 시조 나일 강이 발원하여 흐르는 나라의 군주로서 너그러운 은혜로 하해와 같은 풍요를 쏟아 주며 이집트의 수확물을 온 세계 만민의 절반에게 고루 베풀어 나눠 주는 훌륭한 황제였다.

열대 지방의 군주들 사이에서 예로부터 전해 내려온 풍습

---

1) 오늘날 에티오피아의 옛 이름.

에 따라 라셀라스 왕자는 왕위를 계승할 차례가 되어 보좌에 오를 수 있기 전까지 아비시니아의 다른 왕손들과 함께 외딴 왕궁에 유폐되어 있어야 했다.

고대의 지혜 혹은 방침에 의해 아비시니아 왕자들의 거처로 정해진 장소는 암하라[2]왕국에 있는 한 넓은 골짜기이었으니, 산으로 온통 둘러싸여 있고 산꼭대기들이 골짜기의 중심부 쪽으로 솟아 있는 곳이었다. 그 골짜기로 들어갈 수 있는 유일한 통로는 커다란 바위 아래 뚫린 동굴이었는데, 그것이 자연의 작품인지 인간의 노고로 만들어진 것인지는 오랫동안 의견이 분분했다. 동굴의 바깥쪽 출입구는 짙게 우거진 나무숲으로 가려져 있었으며 골짜기로 향한 입구는 철문으로 닫혀 있었다. 이 철문은 고대의 뛰어난 기술자들이 지어 놓은 것으로, 기계 장치의 도움 없이는 어느 누구도 그것을 열거나 닫을 수 없는, 참으로 육중한 철문이었다.

사면을 둘러싸고 있는 산으로부터는 작은 개울들이 흘러내려 골짜기 전체를 녹음으로 가득 채우고 비옥하게 했으며, 골짜기 한가운데 이르러서는 호수를 형성하여 온갖 종류의 물고기들이 모여들었다. 그리고 온갖 새들도 천성에 따라 깃을 물에 적시기 위해 그리로 찾아들었다. 이 호수에서 넘치는 물은 한 줄기 강물을 이루어 북쪽 산에 나 있는 어두운 틈새를 통해 흘러 빠져나가서는 무서운 소리를 내며 벼랑에서 벼랑을 타고 저 아래로 소리가 들리지 않을 때까지 떨어져 내

---

2) 에티오피아 북부 지역의 옛 이름.

렸다.

　사방의 산비탈마다 나무들이 우거졌고 개울가 둑마다 가지가지 꽃으로 다채로웠으니, 바윗돌마다 감도는 풀꽃 향기는 한바탕 바람이 불 때마다 출렁여 흩어졌으며 무르익은 갖가지 열매와 과실이 사시사철 대지 위로 떨어졌다. 풀이나 나뭇잎을 뜯어 먹는 뭇짐승은, 야생이든 길든 것이든 산으로 둘러싸인 이 넓은 터전 안에서 맹수들의 침입에 대한 걱정 없이 안전하게 이리저리 돌아다니고 있었다. 한쪽에서는 소나 양 따위의 무리가 초원의 풀을 뜯어 먹고 다른 쪽에서는 순한 산짐승들이 풀밭에서 뛰놀았다. 활기찬 새끼 염소가 바윗돌 위를 껑충거리며 뛰어다니고, 꾀 많은 원숭이는 나무 사이에서 까불며 장난치고, 중후한 코끼리는 그늘에서 한가롭게 쉬고 있었다. 세상의 온갖 다채로운 것들이 다 함께 갖춰져 있었으니, 자연의 축복은 전부 모아들인 반면 자연이 끼치는 해악은 모두 뽑아서 밖으로 던져 낸 듯했다.

　이처럼 넓고 풍요로운 골짜기에서 사람들은 생활에 필요한 것들을 얻는 데 부족함이 없었거니와, 그 밖에 온갖 재밋거리나 호사품이 일 년에 한 번씩 황제가 왕손들을 방문할 때마다 더해지곤 했다. 그럴 때면 골짜기의 철문이 음악 소리에 맞추어 열렸고, 여드레의 이 방문 기간 동안에 골짜기의 모든 주민은 바깥과 격리된 삶을 즐겁게 만들고 심심한 마음을 채워 주며 따분한 시간을 줄여 주는 데 도움이 될 만한 것이라면 무엇이든지 소청할 수가 있었다. 그리고 이 모든 소청은 즉시 받아들여졌다. 즐거움을 자아내는 온갖 솜씨꾼이 불려 와서 이 축제 행사를 즐겁게 했는바, 악사들은 아름다운 화음의 능력을 한껏 발휘하고 춤꾼들은 왕자들 앞에서 자신의 몸놀림을 뽐내어 보이면서 자신들도 지극히 행복한 이 낙원에 유폐되어 여생을 보낼 수 있게 되지 않을까 하고 희망했다. 이는 쾌락에 색다름을 더해 줄 만한 재주를 연기해 보인 사람만이 그곳에 들어갈 수가 있기 때문이었다. 속세를 떠난 이곳의 삶이 주는 평안하고 즐거운 모습은 참으로 대단하여, 그것을 처음 맛보는 사람은 이 복된 삶을 영원히 누릴 수 있기를 언제나 바라는 것이었다. 그리고 사람들이 일단 들어와 철문이 닫히고 나면 아무도 되돌아가는 게 허락되지 않았으므로 그곳에서 계속 살아가는 것이 어떤지는 결코 바깥에 알려질 수 없었다. 이렇게 하여 해마다 새로운 쾌락을 궁리하면서 골짜기에 갇히려고 경쟁하는 자들이 계속해서 새로 생겨났다.

골짜기의 왕궁은 호수의 수면보다 서른 걸음 정도 높은 언덕 위에 있었다. 왕궁은 많은 여러 저택과 구역으로 나뉘어 있었는데, 거처하는 사람들의 신분에 따라 그 웅장함이나 화려함의 도가 달랐다. 육중한 돌로 된 궁궐의 지붕은 궁형을 이루고 있었고 시간이 지날수록 더욱 단단하게 굳는 시멘트로 결합되어 있었으며, 건물은 몇백 년이 지나도록 수리할 필요도 없이 하지 때의 쏟아지는 폭우와 춘분 추분 때의 몰아치는 태풍을 조롱하면서 우뚝 서 있었다.

이 궁궐은 너무나도 넓고 커서 그 내부의 비밀을 맡아 전수하는 몇몇 늙은 관리 외에는 아무도 완전히 알 수가 없었는데, 마치 의심 그 자체에 의해 설계된 것처럼 보였다. 모든 방마다 은밀하게 트인 통로가 하나씩 있었고, 모든 구역 건물은 위층의 은밀한 회랑이나 아래층 방의 지하 통로 등에 의해 다른 구역의 건물과 통했다. 건물의 기둥 가운데 많은 곳에는 눈에 띄지 않는 구멍이 파여 있었는데, 예로부터 군주들이 대를 이어 보물을 안치해 놓는 곳이었다. 왕들은 그 구멍을 대리석으로 막아 놓았으며 왕국의 가장 위급한 상황이 아니고서는 결코 열지 않도록 했다. 그리고 이렇게 쌓아 둔 보물의 목록은 책에 기록하여 이를 탑 속에 감추어 놓고는 오로지 황제만이 왕세자를 대동하고 그 탑에 들어갈 수 있도록 했다.

2장

행복의 골짜기에 사는 라셀라스 왕자의 불만

바로 이러한 곳에서 아비시니아의 왕자와 공주 들은 오로지 쾌락과 안식의 달콤한 순환만을 알면서 살았으니, 즐거움을 주는 솜씨가 뛰어난 온갖 사람들의 시중을 받았고 감각으로 즐길 수 있는 것은 무엇이든지 흡족하게 누렸다. 그들은 향기로운 뜰을 거닐었고 안전한 성채에서 잠을 이루었다. 온갖 방법과 기술이 동원되어 그들이 자신들의 처지를 기뻐하고 만족스러워하게 했다. 그들을 가르치는 현인 학자들은 그들에게 바깥세상의 생활에 대해 고통스럽고 비참한 것들만을 이야기해 주었으며, 산 너머에는 불행과 재난만이 가득 찬 곳, 싸움이 늘 들끓고 인간이 서로를 잡아먹는 그런 곳뿐이라고 설명하곤 했다.

지극히 복된 삶을 누리고 있다는 생각을 더욱 고취시키기 위해 매일같이 이 '행복의 골짜기'를 주제로 하는 노래들이 그들에게 들려졌다. 그리고 그들의 식욕을 돋우기 위해 갖가지 맛있는 음식들이 계속 차려져 나왔고, 주연과 환락이 아침 첫 새벽부터 저녁이 끝날 때까지 매 시간 벌어지곤 했다.

이러한 방법은 대체로 성공적이어서 거의 모든 왕자들은 골짜기 너머의 삶을 살아 보고 싶다는 바람이 전혀 없이, 인간이 만든 것이든 자연의 산물이든 원하는 것은 뭐든지 다 갖춰져 있다는 확신에 가득 차서 보냈다. 그러고는 이토록 안락한 처소에 들어오지 못한 채 우연의 노리개가 되어, 불행의 노예가 되어 살아가는 세상 사람들의 운명을 불쌍히 여겼다.

이런 마음으로 골짜기의 모든 왕자들은 아침에 눈을 떴고 밤이 되면 서로에 대해 그리고 자신에 대해 만족스럽게 여기면서 자리에 누웠다. 그러나 오직 한 사람 그렇지 않은 이가 있었으니 바로 나이 스물여섯이 되면서 왕자들의 놀이와 모임에서 빠져나와 홀로 거닐며 조용히 명상하기를 즐기기 시작한 라셀라스 왕자였다. 그는 자주 진수성찬으로 차려진 식탁에 앉아 앞에 차려진 산해진미를 맛보는 일을 잊었으며, 어떤 때는 흥겨운 노래가 한창 연주되는 중에 갑자기 벌떡 일어나 음악 소리가 들리지 않는 곳으로 급하게 사라져 버리기도 했다. 왕자의 이러한 변화를 알아차린 시종들은 그에게 향락에 대한 애착을 새롭게 불러일으키고자 애써 보았다. 하지만 왕자는 그들의 참견을 무시해 버렸고 그들의 권유도 단호히 물리칠 뿐이었다. 그러고는 날마다 개울가의 나무 그늘에 가서 나뭇가지 사이의 새소리에 귀를 기울이거나 흐르는 냇물 속에서 물고기가 장난치는 것을 바라보면서 시간을 보냈고, 그러다가는 이내 초원과 산야 쪽으로 눈길을 던지고 그곳에 가득 찬 뭇짐승들이 풀을 뜯거나 수풀 속에서 잠자는 모습을 바라보는 것이었다.

이처럼 유별난 행동으로 인해 라셀라스 왕자는 다른 사람들의 주목을 많이 받게 되었다. 왕자와 전에 즐겁게 대화를 나누곤 했던 현인 학자 한 사람이 왕자의 심기가 불편한 원인을 알아내려는 바람으로 살며시 왕자의 뒤를 따라가 보았다. 라셀라스 왕자는 누군가 가까이 있다는 것을 모른 채 바위 사이에서 풀을 뜯고 있는 염소들을 얼마 동안 빤히 바라보다가 그들과 자신의 처지를 비교하기 시작했다.

그는 말했다. "동물로 창조된 여타의 모든 피조물과 사람의 차이는 무엇에서 비롯되는 것일까? 내 곁을 돌아다니고 있는 짐승들은 모두 나와 똑같은 육체적 욕구를 지니고 있지. 그들은 배가 고프면 풀을 뜯어 먹고 목이 마르면 냇물을 마시지. 그리고 그렇게 목마름과 배고픔이 채워지면 만족해서 잠자리에 들고, 그러다가 다시 일어나서 배고픔을 느끼게 되고 그러면 다시 먹이를 찾아 먹고는 편히 만족해하지. 나 역시 배고파하고 목말라하는 것은 그들과 마찬가지야. 하지만 나는 갈증과 허기가 채워져도 편하게 만족하질 못한단 말이야. 짐승들과 마찬가지로 나 역시 뭐 부족하면 고통을 느끼지. 하지만 짐승들과 달리 나는 배불리 채워져도 만족스럽지 않아. 배부른 뒤의 시간들은 그저 지리하고 우울할 따름이며, 그래서 차라리 배나 어서 다시 고파져서 그것으로라도 내 관심이 자극되기를 갈망할 뿐이야. 저기 있는 저 새들은 열매나 곡식을 쪼아 먹고는 숲으로 날아가서 행복한 모습으로 나뭇가지에 내려앉지. 그러고는 한결같은 목소리로 연이어 노래를 지저귀면서 하루하루를 보내지. 물론 나도 마찬가지로 류트[3]를 켜는 악사와 소리꾼을 불러 낼 수 있어. 하지만 어제까지 나를 즐겁게 했던 소리들이 오늘은 지겨울 뿐이야. 그리고 내일이 되면 더욱더 지겨워질 것이야. 나에게 있는 지각 능력 가운데 합당한 즐거움으로 그 욕구가 채워지지 않은 것은 하나도 찾아볼 수 없어. 하지만 나에게는 기쁘고 즐겁다는 느낌이 없단 말이야. 인간에게는 분명히 여기 이곳에서는 충족시킬 수 없는 어떤 감각이 숨겨져 있는 게 틀림없어. 아니면 감각과는 다른 어떤 욕구가 존재하고 있어서 그것이 채워진 뒤에야 비로소 인간은 행복해질 수 있는 것임에 틀림없어."

이렇게 말한 뒤 왕자는 고개를 들어 달이 뜨는 것을 보고 왕궁을 향하여 걸음을 옮겼다. 들판을 지나가다가 주변의 짐승들을 바라보면서 왕자는 다시 말을 이었다. "너희들은 행복하구나. 그리고 스스로에게 괴로운 짐이 된 채 이렇게 너희들 사이를 거닐고 있는 나를 부러워할 필요도 없겠구나. 하지만 그대 온순한 존재들이여, 나 또한 너희들의 행복을 부러워하지 않는단다. 너희가 누리는 것은 인간의 행복이 아니기 때문이지. 물론 너희들에겐 없는 번민이 나에겐 많이 있다. 고통을 느끼지 않을 때도 나는 고통을 당할까 미리 두려워하며, 때로

---

3) 기타와 비슷한 모양의 옛날 현악기.

는 지나간 나쁜 일들을 떠올리고는 마음이 움츠러들기도 하거든. 그리고 때로는 나쁜 일들을 미리 예상하고서 화들짝 놀라기도 하지. 분명코 신은 공평하신 섭리로 각자에게 그 나름의 합당한 고통과 즐거움을 균형 있게 베풀어 주신 것이로다."

이와 같은 말로 왕자는 마음을 달래면서 귀갓길을 계속했는데, 목소리는 구슬픈 어조를 띠고 있었지만 얼굴에는 자신의 통찰에 약간의 자기만족을 느끼는 한편 인간의 삶이 지닌 불행에 대해 약간의 위안을 받은 듯한 표정이 드러나 있었다. 이 위안은 자신이 섬세하고 사려 깊은 느낌과 생각을 품었으며 인생의 불행에 대해 웅변적으로 탄식했다는 의식에서 나온 것이었다. 그리하여 왕자는 유쾌한 기분으로 그날 저녁의 오락에 참여하였고, 모두들 왕자의 마음이 가벼워진 것을 보고 기뻐하였다.

3장

아무 부족함이 없는 사람에게 부족한 것

    왕자의 마음의 병을 이제 알았노라고 생각한 늙은 선생은 충언으로써 그 병을 고쳐 줄 수 있으리라 기대하면서 다음 날 자청하여 왕자와 면담할 기회를 구했다. 그러나 왕자는 이미 오래전부터 그를 지적인 능력이 다 쇠한 사람으로 여겨 왔던 지라 면담을 허락하고 싶은 생각이 별로 들지 않았다. "무슨 까닭으로 이 노인은 이렇게 나를 귀찮게 하는 것일까? 도대체 나를 좀 내버려둘 수 없단 말인가? 오직 처음 들었을 때만 즐거웠던 그의 설교, 그래서 새로 다시 즐겁게 들을 수 있기 위해서는 다 잊어버려야만 하는 그 설교를 내가 좀 잊어버릴 수 있도록 말이야." 왕자는 혼자 이렇게 말하고서 숲속으로 걸어 갔으며, 곧 마음을 차분히 가다듬고는 여느 때와 같이 사색에 잠기고자 했다. 그런데 생각의 윤곽이 미처 자리를 잡기도 전에 왕자는 그 늙은 선생이 자기를 따라와 곁에 서 있는 것을 알아차렸다. 처음 한순간 왕자는 짜증스러운 마음에 재빨리 다른 데로 가 버릴까 하는 생각도 했다. 하지만 자신이 한때 존경했었고 또 아직도 꽤 좋아하고 있는 편인 선생의 기분을 상하게 하고 싶지는 않아서, 왕자는 그를 자신과 함께 개울가 둑 위에 앉도록 청했다.

이렇게 왕자의 권유를 받은 늙은 선생은 최근 왕자에게 나타난 변화에 대해 안타까움을 표하면서, 왕자가 왜 그리 자주 왕궁의 환락을 버리고 고독과 한적함을 즐겨 찾는지 물었다. 왕자가 대답했다. "내가 환락으로부터 달아나는 것은 환락이 나에게 더 이상 즐거움을 주지 못하기 때문입니다. 그리고 내가 고독을 찾는 까닭은 내가 불행하기 때문이며 또 그런 나의 존재가 다른 사람들의 행복을 망칠까 염려되기 때문입니다." "왕자님." 현인 학자가 말했다. "이 행복의 골짜기에서 불행하다는 불평을 토로하는 사람은 왕자님이 처음이십니다. 바라옵건대, 왕자님의 불평에는 아무런 현실적 근거가 없다는 것을 납득시켜 드리고자 하나이다. 왕자님께서는 지금 이곳에서 아비시니아의 황제께서 베풀어 주실 수 있는 모든 것을 마음껏 소유하며 살고 계십니다. 이곳에서는 힘들게 견디며 노동을 하거나 두려워하며 위험을 무릅써야 할 필요가 전혀 없습니다. 하지만 그러면서도 이곳에는 그런 노동이나 위험을 통해 마련하고 구할 수 있는 것들이 뭐든지 다 갖춰져 있습니다. 주변을 둘러보시고 왕자님께서 필요로 하시는 것 중 갖춰지지 않은 게 뭐가 있나 한번 말씀해 보옵소서. 당연히 왕자님께는 아무 부족한 것이 없다 하실 터인데, 그렇다면 어찌하여 왕자님께서는 불행하신 것입니까?"

왕자가 대답하였다. "나에게 아무것도 부족한 게 없다는 것, 아니 나에게 부족한 게 뭔지 모른다는 것, 바로 그것이 내 불만의 원인입니다. 만약 무엇이 부족한지 내가 안다면 나에게는 뭔가 바라는 대상이 생길 것입니다. 그 바람은 나로 하여금 그것을 얻기 위해 노력하도록 자극할 것이고, 그러면 나는 저 태양이 서산을 향해 왜 그토록 느리게 움직여 가는지 투덜거리지도 않을 것이며 날이 밝을 때 잠자는 동안 잊었던 나 자신의 불행한 처지를 다시 생각하며 비탄에 빠지지도 않을 것입니다. 새끼 염소나 어린 양들이 서로 뒤쫓고 있는 모습을 볼 때마다, 나는 나에게도 뭔가 추구하여 좇을 대상이 있다면 얼마나 행복할까 하는 상상에 빠지곤 한답니다. 내게 필요한 모든 것을 다 소유하고 있음에도 불구하고, 나에게는 하루하루 한 시간 한 시간이 그저 똑같이 되풀이되면서 오직 지루함만 점점 커질 뿐입니다. 자 그러니, 이제 어떻게 하면 내 어렸을 때처럼, 즉 자연이 아직 새롭게 느껴지고 매 순간마다 전에 보지 못한 것이 눈앞에 펼쳐지던 그 어린 시절처럼, 하루하루가 짧고 아쉽게 여겨질 수 있는지 경험이 많으신 선생님께서 어디 한번 일러 줘 보십시오. 나는 이미 너무나 많은 즐거움을 경험했습니다. 부디 뭔가 새롭게 소망할 만한 것을 나에게 좀 알려 주십시오."

늙은 선생은 이 새로운 종류의 고뇌에 놀라워하기만 했을 뿐 뭐라고 대답을 해야 할지 알지 못하였다. 하지만 아무 말없이 가만히 있는 게 내키지 않아 그는 이렇게 말했다. "왕자님께서 바깥세상의 불행을 직접 눈으로 보신 적이 있었다면 왕자님의 지금 처지가 얼마나 귀중한지를 아실 것이옵니다만." 왕자가 퍼뜩 말을 받았다. "방금 선생님께서는 내가 소망해야 할 것이 무엇인지를 바로 알려 주셨습니다. 행복해지기위해서는 바깥세상의 불행을 직접 목격하는 것이 꼭 필요하다는 말씀이신즉, 이제부터 나는 세상의 불행을 직접 목격할 수 있게 되기를 간절히 바라겠습니다."

4장

왕자의 수심과 사색은 그치지 않다

이때 마침 식사 시간을 알리는 음악 소리가 들려와서 두 사람의 대화는 끝이 났다. 늙은 선생은 왕자를 설득하려다가 오히려 막고자 했던 결과만 낳았다는 것을 알고는 몹시 불만스러운 마음이 되어 돌아갔다. 하지만 인생의 말년에는 부끄러움이나 슬픔 따위가 그리 오래 지속되지 않는 법이다. 그것은 우리가 나이를 먹으면서 그런 것들을 이미 오랫동안 견디며 살아왔던지라 이제는 쉽게 견뎌 낼 수 있게 된 때문이기도 하고, 아니면 어느덧 남이 별로 신경 쓰지 않는 나이에 접어들었음을 알고 우리도 남에 대해 별로 신경을 안 쓰게 된 탓이기도 하며, 또는 머지않아 죽음의 손길을 맞아 모든 고통에서 벗어나게 될 것을 알고 있는 마당에 이런저런 고통쯤은 이제 그다지 아랑곳하지 않게 된 때문이기도 하다.

한편 시야가 한층 넓은 경지로 뻗치게 된 왕자는 흥분된 감정을 그렇게 금방 진정시킬 수가 없었다. 여태까지 그는 자연이 기약한 인생의 길이를 생각할 때마다 끔찍해하곤 했는데, 이는 그 긴 세월을 참고 견뎌 낼 일이 심난했기 때문이었다. 그러나 이제 그는 자기의 젊음을 기뻐하게 되었으니, 그것은 바로 앞으로 오랜 세월 동안 살면서 많은 것들을 할 수 있을 것이기 때문이었다.

　마음속에 비쳐 날아든 이 희망의 첫 빛살로 왕자의 뺨에는 젊음의 기운이 새로이 불타올랐고 눈에는 반짝이는 광채가 곱으로 빛났다. 비록 구체적인 목표나 수단에 대해서는 아직 뚜렷하게 세워 놓은 바가 없을지라도 뭔가 하고자 하는 열정의 불길이 그를 사로잡았던 것이다.

　왕자는 이제 더 이상 침울해하지도, 남과 어울리기를 꺼려하지도 않게 되었다. 반대로 그는 자신을 은밀하게 감춰 둔 행복의 주인으로 여기고 이것을 남몰래 간직해야만 제대로 즐길 수 있다고 생각하면서, 오락거리를 도모하는 온갖 일마다 열심인 척하였고 그 자신은 지겹게 여기는 삶의 처지를 다른 사람들은 만족스럽게 여기도록 만들려고 애썼다. 하지만 즐거운 일들이 쉴 새 없이 벌어지거나 계속 이어질 수는 결코 없는 법이니, 나날의 생활에는 별달리 열중하는 일이 없는 때도 많았다. 따라서 밤이든 낮이든 왕자가 남의 의심을 받지 않고 홀로 생각에 잠겨 보낼 수 있는 시간은 많이 있었다. 이제 왕자에게 삶의 무거운 고뇌는 한결 가벼워졌다. 왕자는 모임 따위에 열심히 나가 참여하였는바, 그렇게 자주 참석해 주는 것이 자신의 뜻한 것을 이루는 데 필요하다고 여겼기 때문이었다. 그러고는 무리를 떠나 혼자만 있는 곳을 기쁜 마음으로 찾곤 했으니, 그것은 이제 그에게 생각의 주제가 생겼기 때문이었다.

왕자가 즐겨 하는 생각은 주로 한 번도 본 적이 없는 바깥 세상이 어떤 것인지 마음속으로 그려 보는 일이었는데, 자신을 이런저런 상황에 처하게 해 보거나 상상으로 꾸민 고난과 시련에 휘말려 보게 하기도 하고, 거칠고 격정에 찬 모험에 빠져 보게도 하는 것이었다. 하지만 왕자의 이런 공상은 언제나 그의 자애로운 마음씨로 인하여 결국에 가서는 고난을 덜어 주고 거짓이나 사기를 밝혀내며 부당한 억압을 쫓아 물리치고 행복을 널리 베풀어 주는 식으로 끝났다.

이런 식으로 라셀라스 왕자의 인생에서 스무 달의 세월이 흘러갔다. 왕자는 분주한 공상을 펼치는 일에 너무도 깊이 열중하여 자신의 고립된 현실적 처지를 망각했으며, 끊임없이 인간사의 여러 가지 사건들을 상상하여 이에 대비하는 데 몰두하느라 자신이 과연 어떻게 무슨 수단을 써서 인간 세상으로 섞여 들어갈 것인지에 대해서는 생각하기를 잊어버렸다.

어느 날 왕자는 개울가 둑 위에 앉아서, 고아가 된 한 처녀가 파렴치한 연인에게 얼마 안 되는 유산을 몽땅 빼앗긴 채 달아나는 그를 향해 부디 마음을 돌이키고 돈을 되돌려 달라고 울며 외치는 모습을 상상으로 꾸며 떠올렸다. 그런데 상상 속의 광경이 너무나도 강렬하게 왕자의 마음을 사로잡은지라, 왕자는 그 아가씨를 도우려고 벌떡 일어나더니 상상 속의 그

약탈자를 실제로 뒤쫓아 붙잡기 위해 온 열성을 다해 앞으로 달려 나갔다. 죄를 짓고 달아나는 발걸음은 두려움으로 인해 더욱 빨라지는 것이 당연한 법이다. 따라서 아무리 힘껏 애써도 라셀라스는 그 도망자를 따라잡을 수가 없었다. 그러나 빠르기로 안 되면 버티기로라도 이겨 내어 그 작자를 마침내 지쳐 쓰러지게 만들 작정으로 왕자는 계속 몰아붙였는데, 그러기를 산기슭에 가로막혀 더 이상 나아갈 수 없을 때까지 하였다.

이곳에서 왕자는 문득 정신을 차렸고, 이내 쓸데없이 격렬하게 날뛴 자신에 대해 미소를 짓고 말았다. 그러고는 눈을 들어 산을 바라보면서 말했다. "이 산은 나를 가로막고 있는 운명의 장애물, 바로 이것 때문에 나는 진정한 즐거움도 누리지 못하고 덕행도 실천하지 못하는구나. 나의 삶을 제한하는 저 경계 너머로 내 희망과 소원을 띄워 날려 보낸 지가 그 얼마인데, 여태껏 나는 이곳을 넘어 보려는 시도를 한 번도 해 본 적이 없었더란 말인가!"

이런 반성이 홀연 마음을 때리면서 왕자는 그 자리에 주저앉아 상념에 잠겼다. 그러고는 자신의 갇힌 삶에서 탈출하고자 처음 결심한 이래 태양이 머리 위로 일 년의 행로를 두 번이나 마치고 지나갔다는 사실을 떠올리게 되었다. 왕자는 전에 결코 겪어 본 적이 없는 깊은 회한에 사로잡혔다. 헤아려 보면 그동안 해 볼 수 있었음 직한 것들이 참으로 많았을 터인데, 세월만 보내고 현실로 이루어 놓은 것은 아무것도 없었던 것이다. 왕자는 스무 개월이라는 기간을 인간의 생애에 견

주어 생각해 보며 혼자 말했다. "인간의 생애 가운데 어린아이 때의 철모르는 시기와 늙어서 노망이 든 시기는 계산에서 빼야 할 것이야. 사람이란 한참 자라난 뒤라야 비로소 제대로 생각할 수 있는 능력이 생기는 법이고, 또 그 후 얼마 지나지 않아서는 곧 활동하고 움직이는 능력을 상실하고 말거든. 그러니 인간이 정말로 살아 있다고 칠 수 있는 기간은 이성적으로 판단하건대 한 사십 년 정도라고 할 수 있지. 그런데 그 사십 년이란 세월의 24분의 1을 나는 부질없는 사색에 잠긴 채 흘려보내고 만 것이야. 허비해 버린 이 세월은 나에게 분명 주어진 시간이었어. 왜냐면 내가 그 세월을 보냈다는 것은 틀림없는 사실이니까. 하지만 앞으로 올 스무 달의 세월에 대해서는, 그것이 과연 나한테 틀림없이 주어질 것이라고 그 어느 누가 보장해 줄 수 있단 말인가?"

자신의 어리석음에 대한 통렬한 깨달음은 왕자의 마음속 깊이 파고들어 사무쳤고, 한참이 지난 뒤에야 왕자는 체념하면서 자신을 용납할 수 있었다. 그는 다시 입을 열어 이렇게 말했다. "스무 달 전까지의 내 지난 인생이 낭비된 것은 조상들의 잘못되고 어리석은 정책 그리고 이 나라의 터무니없는 제도 탓이었어. 그래서 그걸 생각할 때 혐오스러운 마음은 들지언정 후회의 자책감은 없어. 하지만 새로운 빛이 내 영혼에 비춰 들었던 이후, 즉 내가 진정한 행복에 대한 구상을 갖게 되었던 이후의 지난날들이 허비된 것은 바로 나 자신의 탓이야. 결코 되찾을 수 없는 시간을 나는 그저 낭비해 버리고 만 것이지. 그러니까 스무 달 동안 나는 매일같이 태양이 뜨고

지는 것을 보면서 멍청하게 하늘만 쳐다보고 있었던 거야. 그 동안 새들은 제 어미의 둥지를 떠나서 숲과 하늘로 날아가 깃을 들였고, 새끼 염소도 어미의 젖을 떼고 바위에 오르는 법을 점차 깨우치며 독립된 생활을 찾아갔어. 오직 나만이 아무런 진보를 이루지 못한 채 여전히 무기력하고 무지한 상태로 머물러 있었을 뿐이야. 하늘에 뜬 달은 스무 번도 넘게 차고 이울면서 나에게 흘러가는 삶의 시간을 일러주었고, 시냇물은 내 발치에서 힘차게 소리 내어 흐르며 나의 나태함을 꾸짖었어. 하지만 나는 땅이 보여 준 본보기에도 하늘이 가르쳐준 교훈에도 모두 무관심한 채 그저 주저앉아 상상의 향연에만 흠뻑 취해 있었던 거야. 그렇게 스무 달이라는 세월을 보내 버리고 말았으니, 어느 누가 이것을 돌려놓을 수 있단 말이냐!"

이런 슬픈 상념은 왕자의 마음을 꽉 붙들고 좀처럼 놔주지 않았는데, 넉 달이 지나서야 비로소 왕자는 쓸모없는 다짐 따위에 더 이상 시간을 허비하지 않겠다는 결심을 하게 되었다. 그리고 왕자의 이 각성은 한 시녀가 하는 말을 우연히 엿듣게 됨으로써 한층 더 적극적인 실천의 의지로 바뀌었다. 그 시녀는 실수로 사기 찻잔 하나를 깨뜨렸는데, 이에 대해 되돌릴 수 없는 일을 후회하는 것은 소용없는 짓이라고 말하는 것이었다.

시녀의 말은 분명한 이치였다. 라셀라스는 진작 그 사실을 깨닫지 못한 자신을 책망했다. 유익한 깨달음의 실마리는 우연히 포착되는 경우가 아주 많고, 흔히 사람의 마음은 멀리 바라보는 데만 급급하고 열중하느라 정작 바로 눈앞에 드러나 있는 진리를 간과하곤 한다는 사실을 왕자는 미처 깨닫거나 헤아리지 못했던 것이다. 그리하여 왕자는 쓸데없이 후회만 거듭했던 자신을 몇 시간 동안 뉘우치고, 그 후로는 온 마음을 기울여 행복의 골짜기로부터 탈출하기 위한 수단을 찾아내는 일에 몰두했다.

5장

왕자는 탈출을 궁리하다

그런데 왕자는 어떤 일을 실현된 것으로 가정해 보기는 매우 쉽지만 실제로 그것을 실행하여 성취하는 것은 아주 어렵다는 사실을 알아차렸다. 주변을 둘러보았을 때 그는 이제껏 뚫린 적이 없는 자연의 장벽과 누구든 일단 들어서면 결코 다시 나갈 수 없는 철문에 의해 자신이 갇혀 있다는 사실을 깨달았다. 그리하여 왕자는 쇠창살 안에 갇힌 독수리처럼 안달이 났다. 몇 주 동안 계속 그는 이 산 저 산을 오르내리면서 혹시 수풀에 가려진 무슨 구멍이나 틈새 같은 것이 있지 않을까 하고 찾아보았지만, 산꼭대기가 모두 가파르게 솟아 있어 접근이 불가능하다는 사실만 발견했을 따름이었다. 철문으로 말하자면, 그걸 열고 나간다는 것 역시 전혀 가망이 없었다. 가능한 모든 기술력이 동원된 잠금장치가 있을 뿐만 아니라

보초가 항상 번갈아 가며 지키고 있고 또 골짜기의 모든 거주자들이 언제나 바라볼 수 있는 자리에 있었기 때문이다.

다음으로 왕자는 호수의 물이 빠져나가는 통로인 동굴을 살펴보았다. 햇빛이 동굴 입구를 강하게 비추고 있을 때 한 번 안을 들여다보았는데, 왕자는 동굴이 울퉁불퉁한 바위들로 가득 차서 비록 물은 그 사이의 수많은 좁은 틈새를 통해 흘러갈 수 있어도 고체로 된 것은 그 어떤 것도 통과할 수 없으리라는 것을 알았다. 왕자는 낙심하여 풀이 죽은 채 돌아왔다. 그러나 이제는 희망이라는 축복을 알고 있었기에 왕자는 결코 절망하지 않기로 마음먹었다.

이렇게 보람 없이 여기저기 찾고 살피는 가운데 열 달이 지나갔다. 그러나 왕자는 그 기간을 즐거운 기분으로 보냈다. 아침이면 그는 새로운 희망을 품으며 일어났고 저녁이면 자신의 부지런함을 칭찬했으며 밤에는 고단해진 뒤끝이라 곤하게 잠을 잤다. 그는 흥미로운 것들을 수없이 많이 발견하면서 힘든 줄도 모른 채 여러 가지 생각에 빠져들곤 했다. 그는 동물들의 다양한 본능과 식물의 갖가지 특성들을 분별하여 알게 되었으며, 골짜기에 경이로운 것들이 가득 차 있다는 것을 알았다. 그리하여 왕자는 만약 자신이 영영 탈출하지 못하게 된다 할지라도 골짜기에 가득 찬 이 경이로운 것들을 관조하면서 위안을 얻기로 했다. 비록 탈출에는 실패했지만 그것을 위해 노력하는 동안 무한한 탐구의 원천을 발견했다는 기쁨이 있기 때문이었다.

그러나 왕자가 본래 품었던 호기심이 줄어든 것은 아직 아니었으니, 바깥세상의 사람살이에 대해 알고자 하는 결심은 여전했다. 그의 소원은 변함이 없었다. 다만 희망이 줄어들었을 뿐이었다. 그는 자신을 가두고 있는 감옥의 장벽을 더 이상 살피지 않았고, 찾아내지 못할 틈새나 구멍을 찾고자 새롭게 애쓰지도 않았다. 하지만 왕자는 자신의 목적을 항상 염두에 두고서, 앞으로 어떤 수단이든지 생기는 대로 즉시 놓치지 않고 붙잡겠다고 작정하고 있었다.

6장

비행 기술에 관한 토론

행복의 골짜기로 꾀여 들어온 사람들 가운데는 그곳 주민들의 편의와 즐거움을 향상시키는 일을 맡은 기술자들도 있었는데, 그중 한 사람은 기계 역학에 대한 지식으로 유명했다. 실생활용이나 오락용 기계를 많이 발명해 낸 그는 물레바퀴를 이용하여 시냇물을 높은 탑으로 끌어올린 뒤 그곳으로부터 왕궁의 모든 주택에 물이 공급되도록 했다. 그리고 왕궁의 정원에는 정자를 지어 놓고 인공으로 물을 뿌려 정자 주변의 공기가 항상 시원하게 유지되도록 하였다. 그는 또 지체 높은 귀부인들 전용의 작은 숲 한 곳에다 여러 개의 선풍기를 설치하여 신선한 공기가 잘 통하게끔 했는데, 숲에 흐르는 개울물의 힘을 이용하여 이 선풍기들이 계속 돌아갈 수 있게 했다. 게다가 이 숲에는 부드러운 음악 소리를 내는 악기들이 적당한 간격으로 설치되어 있어서, 어떤 것은 살랑거리는 바람에 의해 또 어떤 것은 흐르는 시냇물에 의해 감미로운 선율을 연주하곤 했다.

이 기술자는 이따금씩 라셀라스 왕자의 방문을 받았다. 왕자는 어떤 종류의 지식이든지 배워 알기를 즐겨 했는데, 그것은 바깥세상에 나가서 자신이 습득한 그 모든 것을 활용하게 될 날이 언젠가 찾아오리라고 생각했기 때문이었다. 어느 날 왕자는 늘 하던 대로 시간을 보내기 위해 기술자를 찾아갔다. 그 기술의 명인은 마침 돛으로 움직이는 마차를 만드는 일에 열중하고 있었다. 왕자는 그것이 평탄한 지면에서는 실행 가능한 구상이라는 것을 알아차리고 크게 경탄을 표하면서 어서 빨리 그것이 완성되기를 바랐다. 장인(匠人) 기술자는 왕자에게서 이처럼 높은 평가를 받자 기분이 흐뭇해졌는데, 더욱 높이 칭찬받는 영광을 누리고 싶어 이렇게 말했다. "그동안 왕자님께 보여 드린 것은 기술 과학이 이루어 낼 수 있는 것 가운데 아주 일부분에 불과하옵니다. 저는 이미 오래전부터, 인간이 배나 마차 따위의 느린 운송 수단 대신 날개를 사용하여 한층 빠르게 이동할 수 있다고, 즉 우리가 지식을 통해 그 방법을 터득하기만 하면 언제든지 저 넓은 하늘을 마음껏 날아다닐 수 있으며, 따라서 우리가 땅 위에서 굼뜨게 기어다니는 것은 오직 우리의 무지와 게으름 탓이라고 생각해 왔습니다."

기술자의 이런 암시는 산을 넘으려는 왕자의 갈망을 다시금 불타오르게 했다. 그간에 기술자가 해낸 것들을 보아 온 왕자는 그가 앞으로 더욱 많은 것을 충분히 발명해 낼 수 있으리라는 생각이 들었던 것이다. 하지만 왕자는 섣불리 희망에 부풀었다가 그예 실망하여 마음 상하지 않도록 먼저 좀 더 자세히 알아보기로 했다. 그리하여 왕자는 기술자에게 이렇게 말했다. "그대의 상상력은 그대의 기술보다 좀 앞서 나가는 것 같소. 그대가 방금 나에게 말한 것은 그대가 이미 알고 있는 사실이라기보다 앞으로 이루어지기를 바라는 사항처럼 들리오. 모든 동물에게는 각기 고유한 활동 영역이 주어져 있는바, 새들은 하늘을 날도록 되어 있고 인간과 짐승은 땅 위를 다니도록 되어 있는 것 아니겠소." 기술자가 대답했다. "그렇습니다. 물고기가 물에 사는 것도 그런 이치라 하겠습니다. 하지만 바로 그 물에서 짐승은 타고난 재주로 헤엄치고 사람도 기술을 터득하여 수영을 할 수 있지 않습니까? 물에서 헤엄칠 수 있다면 하늘을 나는 것도 가망이 없는 일은 아닐 것입니다. 헤엄친다는 것은 곧 특별히 진하고 밀도 높은 유체(流體) 속을 날아다니는 것이라 할 수 있으며, 날아다닌다는 것 역시 결국 특별히 묽고 희박한 유체 속에서 헤엄치는 것과 같다고 하겠습니다. 즉 우리가 통과하려는 물질의 밀도와 비중에 따라 우리 몸의 저항력을 조율하여 맞춰 주기만 하면 되는 것이지요. 따라서 만약 공기가 왕자님 몸의 무게에 눌려서 뒤로 밀려 나가는 것보다 더 빠른 속도로 공기를 연달아 짓쳐 계속 충격을 가할 수만 있다면, 왕자님께서는 당연히 공기 중에 떠 있게 될 것입니다."

왕자가 말했다. "하지만 물속에서 헤엄치는 것만 해도 아주 힘든 일이 아니오? 제아무리 억센 팔다리를 지닌 사람이라도 금방 지치고 마는데, 하물며 허공 속에서 날아다닌다 하면 그 얼마나 더 격렬한 동작을 해야 되겠소. 또 그렇게 힘들게 날아 봤자 결국 헤엄쳐 갈 수 있는 것보다 더 멀리 나갈 수도 없을 터인데, 그렇다면 날개를 달고 날아서 무슨 큰 소용이 있겠소."

왕자의 말에 기술자는 곧 대답했다. "물론 땅에서 솟아오르기 위해서는 아주 많은 힘이 들 것입니다. 몸이 무거운 집오리나 닭 같은 경우에서 볼 수 있듯이 말입니다. 하지만 우리가 높이 날아 올라감에 따라 지구의 인력과 우리 몸의 중력은 점점 감소될 것이며, 마침내는 밑으로 떨어지려는 힘이 사라져서 우리가 쉽게 공중을 떠다닐 수 있는 영역에 이르게 될 것입니다. 그러면 어떤 수고도 할 필요 없이 오직 앞으로 움직여 나가기만 하면 될 텐데, 공기를 아주 살짝 건드려 주기만 해도 충분할 것입니다. 왕자님께서는 호기심이 아주 대단한 분이시니, 철학자가 날개를 달고 하늘을 떠다니게 될 때 얼마나 큰 즐거움으로 지상을 내려다볼지 쉽게 상상할 수 있으실 것입니다. 지구의 일주 운동에 따라 같은 위도에 있는 모든 나라들이 연이어 펼쳐지면서 지상의 모든 풍경과 사람들이 저 아래에서 움직이며 지나가는 것을 한번 상상해 보십시오. 공중에 높이 떠서 땅과 바다, 도시와 사막 들이 움직이는 광경을 보는 것은 그 얼마나 즐거운 일이겠습니까! 물건을 사고파는 시장, 끔찍한 전쟁터, 야만인들이 들끓는 산악 지방, 풍요의 기쁨이나 여유로운 평화가 넘치는 비옥한 지역 등을 모두 똑같이, 안전하게 떨어진 곳에서 둘러볼 수 있다고 생각해 보십시오! 그럴 때 우리는 나일 강의 그 모든 수로를 얼마나 쉽게 알아볼 수 있겠으며, 또 멀리 각 지역을 넘나들며 지구의 한끝에서 다른 끝까지 펼쳐지는 자연의 얼굴을 얼마나 쉽게 살펴볼 수 있겠사옵니까!"

왕자가 말했다. "그 모든 것이 다 이루어진다면 얼마나 좋겠소. 하지만 그렇게 높은 곳에서는 비록 고요하게 내려다보며 사색할 수는 있겠지만 아무도 숨을 쉴 수가 없을 것으로 여겨지오. 내가 들은 바로는, 높은 산 위에서는 호흡하기가 어렵다고 했소. 게다가 그런 산의 벼랑에 올라가면, 비록 공기가 극히 희박하여 지구의 인력이 약해질 만큼 아주 높은 곳이라 할지라도, 여전히 사람이 쉽게 아래로 떨어진다고 들었소. 그러므로 사람의 생명이 유지될 수 있는 한도 내에서는 아무리 높이 올라가도 극히 순식간에 떨어질 위험이 있을 거라고 나는 생각하오."

기술자가 대답했다. "어떤 일을 실행하고자 할 때 예상되는 모든 장애를 먼저 극복해야 하는 것이라면, 우리는 아무 일도 시도할 수 없을 것입니다. 왕자님께서 제 계획을 지지해 주신다면 제 스스로 위험을 무릅쓰고라도 한번 최초의 비행을 시도해 볼까 합니다. 저는 그동안 모든 날짐승들의 몸체 구조를 잘 살펴보았는데, 접혀서 연결된 박쥐의 날개가 사람의 신체에 가장 잘 들어맞는 구조로 되어 있다는 것을 알아냈습니다. 허락만 하신다면 저는 이것을 모형으로 삼아 내일이라도 당장 일을 시작할 것이며, 기대하옵건대 일 년 정도면 충분히 인간의 악의나 추적이 미치지 못하는 높은 창공으로 날아오르는 모습을 보여 드릴 수 있을 것입니다. 다만 제가 이 일을 실행하는 데 한 가지 조건이 있사온데, 그것은 이 기술이 남에게 알려지도록 해서는 안 된다는 것, 즉 오직 왕자님과 저만을 위해서 날개를 만들라고 요구하셔야 한다는 것입니다."

이에 라셀라스 왕자가 물었다. "왜 그대는 그토록 유익한 기술을 다른 사람과 함께 누리고자 하지 않는 것이오? 어떤 기술이든 세상 전체의 이로움을 위해 발휘되어야 하는 것 아니오? 세상 사람은 누구나 다 다른 사람에게 많은 것을 빚지고 살아가고 있는 법, 따라서 누구든지 당연히 자신이 받은 친절에 보답하는 게 도리 아니겠소."

기술자가 대답했다. "이 세상에 덕이 높은 사람들만 살고 있다면야 저는 조금이라도 빨리 모든 사람들에게 날아가는 법을 가르쳐 주고자 애쓸 것입니다. 하지만 그렇지가 않습니다. 만약에 못된 자들이 하늘을 날아 선한 사람들을 마음대로 침략할 수 있게 된다면 선한 사람들의 안전은 어찌 되겠사옵니까? 구름을 뚫고 날아 공격해 오는 군대 앞에서는 아무리 높은 성벽이나 산 또는 깊은 바다가 둘러싸고 있어도 안전할 수 없을 것입니다. 북쪽 지방의 야만인 무리가 바람을 타고 떠돌아다니다가 문득 아래에 펼쳐진 비옥한 지역을 보고 막아 낼 수 없는 흉포한 힘으로 곧장 내려와 그 나라의 수도를 덮친다면 어찌 되겠습니까? 또한 왕자님들의 피난처이자 행복의 처소인 이 골짜기조차도 남쪽 바다 해안에 떼 지어 사는 벌거숭이 민족들 중의 일부가 하늘에서 날아들어 갑자기 침범할 수 있는 곳이 될 것입니다."

왕자는 비밀을 지키기로 약속했다. 그러고는 그 일이 어서 실행되기를 기다렸는데, 성공에 대한 기대가 전혀 없지는 않았다. 왕자는 이따금씩 작업장을 방문하여 일이 진행되는 것을 지켜보았으며, 움직임을 쉽게 만들거나 가벼움과 힘을 결합시키는 여러 가지 기발한 고안들을 눈여겨보았다. 기술자는 날이 갈수록 확신에 차서 자신이 독수리나 매보다 빨리 날아갈 수 있을 것이라고 말했으며, 그의 이런 자신감은 전염되어 왕자까지 사로잡게 되었다.

일 년이 지난 뒤 마침내 날개가 완성되었다. 그리고 정해진 날 아침에 기술자는 비행할 채비를 갖추고 호숫가의 작은 벼랑 위에 나타났다. 그는 잠시 동안 날개를 펄럭거리며 흔들어서 공기를 모은 다음 곧이어 서 있던 곳에서 펄쩍 뛰어올랐다. 하지만 그는 순식간에 호수 속으로 추락해 버리고 말았다. 공기 중에서는 아무 소용이 없던 그의 날개가 물속에서나마 그를 지탱해 가라앉지 않게 해 주었는데, 겁에 질리고 상심하여 반쯤 사색이 된 그를 왕자가 땅 위로 끌어올려 주었다.

7장

왕자는 학식이 깊은 사람을 만나다

이 참혹한 실패에 대해 왕자는 그다지 크게 가슴 아파하지 않았는데, 그것은 별다른 탈출 수단이 전혀 보이지 않는 상황에서 그저 혹시나 좋은 결과가 나오지 않을까 하고 짐짓 한번 기대를 해 보았던 것이기 때문이었다. 왕자는 여전히, 기회가 찾아오는 대로 언제든지 행복의 골짜기를 떠나겠다는 생각을 심중에 굳게 간직하고 있었다.

하지만 왕자의 상상력은 이제 막다른 골목에 와 있었다. 바깥세상으로 나갈 그 어떠한 전망도 전혀 보이지 않았으며, 스스로를 북돋우려는 온갖 노력에도 불구하고 그는 점차 불만에 빠져 수척해졌다. 그리하여 그 지역의 여러 나라에 정기적으로 찾아오는 우기가 시작되어 숲속을 돌아다니는 것조차 어렵게 되었을 때, 왕자는 다시금 슬픔에 젖어 망연자실한 채 있기 시작했다.

비는 전에 없이 세차게 그리고 오랫동안 계속하여 쏟아졌다. 골짜기를 둘러싸고 있는 산 위에서 구름이 비를 쏟아 냈고, 쏟아진 비는 사방 도처에서 격류를 이루어 평지로 흘러들었는데, 마침내는 북쪽 산의 동굴로 빗물이 도저히 다 빠져나갈 수 없는 지경에 이르고 말았다. 호수의 둑마다 물이 넘쳐흘렀으며 골짜기의 모든 평지는 침수되었다. 눈에 띄는 것이라곤 왕궁이 세워져 있는 언덕과 듬성듬성 보이는 오르막 지대 몇 군데가 전부였다. 들짐승이건 집짐승이건 모두 풀밭을 버리고 산으로 피신해 올라갔다.

이 홍수로 인하여 왕자들은 모두 왕궁에 틀어박힌 채 실내의 오락거리를 찾아야 했는데, 라셀라스 왕자의 경우 이믈락이라는 시인이 읊어 주는 어떤 시에 특별히 관심이 끌렸다. 이 시는 인간의 여러 가지 처지와 상황에 대해 노래한 것이었다. 왕자는 시인을 자신의 방으로 불러서 한 번 더 그 시를 암송해 보도록 시켰다. 그러고는 그와 좀 더 가깝게 대화를 나누어 보았는데, 왕자는 곧 세상일을 그렇게 잘 알고 인생의 여러 모습을 그렇게 훌륭하게 묘사할 수 있는 사람과 만나게 된 것을 행복하게 여겼다. 왕자는 이런저런 것들에 대해 수많은 질문을 던졌다. 그것들은 보통의 세상 사람들이라면 누구나 잘 알고 있는 것이지만 어렸을 때부터 골짜기에 갇혀 살아온 왕자로서는 전혀 모르는 것들이었다. 시인은 아무것도 모르는 왕자를 가엾게 여기는 한편, 호기심에 찬 왕자의 태도를 기쁘게 받아들여서 날마다 새로운 것을 가르쳐 주었다. 왕자는 잠을 자야 하는 것을 안타깝게 여길 정도로 이믈락의 이야기를 열심히 들었으며, 밤마다 어서 아침이 돌아와 즐거운 이야기가 다시 시작되기를 간절히 바랐다.

두 사람이 함께 앉아 이야기를 나누고 있던 어느 날 왕자는 이믈락에게 그의 지난 내력을 이야기해 보라고 명하면서, 무슨 사정으로 또는 어떤 동기로 이 행복의 골짜기에 들어와 여생을 마감하기로 결심하게 되었는지도 말하라고 했다. 그런데 이믈락이 막 그의 이야기를 시작하려고 할 때, 왕자는 음악회에 참석해 달라는 초청을 받았다. 따라서 왕자는 저녁때까지 호기심을 눌러 두지 않으면 안 되었다.

8장

이믈락의 지난 이야기

열대 지방에서는 날이 저문 다음에야 비로소 기분 전환이
나 오락을 즐기는 것이 가능하다. 그래서 음악 소리가 멈추고
공주들이 잠자리에 든 것은 한밤중이 다 되어서였다. 그러자
라셀라스 왕자는 그의 말벗인 이믈락을 불러들여 그의 지난
인생 이야기를 시작하라고 요청했다.

"왕자님." 이믈락이 입을 열었다. "저의 지난 이야기는 그리
길지 않을 것이옵니다. 지식에만 헌신한 사람의 인생이란 그저
조용히 지나갈 뿐 이렇다 할 사건이나 굴곡이 거의 없는 법입
니다. 대중 앞에서 이야기를 하거나 혼자서 생각하는 것, 책을
읽거나 남의 말을 듣는 것, 묻고 탐구하거나 물음에 대답하는
것이 바로 학자가 하는 일의 전부이지요. 그런 사람은 허세나
두려움에 사로잡히는 일 없이 그저 세상을 떠돌아다닐 따름

인데, 비슷한 부류의 사람들밖에는 알아주거나 평가해 주는 자가 아무도 없답니다.

저는 나일 강의 발원지로부터 그다지 멀리 떨어져 있지 않은 고이아마[4]라는 왕국에서 태어났습니다. 저희 아버지는 부유한 상인이었는데 아프리카 내륙의 여러 나라와 홍해의 여러 항구 사이를 오가며 무역업을 하였습니다. 그는 정직하고 검소했으며 부지런했지만 좀 인색한 성품에 도량이 좁은 사람이었습니다. 그의 소망은 오직 부자가 되는 것뿐이었으며, 고을의 수령들한테 약탈당하지 않도록 자신의 재산을 숨겨 놓는 일에만 온 정성을 기울였습니다."

이때 왕자가 말을 가로막았다. "우리 아버님의 나라에 사는 백성으로서 누구든지 다른 사람의 것을 감히 뺏는 자가 있다면, 이는 분명 아버님께서 왕으로서의 책임을 소홀히 하신 탓임에 틀림없소. 왕이란 모름지기 불의가 자행된 것뿐만 아니라 불의가 허용되는 것에 대해서도 책임이 있다는 것을 아버님께서 모르신단 말인가요? 내가 황제라면, 백성들 중 아무리 미천한 사람이라도 부당하게 억압받는 경우가 있을 때 결코 그냥 내버려두지 않을 것이오. 탐욕스러운 권력자한테 빼앗길까 하는 두려움 때문에 한 사람의 상인이 자신이 정직하게 벌어들인 재산을 제대로 누리지 못한다는 말에 내 피가 끓어오르오. 백성들을 강탈하는 그 수령의 이름을 말해 주시오. 황제이신 아버님께 그자의 죄악을 밝혀 고하겠소."

---

4) 옛 에티오피아에 있었다고 전해지는 다섯 왕국 가운데 하나.

"왕자님." 이믈락이 대답하였다. "왕자님의 뜨거운 분노는 고결한 정의감과 젊음의 열정에서 우러나온 자연스러운 것이라 하겠습니다. 하지만 왕자님의 아버님께는 이 일에 대한 책임이 없다는 것을 왕자님께서 알게 되실 날이, 그리고 그런 못된 수령에 대해 좀 더 참을성 있게 듣게 되실 날이 언젠가 올 것입니다. 아비시니아의 영토에서 억압은 흔히 일어나는 것도 아니고 또 용인되고 있는 것도 아닙니다. 하지만 잔악 행위를 완전히 방지할 수 있는 통치 형태는 아직껏 이 세상에 존재한 적이 없답니다. 지배와 종속 관계란 본래 한쪽이 권력을 잡고 다른 쪽이 그에 복종하는 것을 전제로 하는 것인데, 권력이 인간의 손에 쥐어져 있을 때 그것은 때때로 남용되기 마련입니다. 최고 통치자가 빈틈없이 경계하고 살펴서 아무리 많은 일을 훌륭히 수행해 낸다 할지라도 그의 힘이 미치지 못하는 부분은 여전히 많이 남아 있기 마련이지요. 세상에서 자행되는 범죄를 최고 통치자가 결코 전부 다 알 수 없는 노릇이거니와, 그가 알고 있는 범죄들조차도 제대로 다 처벌하지 못하는 경우가 많습니다."

"그건 좀 이해할 수 없는 말이오." 왕자가 말했다. "하지만 논쟁보다는 그대의 이야기를 듣는 것이 낫겠소. 그러니 하던 이야기를 계속하시오."

이믈락은 이야기를 다시 이어 나갔다. "원래 저희 아버지는 상업을 하는 데 필요한 것 이외의 다른 어떤 교육도 저에게 시키지 않으려고 마음먹었답니다. 그리고 제가 기억력이 아주 좋고 또 이해력도 빠르다는 것을 알고는 제가 언젠가는 아비시니아에서 제일가는 부자가 되리라는 희망을 자주 피력하곤 했습니다."

왕자가 물었다. "그대의 아버지는 드러내 놓고 말하거나 누릴 수 있는 것 이상으로 많은 재산을 이미 가지고 있는데, 어찌하여 재산이 더 불어나기를 바랐더란 말이오? 그대가 하는 말의 진실성을 의심하고 싶지는 않지만, 그건 서로 맞지 않는 모순이므로 분명 어느 한쪽이 사실과 다름에 틀림없소."

이믈락이 대답했다. "서로 모순인 두 가지 내용이 모두 올바른 것이 될 수는 없겠지요. 하지만 인간에게는 모순을 이루는 두 가지 내용이 모두 사실일 수 있습니다. 게다가 서로 내용이 다르다고 해서 곧 모순이 되는 것도 아니지요. 아마 저희 아버지는 그럼으로써 앞날이 더욱더 안전하고 든든해지기를 기대했던 것인지도 모릅니다. 하지만 그보다는, 인간이 삶을 계속 영위해 나가기 위해서는 뭔가 바라는 바가 반드시 있어야 하는데, 현실적인 욕구가 다 채워진 저희 아버지의 경우는 살아가기 위해서 바로 그러한 공상적 욕구가 필요했던 것이라고 보아야 할 것입니다."

"그 말을 듣고 보니 이해가 좀 가는 듯도 하오." 왕자가 말했다. "그대의 말을 가로막았던 것을 미안하게 생각하오."

이믈락은 다시 이야기를 이어 나갔다. "아무튼 앞에서 말씀드렸던 바와 같은 희망을 가지고 저희 아버지는 저를 학교에 보냈습니다. 하지만 지식의 기쁨을 발견하고 지성의 즐거움과 창의력의 자랑스러움을 깨우쳐 알게 되자 저는 곧 마음속으로 부와 재물을 경멸하기 시작했습니다. 그러다 마침내 아버지의 뜻을 거스르기로 결심하기에 이르렀고, 천박한 생각밖에 지니지 못한 저희 아버지를 연민의 대상으로 바라보게 되었습니다. 자식에 대한 노파심 때문에 아버지는 제가 스무 살이 되고 나서야 비로소 세상 여행의 경험을 쌓을 수 있게 해 주었는데, 그때까지 저는 여러 선생들을 계속 거치면서 우리 나라의 모든 학문에 대해 가르침을 받았습니다. 당시 저는 매 순간 뭔가 새롭게 배우는 것이 있었으므로 늘 만족한 가운데 살아갔습니다. 하지만 점차 자라서 어른이 되어 감에 따라 저는 선생들에 대해 지녔던 존경심을 대부분 잃게 되었습니다. 왜냐하면 학업을 다 마쳤을 때쯤 저는 그들이 보통 사람들보다 더 현명하지도 훌륭하지도 않다는 것을 깨달았기 때문입니다.

　마침내 저희 아버지는 제가 상업에 눈을 떠야 할 때가 왔다고 결정했고, 그리하여 숨겨 놓았던 보화 보따리 중의 하나를 열어서 금 만 냥을 세어 꺼냈습니다. 그러고는 이렇게 말했습니다. '이것은 네가 장사를 꾸려 나가야 하는 자본이다. 난 이것의 5분의 1도 안 되는 돈으로 사업을 시작했었다. 하지만 너도 알다시피, 난 근면과 검약으로 그것을 지금과 같이 크게 키웠다. 자, 이것은 낭비해 버리든지 불리든지 네 맘대로 할 수 있는 돈이다. 만약 네가 태만이나 무분별한 충동으로 이것을 탕진해 버리고 만다면, 넌 내가 죽기 전까지 다시는 나한테 돈을 물려받지 못할 것이다. 하지만 네가 사 년 만에 이 자본을 두 배로 늘린다면, 너와 나는 그때부터 부자(父子) 간의 지배 복종 관계를 넘어 친구이자 동업자로서 함께 살아가게 될 것이다. 부자(富者)가 되는 기술이 나와 똑같이 훌륭한 사람은

언제든지 나와 동등하게 대접받을 자격이 있기 때문이다.'

그리하여 저는 값싼 물건들 꾸러미 속에 돈을 숨겨서 낙타에 싣고 하인들과 함께 홍해로 떠났습니다. 해안에 이르러 광대한 바다가 눈앞에 펼쳐지자 제 가슴은 마치 탈옥한 죄수처럼 흥분하여 쿵쿵 뛰었습니다. 억누를 수 없는 호기심이 가슴속에 불붙는 것을 느끼면서 저는 이 기회를 놓치지 않고 잘 붙잡아 다른 여러 나라의 풍속을 경험하고 아비시니아에서는 접하지 못한 여러 학문을 배워 나가기로 작정했습니다.

저는 한 가지 사실을 떠올렸는데, 그것은 바로 저희 아버지가 자본금을 늘려야 하는 의무를 저에게 지울 때 제가 어기지 못할 서약 같은 것 대신 그저 제가 하기에 따라 부과될 하나의 벌칙만을 정해 놓았다는 것이었습니다. 따라서 저는 저 자신을 지배하고 있던 욕망을 만족시키기로, 즉 지식의 샘물을 마심으로써 호기심의 갈증을 채우기로 결심을 했던 것입니다.

아버지와 연락하지 않고 제 마음대로 장사를 해 나가기로 되어 있었으므로, 저는 쉽사리 선주(船主) 한 사람과 안면을 트고는 어딘가 다른 나라로 가는 배편을 구했습니다. 특별히 어느 곳을 선택해서 여행하고자 하는 동기 같은 것은 저에게 전혀 없었습니다. 어디로 흘러가 떠돌아다니든 그저 내가 가보지 못한 나라에 가기만 하면 그걸로 충분했습니다. 그리하여 저는 수랏5)으로 가는 배에 몸을 실었고, 아버지께는 제 의도를 밝히는 편지 한 장을 남겨 놓았습니다.'

---

5) 아라비아 해와 접한 인도 서해안의 항구 도시.

9장

계속되는 이믈락의 이야기

"처음으로 바다 세계에 발을 내딛어 육지가 보이지 않는 곳에 이르렀을 때, 저는 두렵고 설레는 마음으로 주위를 둘러보았습니다. 한없이 펼쳐지는 전망에 저의 영혼은 확 트이는 느낌이었는데, 아무리 오랫동안 바다를 둘러보아도 전혀 싫증이 나지 않을 것만 같았습니다. 하지만 얼마 지나지 않아 곧 바다의 황량한 단조로움을 바라보는 것이 지겨워지고 말았습니다. 이미 보았던 것밖에는 더 이상 보이는 것이 없기 때문이었지요. 그래서 저는 배 안으로 내려갔는데, 앞으로 일어날 나의 모든 즐거움들이 이와 같이 지겨움과 실망으로 끝나게 되지 않을까 하는 의심에 잠시 동안 사로잡혔습니다. 그러다가 저는 혼자 이렇게 말했습니다. '하지만 육지 세상은 바다와는 분명코 아주 다를 거야. 바다에서는 잠잠했다가 요동치는 것 말고 아무 변화가 없지만 육지에는 산과 골짜기, 사막과 도시 등이 있고, 서로 다른 풍속과 상반되는 생각을 지닌 사람들이 살고 있지. 그러니 이렇게 바다의 자연 세계에서는 찾지 못한 다양한 변화를 인간 세상에서는 발견할 수 있을 거야.'

이런 생각으로 저는 마음을 달랬습니다. 그러고는 이런저런 심심풀이로 이후의 항해 기간을 보냈는데, 때로는 선원들에게서 항해술을 배워 보기도 하고 때로는 여러 가지 다른 상황을 상상하며 어떻게 행동할까 하는 공상에 빠져들기도 했습니다. 비록 지금껏 실제로 써본 적이 전혀 없는 항해술이고 역시 지금껏 한번도 처해 본 적이 없는 상황들이긴 하지만 말입니다.

배 위에서의 이런 심심풀이도 거의 지겹게 여겨질 무렵 우리는 마침내 수랏에 도착하여 무사히 상륙했습니다. 저는 가지고 온 돈을 안전한 곳에 맡겨 놓고 얼마간의 상품을 구입해 상인처럼 꾸민 뒤 내륙 지방으로 가는 한 대상(隊商) 행렬에 합류하였습니다. 동행이 된 상인들은 이런저런 점을 근거로 제가 부자라는 것을 짐작했고, 또 이것저것 묻고 놀라워하는 저의 모습을 보며 제가 아는 게 없다는 것을 알아차렸습니다. 그러자 저를 자기네가 당연히 속여 먹어야 하는 풋내기로 취급했는데, 저 같은 풋내기는 으레 그런 식의 대가를 치르고 사기 술책을 배워야 한다고 여기는 듯했습니다. 그들은 제가 하인들에게 도둑을 맞고 관리들에게 강탈을 당하게끔 만들었고, 제가 그렇게 부당한 구실로 뜯기며 약탈당하는 모습을 방관했습니다. 세상 물정을 나보다 더 잘 알고 있다는 우월감을 즐기는 것밖에는 자신들에게 돌아오는 이익이 전혀 없는데도 그들은 그러는 것이었습니다."

"잠깐." 왕자가 이야기를 막았다. "자신에게 돌아오는 이익이 아무것도 없는데 다른 사람에게 해를 끼치다니, 인간에게 그토록 타락한 심성이 있단 말이오? 누구나 우월감을 느끼고 싶어 한다는 것 정도는 나도 쉽게 짐작할 수 있소. 하지만 그대가 물정을 몰랐던 것은 그저 어쩌다 우연히 그렇게 된 것일 뿐 그것이 무슨 죄나 어리석은 행위가 되는 것은 아니므로, 그 상인들에게는 자신들이 잘났다고 우쭐해할 이유가 하나도 없는 것 아니겠소. 게다가 그대가 모르는 세상 물정을 그들이 잘 알고 있다면, 그들은 그대를 속이고 골탕 먹이기보다 오히려 그대에게 경고하고 알려 줌으로써 그것을 더 효과적으로 잘 드러내 보일 수 있었을 게 아니오."

이블락이 대답했다. "우쭐대는 인간 심성은 품위를 가리는 법이 거의 없어 아무리 하찮고 천박한 방식이라도 남보다 낫기만 하면 즐거워하곤 한답니다. 그리고 시샘하는 인간 심성은 오직 다른 사람들의 불행이 수반되어 비교될 때만 만족감을 느끼는 법이지요. 그 상인들이 저를 적대시한 것은 바로 제가 부자라는 생각에 배가 아팠기 때문이고, 그들이 저를 학대하고 괴롭힌 것은 바로 제가 힘없이 당하는 꼴을 보고 즐거움을 느꼈기 때문입니다."

왕자가 말했다. "상인들의 행동 자체에 대해서는 그대의 이야기가 사실임을 의심하지 않지만, 그들의 행동 동기에 대해서는 아무래도 그대가 잘못 짚고 있다고 생각되오. 아무튼 이야기를 계속 진행하시오."

이믈락은 다시 말을 이었다. "이런 사람들을 따라서 저는 마침내 힌두스탄[6] 왕국의 수도로서 무굴 제국[7]의 황제가 통상 머물곤 하는 아그라[8]에 도착했습니다. 저는 곧 그 나라의 언어를 배우는 데 열심히 몰두했고, 몇 달 만에 학식 있는 사람들과 대화를 나눌 수 있을 정도가 되었습니다. 그들 중의 어떤 사람은 침울하고 무뚝뚝했으며, 어떤 자들은 태평하고 말하기를 좋아했습니다. 또 자신이 어렵게 배워 터득한 것을 다른 사람에게 가르쳐 주기를 싫어하는 자들이 있는가 하면, 공부에 힘쓰는 목적이 오직 남을 가르치는 지위를 얻기 위한 것인 양 행동하는 사람도 있었습니다.

저는 어린 왕자들을 가르치는 궁정의 선생에게 잘 보여 마침내 비범한 지식을 지닌 사람으로 소개를 받아 황제 앞에 서게 되었습니다. 황제는 우리 나라와 저의 여행 등에 대하여 많은 질문을 했습니다. 황제가 보통 사람의 능력을 넘어서는 어떤 비범한 말을 했는지 지금은 아무것도 기억할 수 없지만, 황제를 뵙고 물러나던 그 당시 저의 마음은 그의 지혜와 인자함에 대한 놀라움과 감명으로 가득 차 있었습니다.

이후로 저의 명망은 아주 높아졌는데, 그러자 저와 함께 여행했던 상인들이 궁정의 귀부인들에게 자기네를 추천해 달라

---

6) 인도의 페르시아식 명칭.
7) 몽고족이 세운 나라. 특히 16세기에 인도를 정복한 몽고족이 세운 나라를 지칭한다.
8) 인도의 북부 중심부에 있는 도시.

고 저한테 부탁해 오기 시작했습니다. 저는 그들이 그렇게 뻔뻔스러운 청탁을 하는 데 놀랐고, 여행 도중 그들이 행한 처사를 들면서 점잖게 꾸짖어 주었습니다. 하지만 그들은 제 말을 싸늘하고 냉담한 태도로만 들을 뿐 수치감이나 후회의 표시 같은 것을 전혀 보이지 않았습니다.

얼마 후 그 상인들은 뇌물을 내놓으면서 자신들의 요청을 들어달라고 강권했습니다. 하지만 호의적으로 부탁해도 들어주려고 하지 않던 일을 돈을 준다고 해서 들어줄 생각은 없었습니다. 그래서 저는 그들을 거절하여 돌려보냈는데, 그것은 그들이 저에게 해를 끼쳤기 때문이라기보다 오히려 그들이 다른 사람들에게 해를 끼치게 할 수 없었기 때문이었습니다. 그들이 제 신용을 이용하여 자기들의 물건을 사는 사람들을 속여 먹으리라는 것을 잘 알고 있었으니까요.

그 후 저는 더 이상 배울 것이 없을 때까지 아그라에 머물다가 페르시아로 갔습니다. 그곳에서 저는 고대의 수많은 장엄한 유적들을 보았고, 인간 생활의 여러 가지 새로운 편의 시설들을 많이 관찰했습니다. 페르시아 사람들은 사교적 성향이 남달리 강한 민족인지라, 저는 그들의 갖가지 회합이나 모임에 매일같이 참석하면서 인간의 여러 심성과 범절을 주의 깊게 살펴보고 인간 본성이 온갖 형태로 다르게 나타나는 양상을 알아볼 수 있었습니다.

페르시아에서 머문 다음엔 아라비아로 건너갔는데, 거기에는 유목민 성향을 띤 호전적인 민족이 살고 있었습니다. 그들은 정착된 거주지 없이 살아가며 양이나 소 같은 가축 무리만을 유일한 재산으로 지니고 있었습니다. 그러면서 그들은 다른 민족들과 오랜 세월 대대로 벌여 온 전쟁을 계속하고 있었는데, 다른 민족들의 재산을 시샘하거나 탐내는 바가 전혀 없으면서도 그러는 것이었습니다."

10장

계속되는 이플락의 이야기, 시에 관한 논설

　"그 어느 곳을 가든지 저는 시(詩)9)가 최고의 학문으로 인정받고 있으며, 사람들이 시를 마치 거룩한 천사를 대하는 듯한 태도로 존경하고 숭상한다는 사실을 발견했습니다. 게다가, 지금도 놀랍게 생각하는 점인데, 어떤 나라가 되었든 거의 항상 최고의 시인들로 인정받는 이는 바로 가장 옛날에 살았던 시인들이었습니다. 다른 모든 종류의 지식이 후천적으로 점차 얻어지는 것인 데 반해 시는 단번에 부여받는 천부의 재능이기 때문에 그런 것인지, 아니면 최초로 지어진 각 나라의 시들이 경이롭고 새로움으로 우연히 그 나라 사람들을 놀라게 해 훌륭하다는 명성을 얻은 뒤 후세 사람들의 동의를

_____

9) 여기에서 '시'는 '문학' 전체를 가리키는 넓은 의미로 사용되고 있다.

통해 그 명성을 계속 유지해 온 때문인지, 아니면 시의 영역이 자연[10]과 인간의 변함없는 본성과 정열을 묘사하는 데 있는 만큼, 최초의 작가들이 가장 주목할 만한 묘사 대상들과 가장 있음 직한 허구적 사건들을 먼저 차지해 버리는 바람에 그 뒤를 이은 작가들에게는 그저 똑같은 사건들을 모사하여 바꿔 쓰거나 아니면 똑같은 이미지들을 새롭게 결합시키는 것밖에 남아 있는 일이 없게 된 탓인지 저는 잘 모르겠습니다. 하지만 그 까닭이 어디에 있든, 일반적으로 관찰되는 사실은 바로 초기의 옛 작가들이 자연과 본질을 훌륭하게 성취하고 있는 반면 뒷날의 작가들은 기술을 성취하고 있다는 것, 즉 옛 시인들은 본질을 꿰뚫는 힘과 독창성에서 탁월하고 후세의 시인들은 우아한 멋과 세련됨에서 탁월하다는 점입니다.

저는 바로 위와 같이 훌륭한 시인들의 명부에 제 이름이 오르기를 갈망했습니다. 그래서 페르시아와 아라비아의 모든 시인들의 작품을 열심히 읽었고, 마침내 메카[11]의 사원에 걸리는 작품들[12]을 암송할 수 있는 경지에 이르렀습니다. 그러나 저는 곧 그 누구도 모방에 의해서는 결코 위대해질 수 없다

---

10) 새뮤얼 존슨이 살았던 18세기 신고전주의 문학에서 '자연'은 자연 세계의 가시적 사물이나 현상보다는 그것이 구현하고 있는 영원불변의 보편적 진리나 법칙 또는 본질 등을 가리킨다.
11) 마호메트의 탄생지로 사우디아라비아의 서쪽 해안에 있는 도시.
12) 축제 때 사원 같은 곳에서 예로부터 최고의 찬양을 받는 훌륭한 작품들을 걸어 놓는 아라비아의 관습을 지칭한다.

는 사실을 깨달았습니다. 탁월한 시인이 되려는 저의 갈망은 저로 하여금 모방이 아니라 바로 자연과 인간의 삶 그 자체에 관심을 돌리게 했던 것입니다. 그리하여 이제 저는 자연과 본질을 저의 궁구하는 주제로 삼았고 인간을 저의 청중으로 삼았습니다. 제가 보지도 못한 것들을 묘사한다는 것은 불가능한 일이고, 또 사람들의 관심사나 생각을 이해하지도 못한 채 그들의 마음에 기쁨이나 두려움을 일으켜 감동을 주기를 기대할 수는 없는 일이었으니까요.

이렇게 진정한 시인이 되기로 작정을 한 저는 이제 새로운 목적을 가지고 모든 것을 바라보게 되었습니다. 제 관심 영역은 갑자기 크게 넓어졌는데, 어떤 종류의 지식이든지 그냥 넘겨서는 안 될 것이기 때문이었습니다. 저는 이미지와 형상을 찾기 위해 여기저기 산과 사막을 돌아다녔고, 숲속의 모든 나무와 골짜기의 모든 꽃들을 마음에 새겨 담았습니다. 그리고 가파른 기암괴석이나 궁전의 뾰족한 탑에 대해서도 역시 똑같은 주의를 기울여 관찰했습니다. 때로는 미로같이 굽이져 흐르는 실개천을 따라 헤매었고, 때로는 여름 하늘 구름의 변화무쌍한 움직임을 열심히 바라보기도 했습니다. 시인에게는 쓸모없는 것이 아무것도 없는 법입니다. 아름다운 것이라면, 그리고 두려움을 자아내는 것이라면 그것이 무엇이든지 간에 시인의 상상력은 모두 잘 알고 있어야 합니다. 또 장엄할 정도로 커다란 것이나 아담하게 자그마한 것이나 시인은 모두 정통하고 있어야 합니다. 뜰에 자라는 식물, 숲속의 짐승, 땅속의 광물, 하늘의 별똥별 등 그 모든 것들이 시인의 마음속에 가득 쌓여 고갈되지 않는 다양함을 이루고 있어야 하는 것이지요. 왜냐하면 그 어떤 착상이나 생각도, 도덕적 또는 종교적 진실을 역설(力說)하고 표현하는 데 유용할 수 있기 때문입니다. 그리고 많은 것을 알고 있을수록 시인에게는 그만큼 다채롭게 장면을 묘사하는 능력이 생길 것이며, 또 폭넓은 비유와 기발한 교훈으로 독자를 기쁘게 하는 능력도 커질 것이기 때문입니다.

그런 이유로 해서 저는 자연의 모든 형상과 모양을 연구하는 일에 심혈을 기울였는데, 여러 나라를 두루 다니며 살핀 그 모든 경험은 시인으로서의 제 능력을 향상시키는 데 나름대로 적지 않은 기여를 했습니다."

이때 왕자가 말했다. "그렇게 널리 살피며 돌아다니는 가운데 그대가 미처 못 보고 지나친 것도 분명히 많겠지요. 지금껏 이렇게 산으로 둘러싸인 좁은 곳에서만 살아온 나도 밖으로 나가 돌아다닐 때면 언제나 전에 한 번도 못 보거나 주의를 기울인 적이 없는 것을 꼭 발견하게 되니까 말이오."

이믈락이 대답했다. "시인이 할 일은 개별적인 존재나 사물이 아니라 일반적인 종(種)을 검토하는 것, 다시 말해 보편적인 속성과 포괄적인 현상에 주목하여 그것을 밝혀내는 것입니다. 시인은 튤립 꽃의 줄무늬가 몇 개인지를 세거나 숲속의 풀밭에 있는 여러 가지 색조의 차이를 묘사하는 사람이 아닙니다. 시인은 자연에 대한 묘사를 할 때 뚜렷하고 두드러진 특징들을 포착하여 그것을 통해 모든 사람의 마음에 본질적인 원형이 떠오르게끔 하는 사람이어야 합니다. 따라서 시인은 사람에 따라 주목할 수도 있고 지나쳐 버릴 수도 있는 그런 자잘한 차이점들 따위는 무시해 버리고, 그 대신 주의 깊은 사람이든 부주의한 사람이든 누구에게나 똑같이 분명하게 인식되는 그러한 보편적 특성들을 추구해야 하는 법입니다.

그러나 자연에 대한 지식은 시인의 책무 가운데 절반에 불과합니다. 시인은 인간 삶의 모든 양태에 대해서도 마찬가지로 잘 알아야 하기 때문입니다. 시인이 되기 위해서는 인간의 삶에 존재하는 행복과 불행의 모든 상황을 가늠할 수 있어야 하고, 인간의 여러 강렬한 감정들이 결합하는 갖가지 양태와 그 영향력을 관찰할 수 있어야 하며, 활기찬 어린아이 때부터 우울한 노쇠기에 이르기까지 인간의 마음이 어떻게 다양한 사회 제도나 풍토나 관습의 우연적인 영향에 제한받으며 바뀌어 가는지를 파악할 수 있어야 합니다. 시인은 자신이 살고 있는 시대나 나라의 편견에서 벗어나 있어야 합니다. 그는 옳고 그름에 대해 본질적이고 절대적인 상태를 파악하여 생각할 수 있어야하고, 현재의 법이나 세속적인 견해 따위에 개의하지 않으며, 영원불변하는 일반적이고 초월적인 진실의 경지에 올라설 수 있어야 합니다. 따라서 그는 자기 명성이 천천히 높아지는 것에 만족하며, 자신이 속한 시대의 박수갈채를 경멸하고 자신의 훌륭함에 대한 결정을 후세의 정당한 판단에 맡겨야 합니다. 그는 자연의 해석자로서 그리고 인류의 입법자로서 글을 쓰며, 다가올 세대의 생각과 범절을 주관하는 책임자로 자신을 여기면서 시간과 공간을 넘어서는 존재가 되어야 합니다.

하지만 시인의 노력은 이것으로 끝나는 것이 아니지요. 그는 여러 가지 많은 언어와 학문을 터득하고 있어야 하고, 그의 문체가 그의 사상에 어울릴 수 있도록 끊임없는 연마를 통해 언어의 모든 미묘함과 우아한 조화를 능숙하게 익혀야 합니다."

11장

계속되는 이플락의 이야기, 순례에 관한 조언

이플락은 이제 자못 열광하여 시인이라는 자신의 직분을 과장하는 데로 나아가고 있었다. 그러자 왕자가 그의 말을 가로막으며 외쳤다. "그만하시오! 그대 말을 듣자 하니, 시인이 될 수 있는 사람은 이 세상에 실로 아무도 없다는 확신이 드오. 자, 그러니 하다 만 이야기나 계속하시오."

"시인이 된다는 것은 과연 참으로 어려운 일이옵니다." 이플락이 대답했다. 이에 왕자가 대꾸하기를 "그 어려움이 너무 지나쳐서 시인의 직분에 대해 더 이상 듣고 싶지 않을 지경이오. 그러니 그대가 페르시아를 구경하고 나서 어디로 갔는지 이야기나 계속해 보시오."라고 말했다.

그리하여 이플락은 다시 말을 이었다. "저는 페르시아에서 시리아를 지나 여행한 다음 팔레스타인으로 가서 삼 년 동안 머물렀습니다. 그곳에서 저는 유럽 북부와 서부에서 온 수많은 사람들을 만나 교제해 볼 수 있었습니다. 이들은 세상의 모든 능력과 지식을 전부 터득하여 갖추고 있는 민족들로, 아무도 막아 낼 수 없는 막강한 군사력과 지구의 먼 구석구석까지 누비고 돌아다니는 선단(船團)을 거느린 나라의 사람들이었습니다. 우리 왕국이나 주변의 민족들과 비교해 볼 때, 이 사람들은 거의 종류가 다른 존재처럼 보였습니다. 그들의 나라에서는 원하는 바를 얻지 못하거나 이루지 못하는 경우가 별로 없습니다. 그들은 우리가 결코 들어 보지 못한 수많은 기술을 끊임없이 연구하고 개발하여 자신들의 편리와 즐거움을 만족시키며, 혹 풍토나 기후가 안 맞아 자기네 나라에서 구할 수 없는 것이 있어도 무엇이든지 무역을 통해 쉽게 필요한 것을 조달합니다."

왕자가 물었다. "어떻게 해서 유럽 사람들은 그렇게 능력이 대단할 수 있단 말이오? 아니 그보다도, 유럽 사람들은 그렇게 쉽게 아시아와 아프리카를 넘나들면서 무역이나 정복을 할 수 있는데, 왜 우리 아시아나 아프리카 사람들은 유럽 사람들의 나라를 침입하여 그들의 항구에 식민지를 세우고 그곳의 통치자들을 우리 마음대로 지배할 수 없단 말이오? 유럽 사람들이 자기네 나라로 돌아갈 때 의지하는 바람을 똑같이 이용하면 우리도 그들의 나라로 쳐들어갈 수 있는 것 아니겠소?"

"유럽 사람들이 우리보다 강하고 능력이 많은 것은 바로 그들이 우리보다 많은 것을 알고 있기 때문입니다, 왕자님." 이믈락이 대답했다. "지식은 항상 무지를 누르고 지배하기 마련이지요. 인간이 다른 동물들을 다스리는 것도 바로 그런 이치입니다. 하지만 왜 유럽 사람들이 우리보다 지식이 더 많은지에 대해서는 인간이 헤아릴 길 없는 신의 뜻이라고밖에는 달리 설명드릴 수 없나이다."

왕자가 한숨을 지으며 말했다. "내가 팔레스타인에 가서 그렇게 강하고 유능한 민족들과 어울려 볼 수 있는 날은 언제나 올 것인지……. 그 행복한 순간이 올 때까지는 그대 같은 사람이 들려주는 그곳에 대한 이야기나 들으면서 시간을 보내야 하겠지. 그런데 그곳에 그렇게 많은 사람들이 모여드는 이유에 대해서는 나도 대강 짐작이 가는바, 그곳은 지혜와 경건한 신앙의 중심지로 당연히 모든 나라의 가장 훌륭하고 지혜로운 사람들이 끊임없이 모여드는 곳임에 틀림없소."

이믈락이 말했다. "팔레스타인을 찾는 순례객이 별로 없는 나라들도 꽤 있습니다. 왜냐하면 신도가 많고 학문적 성향이 강한 유럽의 종파들 가운데는 순례 여행을 미신이라고 비난하거나 어리석은 짓이라고 비웃는 데 의견을 같이하는 종파가 상당히 많기 때문입니다."

왕자가 말했다. "그대도 알다시피, 이제껏 살아오는 동안 나에게는 여러 다양한 생각들을 접할 수 있는 기회가 참으로 적었소. 하지만 순례에 대한 양쪽의 주장을 다 듣자면 시간이 너무 오래 걸릴 것이니, 각각의 주장들을 다 검토해 보았을 그대의 결론이나 어디 들어 보도록 합시다."

이믈락이 대답했다. "순례라는 것은 다른 많은 경건한 행동과 마찬가지로 그것이 어떤 원칙에서 행해지는지에 따라 이성적인 행동이 될 수도 미신적인 것이 될 수도 있습니다. 진리를 찾기 위해서 우리가 꼭 먼 여행을 해야만 하는 것은 아니지요. 삶을 다스리는 데 필요한 진리는 정직하게만 찾는다면 어디서든 항상 발견될 수 있는 법입니다. 다른 장소에 간다고 해서 우리의 경건함이 깊어지는 것은 결코 아니지요. 오히려 장소가 달라지면 우리의 정신은 필연적으로 산만해지기가 쉽습니다. 하지만 매일같이 사람들은 굉장한 일이 벌어진 장소들을 구경하러 계속 찾아가고 있고, 또 사실 그렇게 찾아가 본 뒤에는 그곳에서 일어난 사건에 대해 훨씬 강한 인상을 받고 돌아오게 되지요. 우리가 우리 종교의 근원지인 나라를 찾아가 보고 싶어 하는 것도 바로 그와 똑같은 호기심에서 비롯된 것인데, 그런 점에서 그것은 자연스러운 욕구라고 할 수 있을 것입니다. 확신하건대, 그 장엄한 현장을 실제로 둘러보고서 경건한 신앙의 결심을 어느 정도 새로이 다지지 않을 사람은 아무도 없을 것입니다. 신의 마음을 움직이는 일이 어떤 한 곳보다 다른 곳에서 좀 더 쉬울 수 있다는 생각은 분명 부질없는 미신에서 나온 망상입니다. 하지만 어떤 특정한 장소가 우리 마음에 뭔가 특별한 영향을 끼칠 수 있다는 생각은 우리의 일상적인 경험을 통해서 쉽게 증명될 수 있는 것입니다. 따라서 어떤 사람이 자신의 악덕에 맞서는 싸움을 좀 더 성공적으로 수행할 수 있으리라고 생각하여 팔레스타인에 간다면, 비록 그의 생각은 틀린 것으로 판명될 수 있을지 모르지만, 그곳에 간 그의 행동 자체는 어리석은 것이 아니라고 하겠습니다. 반면에 자신의 악행이 좀 더 너그럽게 용서받을 것이라는 생각에서 팔레스타인에 가는 사람이 있다면, 그는 정녕 자기 자신의 이성적 분별력과 자신의 종교를 다 함께 욕보이는 것이라 하겠습니다."

"유럽 사람들이 바로 그렇게 구분하여 설명한다 이 말이로군. 내 나중에 따로 한번 생각해 봐야겠소." 왕자가 말했다. "그런데 그대가 보기에 유럽 사람들이 지식을 통해 궁극적으로 얻은 것은 무엇인 것 같소? 그들은 우리보다 더 행복하게 살고 있소?"

시인이 대답했다. "이 세상에는 불행한 일이 너무나 많은지라 자신의 고통에서 벗어나 여유롭게 다른 사람들의 행복을 비교하며 가늠해 볼 수 있는 사람은 거의 없습니다. 지식이 우리에게 기쁨을 가져다주는 수단 가운데 하나인 것은 틀림없습니다. 사고를 풍부하게 하고 싶은 욕망이 모든 사람의 마음속에 자연스럽게 일어난다는 사실은 이를 증명하고 있지요. 한편 무지는 그야말로 아무것도 창출될 수 없는 결핍의 상태로, 말하자면 우리의 영혼이 뭔가 관심을 기울일 데가 없어서 그저 멍청하게 정체된 채 있는 공허의 상태라 하겠습니다. 왜 지는 모르지만 우리는 항상 뭔가를 배워서 알게 되면 즐거워지고 뭔가를 잊어버리면 속상해지지요. 따라서 배움의 자연스러운 결과를 방해하는 것이 아무것도 없다면, 우리의 정신적 능력이 풍부해지는 만큼 우리는 행복해지는 것이라고 저는 결론을 내리고 싶습니다.

삶을 편하게 만드는 여러 가지 사항을 구체적으로 살펴볼 때, 유럽 사람들은 많은 점에서 우리보다 나은 처지에 있다 하겠습니다. 그들은 우리가 꼼짝없이 앓다가 죽고 마는 질병이나 상처를 쉽게 치료할 수 있습니다. 우리는 혹독한 기후로 인해 고생하는 데 반해 그들은 그런 고생을 면할 수 있는 방법을 알고 있습니다. 그들은 기계 장치를 사용하여 여러 가지 힘든 일을 처리하지만 우리는 그런 일들을 그저 맨손으로 끙끙대며 수행해야 하지요. 그들은 또 통신 수단이 잘 발달해 있어서 친구와 멀리 떨어져 있어도 떨어져 있다고 할 수 없을 정도입니다. 그들은 국가 정책을 통해 공공의 사회적 불편 사항을 모두 해결하는데, 가령 산을 뚫고 도로를 내거나 강 위로 다리를 놓는 것 등이 바로 그런 것입니다. 그리고 사생활 면에서도, 그들의 주거지는 우리보다 더 널찍하고 편리하며 그들의 사유 재산도 우리보다 더 안전하게 보호받습니다."

"그런 편리한 것을 모두 누리고 있으니 유럽 사람들은 틀림없이 행복하겠군." 왕자가 말했다. "그중에서도 특히 멀리 떨어져 있는 친구들이 서로 생각을 편리하게 교환할 수 있다는 게 가장 부럽소."

이믈락이 대답했다. "유럽 사람들이 우리보다 불행하지는 않겠지만, 그렇다고 해서 그들이 꼭 행복한 것만은 아닙니다. 세상 어느 곳에 살든지 인간의 삶은 참고 견뎌야 할 것은 많고 즐겁게 누릴 일은 별로 없는 법입니다."

12장

계속되는 이플락의 이야기

왕자가 말했다. "나는 아직 우리 인간에게 행복이 그토록 박하게 주어졌다고는 생각하고 싶지 않소. 만약 인생을 선택할 자유가 나에게 주어진다면 나는 매일 매일의 삶을 즐거움으로 가득 채워 나갈 자신이 있소. 나는 그 누구에게도 해를 입히지 않을 것이고, 그 어떤 원망도 사지 않을 것이오. 모든 사람들의 고통을 해결해 줄 것이며, 그들로부터 감사와 축복을 받고 즐거워할 것이오. 지혜로운 자들 가운데서 친구를 택할 것이고, 덕이 높은 여인네 가운데서 아내를 맞을 것이니, 배반이나 악행을 당할 위험에 처하는 일은 전혀 없을 것이오. 자식들을 학식과 효심을 갖춘 사람으로 잘 돌보아 기를 것이며, 그러면 그들은 내가 늙었을 때 자신들이 어린 시절 받은 은혜에 보답할 것이오. 너그러운 권능을 베풀어 수많은 사람을 돕고 풍족하게 해 준 사람이라면 언제든지 그들에게 도움을 청할 수 있을 터, 두려워할 일이 뭐가 있겠소? 인간이 서로 자애롭게 보호해 주고 공경하는 가운데 평탄하고 안온한 삶을 누리지 못할 이유가 어디 있겠소? 이 모든 것은 유럽 사람들의 발달된 지식과 기술의 도움 없이도 다 이루어 낼 수 있을 것이오. 사실 그들의 발달된 면모는 결과적으로 보건대 유익하기보다는 허울만 번지르르한 것으로 보이오. 그러니 자, 그들 이야기는 그만두고 선생의 여행 이야기나 계속 들어 보기로 하지요."

이믈락은 다시 말을 이었다. "팔레스타인에서 저는 아시아의 여러 지역을 지나 여행했습니다. 문명이 발달한 나라에서는 상인으로, 산악 지대의 미개한 민족에게는 순례자로 행세하며 다녔지요. 그러다 마침내 저는 고국을 그리워하게 되었는데, 긴 여행길과 힘든 유랑살이를 끝내고 어린 시절을 보냈던 곳에 돌아와 쉬면서 옛 친구들에게 흥미로운 모험담을 들려주며 살고 싶은 마음이 간절해졌습니다. 저는 자주 즐거운 어린 시절 함께 뛰놀았던, 하지만 이제 노년기에 접어든 친구들이 제 곁에 빙 둘러앉아서 저의 이야기를 듣고 놀라워하면서 저의 견문에 귀 기울이는 광경을 상상해 보곤 했습니다.

이런 생각에 사로잡히자 저는 한순간이라도 아비시니아를 향해 가까이 다가가지 않으면 시간 낭비로 여기게 되었습니다. 저는 먼저 이집트로 서둘러 갔습니다. 고향에 어서 돌아가고 싶은 마음뿐이었지만, 그래도 열 달 동안 그곳에 머무르면서 그 나라의 장려한 고대 유적을 감상하고 유서 깊은 고대의 학문을 탐구해 보았습니다. 카이로에는 온갖 나라의 사람들이 모여들었는데, 지식에 대한 사랑에 이끌려 온 자들이 있는가 하면, 돈벌이를 바라고 온 사람들도 있었습니다. 그리고 대중의 익명성 속에 숨어 남의 주목을 받지 않고 자기 나름의 방식대로 살고 싶은 욕망으로 그곳에 온 자들도 많았는데, 그것은 카이로처럼 인구가 많은 도시에서는 사교의 즐거움과 은밀한 고독을 동시에 누릴 수 있기 때문이지요.

카이로에서 저는 수에즈로 갔고, 곧 배에 몸을 실어 홍해 연안을 따라 항해해서 드디어 이십 년 전 여행길에 나섰던 항구에 다다르게 되었습니다. 이곳에서 저는 한 무리의 대상 행렬에 합류해 여행을 계속했고 마침내 고국 땅을 다시 밟을 수 있었습니다.

당시 저는 일가친척들의 반기는 손길과 벗들의 축하를 기대했으며, 또 아무리 재물을 중히 여기는 아버지라 할지라도 나라의 행복과 명예를 높일 수 있는 사람이 되어 돌아온 아들을 기쁘고 자랑스럽게 맞아 주지 않을까 희망했습니다. 그러나 저는 곧 제 생각이 헛된 것이었음을 깨닫게 되었지요. 아버지는 이미 십사 년 전에 재산을 제 형제들에게 물려주고는 돌아가셨고, 형제들 역시 그 뒤 어딘가 다른 지방으로 이사를 가 버리고 없었던 것입니다. 제 친구들도 이미 대부분이 세상을 떴고, 남은 친구들마저 저를 잘 알아보지 못하거나 아니면 이방 풍습에 젖어 타락해 버린 사람쯤으로 여기곤 했지요.

인생의 부침과 유전에 익숙해진 사람은 쉽사리 낙담하지 않는 법입니다. 얼마 후 저는 실망했던 마음을 털어 버리고 왕궁의 귀족들 앞에 나아가 인정을 받아 보고자 했습니다. 그런데 귀족들은 저를 식사하는 자리에 불러들여 이야기를 들어 보더니 그냥 돌려보내고 말았습니다. 저는 학당을 열어 보려고 했는데, 가르치는 일을 금지당했습니다. 그런 뒤 저는 가정의 평온한 삶을 찾아 정착하기로 결심하고 제 이야기를 호감있게 들어 주던 한 양갓집 여인에게 구애를 했습니다. 하지만 그녀는 제 아버지가 상인이었다는 이유로 저의 청혼을 거절해 버렸습니다.

간청하고 거절당하는 것에 염증이 난 저는 마침내 세상으로부터 영원히 은신해 버리기로, 그리하여 더 이상 다른 사람들의 판단이나 변덕에 이끌려 좌우되지 않기로 결심했습니다. 저는 행복의 골짜기의 문이 열릴 때를 기다려 이 세상의 희망이나 염려 따위와 작별을 고하기로 했습니다. 골짜기의 문이 열리는 날이 왔고 저는 특출한 연기로 좋은 평가를 받았습니다. 그리하여 영원한 유폐의 처소에 기쁜 마음으로 몸을 의탁하게 되었습니다.”

“그렇다면 선생은 이곳에서 드디어 행복을 찾으셨소?” 왕자가 말했다. “솔직하게 말씀해 주시오. 선생께서는 지금의 처지에 만족하고 계시오? 아니면 혹, 다시금 떠돌아다니면서 뭔가 탐구하며 살았으면 하는 마음이시오? 이 골짜기에 사는 사람들은 모두 자기의 운명을 축하하고 있소. 그래서 그들은 매년 황제께서 방문하실 때마다 자기네의 이 지극한 행복을 함께 누리자고 다른 사람들을 초청하곤 한다오."

"존귀하신 왕자님." 이믈락이 대답했다. "진실로 여쭙건대 제가 알기로 왕자님을 모시고 있는 자들 가운데 이 은둔의 처소에 들어온 날을 한탄하지 않는 사람은 아무도 없답니다. 저 자신은 다른 사람보다는 불행에 덜 빠져든다 하겠는데, 그것은 제 머릿속에 무수한 심상이 가득 차 있어 언제든지 그것들을 마음대로 변형시키거나 결합시키면서 즐거움을 얻을 수 있기 때문입니다. 저는 기억에서 사라져 가는 지식을 새로이 되살리거나, 지난날 겪은 일들을 회상하면서 홀로 있는 시간을 심심하지 않게 보낼 수 있답니다. 하지만 이 모든 것은 결국 슬픈 생각으로 끝나고 마는데, 그것은 바로 저의 학식과 견문이 이젠 쓸모없으며 과거의 어떤 즐거움도 다시는 누릴 수 없다는 사실 때문입니다. 제가 이러니, 당장 눈앞에 있는 것 말고는 정신적인 관심거리가 전혀 없는 다른 사람들은 오죽하겠습니까? 그저 악의적인 격정에 좀먹히거나 끝없는 공허의 우울 속에 멍청히 빠져들 뿐이지요."

왕자가 물었다. "경쟁하며 다툴 일이 전혀 없는 사람들이 대체 무슨 격정에 시달릴 수 있단 말이오? 우리가 살고 있는 이 골짜기에서는 악한 마음 같은 것은 행동으로 옮겨질 수 없는 탓에 아예 생겨나지 못하고, 질투 따위 역시 즐거움을 모두가 함께 누리는 탓에 전혀 솟아날 틈이 없잖소."

이믈락이 말했다. "물질을 함께 나누어 소유하는 것은 가능합니다만, 사랑이나 존경을 함께 나누어 누리는 일은 결코 가능하지 않습니다. 한 사람이 다른 사람보다 타인의 호감을 더 많이 사는 일은 생기기 마련이고, 자신이 멸시당하는 걸 알아차린 사람은 자연히 시기심을 품기 마련입니다. 특히 자기를 멸시하는 사람들과 늘 얼굴을 대하며 살아야 하는 경우에는 더욱더 시기심과 악한 마음에 사로잡히게 되지요. 이 골짜기의 사람들이 마음속으로는 자신들의 처지를 비참하게 여기면서도 다른 사람들을 이리로 유혹하며 초청하는 것은 바로 절망적인 불행 속에서 자연스레 품게 된 악의 때문이랍니다. 그들은 자신이든 남이든 이곳의 모두에 대해 지겹고 싫증이 나서 새로운 상대에게서 혹 위안거리를 얻지 않을까 하고 기대합니다. 그러면서 자신들의 어리석음 탓으로 상실해 버린 자유를 바깥세상의 사람들이 누리고 있는 것을 시샘하여, 세상의 모든 사람들이 자신들처럼 갇히는 꼴을 기꺼이 보고 싶어하는 것입니다.

하지만 저 자신은 이러한 죄악에서 완전히 벗어나 있습니다. 저의 설득을 받고 이곳에 들어와 불행하게 되었다고 말할 수 있는 사람은 아무도 없으니까요. 저는 해마다 이곳에 감금되어 들어오기를 간청하는 무리를 불쌍하게 바라보면서, 그들이 처한 위험을 알려 주는 것이 법으로 허용되었으면 하는 심정에 사로잡히곤 한답니다."

"경애하는 이믈락 선생." 왕자가 말했다. "선생께 내 속마음을 모두 털어놓겠습니다. 나는 오랫동안 이 행복의 골짜기에서 탈출하려는 궁리를 해 왔답니다. 그래서 주변의 모든 산을 찾아다니며 살펴보았는데, 그 결과는 사방이 완전히 가로막혀 어찌해 볼 도리가 없다는 깨달음뿐이었습니다. 부디 청하노니,

나를 가두고 있는 이 감옥을 깨치고 도망칠 방도를 가르쳐 주십시오. 선생을 내 탈출의 동반자이자 방랑길의 인도자로, 그리고 운명의 동지이자 인생의 선택을 위한 유일한 지도자로 삼겠습니다."

"왕자님." 시인이 대답했다. "이곳을 탈출하는 일은 쉽지 않을 것입니다. 게다가 혹 탈출한다 해도 왕자님께서는 아마 곧 왕자님의 호기심을 후회하시게 될 것입니다. 지금 왕자님께서는 바깥세상을 이 골짜기의 호수처럼 잔잔하고 평온한 것으로 상상하고 계시지만, 폭풍우로 물보라가 치솟고 거센 소용돌이로 들끓는 바다와 같은 것이 바로 세상임을 곧 깨닫게 될 것입니다. 때로는 격렬하게 요동치는 파도에 휩쓸릴 것이며 때로는 음흉한 암초에 내동댕이쳐지기도 할 것입니다. 갖가지 불의와 속임수, 온갖 경쟁과 근심거리에 둘러싸인 가운데 왕자님께서는 이곳에서의 평온한 삶을 수없이 그리워하게 될 것이며, 두려움이나 걱정에서 자유로워지기 위해 기대나 희망을 기꺼이 포기하고 싶어 하실 것입니다."

"내 결심을 꺾으려고 하지 마십시오." 왕자가 말했다. "나는 선생이 겪은 것들을 나도 어서 직접 겪어 보고 싶다는 마음뿐입니다. 게다가 선생 자신이 이 골짜기를 지겹게 여기고 있는 것으로 볼 때, 선생의 과거 삶은 지금 이곳에서의 삶보다 어쨌든 더 나은 것이었던 게 분명합니다. 모험의 결과로 어떤 일을 겪든 간에, 나는 인간의 여러 다양한 생활 양상을 직접 내 눈으로 보고 판단할 작정이며, 그런 다음 내 인생의 선택을 신중하게 결정할 것입니다."

이플락이 말했다. "왕자님은 사실 견고한 지형적 장벽에 가로막혀 못 가고 계시는 것일 뿐 저의 만류 따위는 아무 소용이 없는 듯하군요. 하지만 왕자님의 결심이 확고하다면, 저도 왕자님께 포기하시라고 권하지는 않겠습니다. 노력과 기술로 이루지 못할 일은 거의 없는 법이니까요."

13장

라셀라스 왕자는 탈출할 방법을 찾아내다

　왕자는 총애하는 신하 이믈락에게 이제 그만 물러가 쉬라고 했다. 하지만 이믈락의 경이롭고 신기한 이야기는 왕자의 마음을 온통 사로잡아 들뜨게 했다. 왕자는 이야기 내용을 모두 마음속에 다시금 되살려 보면서, 다음 날 아침에 물어볼 수많은 질문들을 준비해 두었다.

　왕자가 지니고 있던 불만은 이제 많은 부분 해소되었다. 그는 마침내 자신의 생각을 말해 볼 수 있고 또 자신의 계획을 도와줄 만큼 경험도 많은 친구를 얻은 것이었다. 왕자의 마음은 더 이상 답답한 초조감으로 달아오르지 않았다. 행복의 골짜기조차 그런 벗과 함께라면 이제 견딜 만할 것 같았고, 나아가 둘이 함께 바깥세상으로 나갈 수만 있다면 더 이상 바랄 게 없을 듯했다.

며칠이 지나자 차 올랐던 물이 빠지고 땅도 말랐다. 왕자와 이믈락은 다른 사람의 눈길을 피해 밖으로 나가 함께 거닐면서 이야기를 나누었다. 항상 생각이 날개를 타고 날아오르는 왕자는 골짜기의 철문을 지나게 되었을 때 슬픈 얼굴로 이렇게 말했다. "철문이여, 너는 어찌 그다지도 견고한 것이며, 인간은 어찌 이다지도 약한 존재란 말이냐?"

"인간은 약한 존재가 아닙니다." 왕자의 벗 이믈락이 대답했다. "인간의 지식은 자연의 물리적인 힘보다 우월한 것입니다. 역학을 통달한 사람에게 자연의 힘은 우스울 따름입니다. 저는 이 문을 단숨에 폭파해 버릴 수 있습니다. 다만 비밀리에 그렇게 할 수 없는지라 어떤 다른 방도를 찾아야 할 뿐인 것입니다."

그들이 산 중턱을 거닐 때였다. 비 때문에 굴에서 쫓겨 나왔던 토끼들이 관목 숲 사이에 피신처를 잡고 그 뒤로 비스듬하게 위쪽을 향해 구멍을 파 올라간 것이 눈에 띄었다. 이를 본 이믈락이 말했다. "인간의 이성이 동물의 본능에서 많은 기술을 배웠다는 것은 오래전부터 알려진 생각입니다. 그러니 우리가 토끼한테서 배운다고 해서 이를 수치스러운 일로 여기지 마십시오. 토끼와 같이 우리도 위를 향해 산을 뚫고 올라간다면 혹 탈출의 길이 열릴지 모릅니다. 꼭대기가 골짜기 중심부를 향해 솟아 있는 곳에서부터 일을 시작해서 위쪽으로 열심히 한번 파 올라가 보기로 하지요. 그러면 마침내 꼭대기의 솟은 부분 뒤로 뚫고 나올 수 있을 것입니다."

이 제안을 듣는 순간 왕자의 눈에 환희의 불꽃이 번쩍였다.

실행하기 어렵지 않은 일이었고 성공은 확실해 보였다.

이제 한순간도 낭비할 수 없었다. 그들은 아침 일찍 서둘러 나가 땅굴을 파기에 적합한 장소를 찾아다녔다. 울퉁불퉁한 바위와 가시나무 관목 사이를 기진맥진하도록 여기저기 헤치며 다녔는데, 자신들의 계획에 적합한 장소를 그 어디서도 발견하지 못한 채 빈손으로 돌아왔다. 다음 날 그리고 그 다음 날도 똑같은 방식으로 똑같은 좌절 속에서 지나갔다. 그러나 넷째 날에 드디어 그들은 잡목 숲으로 가려져 있는 자그마한 동굴을 하나 찾아냈고, 그곳에서부터 굴을 파 올라가 보기로 결정했다.

이믈락은 즉시 돌을 잘라내고 흙을 퍼 옮기기에 적절한 도구를 마련했다. 그리고 다음 날부터 두 사람은, 비록 몸보다 마음이 훨씬 앞서긴 했지만, 열심히 일을 하기 시작했다. 한껏 힘을 쓰던 그들은 곧 기진맥진해져서 숨을 헐떡이며 풀밭 위에 주저앉고 말았다. 한동안 왕자는 낙담한 표정이었다. 이를 본 이믈락이 말했다. "왕자님, 일을 하다 보면 곧 익숙해져서 한 번에 좀 더 오랫동안 버틸 수 있을 것입니다. 자, 우리가 벌써 얼마나 많은 진척을 이뤘나 보십시오. 우리의 고생이 언젠가 끝나고 말 것이라는 사실을 쉽게 알 수 있지 않습니까? 위대한 일을 성취하는 것은 힘이 아니라 끈기입니다. 저기 있는 궁궐을 보십시오. 돌을 하나하나 쌓아 지은 것이지만, 그 얼마나 높고 널찍한지요. 하루에 세 시간씩 열심히 걷는 사람은 칠 년이면 지구 둘레에 달하는 거리를 답파하게 될 것입니다."

그들은 하루도 거르지 않고 일에 매달렸다. 얼마 지나지 않아 바위 사이로 갈라진 틈이 나타났고 그 덕에 거의 막힘없이 멀리까지 나아갈 수 있었다. 라셀라스 왕자는 이것을 좋은 조짐으로 여겼다. 그러나 이믈락이 말했다. "이성적으로 타당하게 보이는 것이 아니면 희망이나 두려움 따위로 마음을 어지럽히지 마십시오. 일이 잘되리라는 징표에 빠져 기뻐한다면 마찬가지로 일이 잘못되리라는 조짐에 사로잡혀 두려워하기 마련인 바, 그러면 우리는 살아가는 내내 미신의 제물이 되고 말 것입니다. 무엇이든지 어떤 것으로 인해 우리의 일이 수월해지는 경우가 생긴다면, 그것은 단순한 하나의 징조보다는 일의 성공에 기여하는 하나의 요인으로서 진정한 의미가 있는 것입니다. 이번 경우 역시 우리가 결심을 실천에 옮길 때 종종 일어나는 뜻밖의 기분 좋은 현상 가운데 하나입니다. 계획할 때는 어렵게만 보이던 것이 막상 실행으로 옮겨 보면 쉬운 것으로 나타나는 경우가 많은 법입니다."

14장

라셀라스 왕자와 이믈락은 뜻밖의 방문을 받다

왕자와 이믈락은 이제 중간 정도까지 뚫고 나갔으며, 자유가 점점 가까워진다는 생각으로 일의 고단함을 달랬다. 그러던 어느 날 바람을 쐬러 내려온 왕자는 여동생인 네카야 공주가 동굴의 입구에 서 있는 것을 발견했다. 왕자는 깜짝 놀라서 그 자리에 멈춰 섰는데, 자신의 계획을 털어놓기가 두려웠지만 그렇다고 그것을 감출 수도 없어 매우 당황스러웠다. 잠시 후 왕자는 공주의 신실한 성품을 믿기로 결심했다. 그녀에게 숨김없이 털어놓음으로써 비밀을 함께 지키도록 할 생각이었다.

공주가 먼저 입을 열었다. "오라버니, 제가 염탐꾼 노릇을 하러 여기에 왔다고 생각하지 말아 주세요. 전 오랫동안 제 방의 창문을 통해 오라버니와 이믈락 선생이 매일 똑같은 곳을 향해 걸어가는 것을 보아 왔어요. 하지만 두 분이 좀 더 시원하고 향기로운 그늘이나 강둑을 찾아 그렇게 즐겨 가는 줄만 알았지 어떤 다른 이유가 있다고는 전혀 생각지 못했어요. 사실 제가 이렇게 따라온 것도 그저 두 분의 대화에 참여하고 싶다는 생각 말고는 다른 이유가 전혀 없었습니다. 따라서 제가 두 분의 비밀을 알게 된 것은 뭔가 의심해서가 아니라 두 분에 대한 애정으로 인한 것이오니, 이렇게 알게 된 비밀의 혜택을 부디 저도 누리게 해 주세요. 저 역시 오라버니와 마찬가지로 감금된 이곳의 삶이 지겹고, 또 오라버니 못지않게 바깥 세상에서 일어나는 것들을 알고 싶은 마음 간절하답니다. 오라버니와 함께 이 무미건조한 평안에서 도망칠 수 있도록 허락해 주세요. 오라버니가 떠나고 저만 남는다면 이곳은 더욱더 지긋지긋해질 거예요. 설령 오라버니께서 따라오라는 허락을 내리지 않으신다 해도 저는 오라버니의 뒤를 따라가고 말겠어요. 그것까지 막으실 수는 없을 테니까요.”

왕자는 여러 여동생들 가운데서도 네카야를 특히 사랑했던지라 그녀의 간청을 물리칠 마음이 전혀 없었다. 그는 오히려 자기가 먼저 자발적으로 비밀을 털어놓아 그녀에 대한 믿음을 보이지 못한 것이 못내 아쉬웠다. 그리하여 왕자는 공주를 데리고 골짜기를 떠나기로 약속했고, 그때까지 공주는 다른 사람이 우연히 또는 호기심으로 왕자와 이믈락을 따라 산으로 올라오는 일이 없도록 감시하는 역할을 맡기로 했다.

마침내 왕자와 이믈락의 고생은 끝이 났다. 꼭대기의 돌출부 너머를 비추고 있는 빛이 보이기 시작하더니 그들은 곧 산

꼭대기 쪽으로 뚫고 나왔다. 그리고 그들의 눈앞에는 아직 가느다란 물줄기로 굽이지며 흘러가는 나일 강의 모습이 저 아래로 펼쳐졌다.

왕자는 황홀하게 사방을 둘러보며 앞으로 펼쳐질 여행의 모든 즐거움을 기대했다. 그의 생각은 이미 아버지의 왕국 영토를 넘어 달려가고 있었다. 한편 이믈락은 탈출한다는 것에 매우 기쁜 마음이긴 했지만, 바깥세상의 즐거움에 대한 기대감은 왕자보다 훨씬 덜했다. 이미 과거에 다 경험했고 또 그것에 대해 염증을 느낀 적이 있기 때문이었다.

왕자가 탁 트인 넓은 지평선을 보고 감탄하며 너무나 기뻐하는 바람에 이믈락은 한참 걸려서야 겨우 그를 설득해 골짜기로 돌아갈 수 있었다. 왕자는 곧바로 동생 네카야한테 가서 탈출의 길이 드디어 열렸으며 이제 떠날 준비만이 남아 있다고 알려 줬다.

15장

왕자와 공주는 행복의 골짜기를 떠나
여러 가지 놀라운 일을 겪다

왕자와 공주에게는 상거래가 이루어지는 세상 어느 곳에 가든 부유하게 지낼 수 있을 만큼의 충분히 많은 보석들이 있었다. 이믈락의 지시에 따라 그들은 이것들을 옷 속에 감추었다. 그러고는 보름달이 뜨는 날 밤에 모두 골짜기를 떠났다. 공주는 가장 총애하는 시녀 한 명만을 동반했는데, 그 시녀는 어디로 가는지도 모른 채 따라왔다.

동굴을 통해 위로 기어 올라간 그들은 곧 반대쪽으로 나와 내려가기 시작했다. 공주와 시녀는 사방으로 눈길을 주며 둘러보았는데, 끝없이 펼쳐지는 풍경을 보더니 끔찍한 허공 속에서 길을 잃은 듯한 두려움에 사로잡혔다. 두 사람은 걸음을 멈춘 채 벌벌 떨기 시작했다. 공주가 말했다. "언제 어디서 끝날지 모르는 여행을 막상 시작하려니 좀 두렵군요. 광막한 벌판 같은 이 세상으로 감히 나아가, 한 번도 본 적이 없는 사람들과 도처에서 마주쳐야 할 것을 생각하니 좀 두렵고 떨립니다." 비록 남자답게 보이고자 내색을 하지는 않았지만, 왕자 역시 거의 똑같은 심정이었다.

이믈락은 두려워하는 그들의 모습을 보고 미소를 지었다. 그러고는 그들이 앞으로 계속 나아갈 수 있도록 용기를 북돋아 주었다. 하지만 망설이며 두려워하는 공주의 태도는 여전히 계속되다가 자신도 모르는 사이 너무 멀리 나아가 더 이상 돌아갈 수 없게 된 다음에야 비로소 사라졌다.

아침이 되었을 때 그들은 들판에서 몇 명의 목동들을 만났다. 그들은 양젖과 과실을 차려 왕자 일행 앞에 내놓았다. 공주는 자신을 맞아 줄 궁궐이 없고 맛 좋은 음식을 차린 식탁도 준비되어 있지 않은 것에 놀라워했다. 그러나 피로하고 허기진 상태라 양젖을 마시고 과실을 먹었는데, 그것들이 골짜기에서 나는 것보다 훨씬 맛이 좋다고 생각했다.

왕자 일행은 천천히 여유 있게 여행을 해 나갔다. 이는 그들 모두 힘들고 어려운 여행길에 익숙하지 않았고, 또 그들이 골짜기에서 사라진 사실이 알려져도 추적당할 염려가 없다는 것을 알고 있기 때문이었다. 며칠이 지나 그들은 좀 더 사람이 많이 살고 있는 지역으로 들어갔다. 그곳에서 왕자와 공주는 다양한 예절과 신분과 직업 등을 보고 감탄하며 놀라워했는데, 이믈락은 이것을 재미있어했다.

왕자 일행의 옷차림은 그런대로 평범하여 뭔가 감추고 있다는 의심을 살 정도는 아니었다. 하지만 왕자는 가는 곳마다 사람들로부터 복종받기를 기대했고, 공주도 사람들이 그녀 앞에 나올 때 몸을 낮춰 땅에 엎드리지 않는 것을 보고 경악했다. 이플락은 그들이 남다른 행동으로 신분을 드러내지 않을까 몹시 경계하여 그들을 늘 주시하고 있어야 했다. 그리하여 그는 왕자 일행을 처음 도착한 마을에 몇 주일 동안 머물도록 하면서 그들이 평범한 세상 사람들의 모습에 익숙해질 수 있게 했다.

왕자와 공주는 자신들이 얼마 동안은 왕족으로서의 지위를 포기한 것이며 따라서 다른 사람들한테서 기대할 수 있는 것은 너그럽고 정중한 행동으로 불러일으킬 수 있는 그런 존경의 태도밖에 없다는 사실을 점차 이해하게 되었다. 이플락은 많은 설명과 지도를 통해 항구 도시의 번잡함과 상업에 종사하는 사람들의 거친 행동을 견뎌 낼 수 있도록 그들을 준비시켰다. 그런 다음 그들을 해안 도시로 데리고 갔다.

모든 것이 새로운 왕자와 공주에게는 어디를 돌아보든지 한결같이 즐거운 것뿐이었다. 그래서 그들은 그 항구도시에 몇 달간 머무르면서 더 이상 다른 곳으로 가 볼 생각을 하지 않았다. 이플락은 그렇게 머물러 있는 것을 만족스럽게 여겼는데, 세상 경험이 없는 그들을 곧바로 위험 요소가 많은 외국 여행길로 데리고 가는 것은 안전하지 못하다고 생각했기 때문이다.

마침내 이플락은 왕자 일행의 정체가 알려지지 않을까 염려하기 시작했고, 그래서 떠날 날짜를 잡자고 제안했다. 왕자와 공주는 스스로 판단할 만한 처지가 못 되었으므로 모든 계획을 이믈락에게 맡겼다. 그리하여 이믈락은 수에즈로 가는 배의 승선권을 구입했고, 때가 되자 모두들 배에 올라탔다. 다만 공주를 배에 타도록 설득하는 데는 상당히 애를 먹어야 했다. 그들은 신속하고 안전하게 항해하여 수에즈에 도착했고 거기서부터는 육로를 통해 카이로로 갔다.

16장

왕자 일행은 카이로에 도착하고
모든 사람이 행복하게 보이다

　카이로에 가까워지면서 왕자와 공주는 처음 보는 도시의 모습에 놀라움을 금치 못했다. 이때 이믈락이 왕자에게 말했다. "여기는 세상 구석구석의 여행자들과 상인들이 모여드는 곳입니다. 왕자님께서는 이곳에서 온갖 종류의 성격과 직업을 지닌 사람들을 만나 보게 될 것입니다. 상업은 이곳에서 존경받는 직업입니다. 따라서 저는 상인으로 행세할 테니, 왕자님과 공주님은 그저 호기심 말고는 다른 목적이 전혀 없는 이방인 여행객으로 지내십시오. 우리가 돈이 많다는 것은 곧 사람들 눈에 띌 것입니다. 그러면 우리는 그 평판을 바탕으로 누구에게든지 쉽게 접근할 수 있고 원하는 사람 누구와도 사귀어 볼 수 있을 것입니다. 그런 식으로 왕자님께서는 인간 삶의 온갖 양상을 다 살펴보실 수 있을 것이고, 그런 다음 천천히 왕자님 자신의 인생을 선택하시면 될 것입니다."

그들은 이제 시내의 중심지로 들어섰는데, 시끄러운 소리 때문에 정신을 잃을 지경이었고 북적거리는 사람들로 인해 심히 불쾌해졌다. 이믈락의 가르침에도 불구하고 그들은 아직 왕족의 습관을 버리지 못하여, 자신들이 거리를 걸어갈 때 사람들의 존대를 받지 못하는 것은 물론이고 최하층 계급의 사람조차도 아무런 존경심이나 공손함을 표하지 않는 것에 대해 매우 의아하게 생각했다. 처음에 공주는 평민과 동등한 신분이 되었다는 생각을 견딜 수가 없어서, 며칠 동안 자기 방에 틀어박혀 골짜기에서처럼 총애하는 시녀 페쿠아의 시중을 받으면서 지내기까지 했다.

장사와 상거래를 잘 알고 있는 이믈락은 카이로에 도착한 다음 날, 가지고 온 보석의 일부를 내다 판 뒤 그 돈으로 집을 한 채 세내었다. 그러고는 그 집을 아주 훌륭하게 꾸며 놓아 곧 굉장히 부유한 상인으로 알려지게 되었다. 그의 정중함에 이끌려 많은 사람들이 그와 안면을 트고 싶어 했고, 그의 너그러운 인심으로 인해 많은 자들이 그에게 빌붙어 환심을 사려고 했다. 그의 식탁은 온갖 나라에서 온 사람들로 붐볐는데, 그들은 그의 학식을 찬미하면서 호감을 사고자 애썼다. 왕자와 공주는 아직 대화를 나눌 만큼 말을 알아들을 수 없었던 지라, 별것도 아닌 것에 놀라거나 해서 그들이 세상에 대해 아는 게 전혀 없다는 사실을 드러내는 일은 없었다. 하지만 그들은 조금씩 그 나라 언어를 터득해 갔고 그러면서 세상일에도 점차 눈을 떠 갔다.

여러 차례 반복된 이플락의 가르침을 통해 왕자는 곧 돈의 본질과 그 사용법을 깨달았다. 하지만 공주와 시녀는 상인들이 조그만 금이나 은 조각으로 대체 무엇을 하는지, 그리고 그렇게 보잘것없는 물건이 어째서 생활의 필수품과 동등한 것으로 받아들여지는지를 오랫동안 이해할 수 없었다.

왕자와 공주는 이 년 동안 그곳 언어를 공부했다. 그리고 그동안 이플락은 인간의 다양한 지위와 처지를 그들 앞에 보여 주기 위한 준비를 해 나갔다. 그는 재산이나 행실에 조금이라도 남다른 점이 있는 사람이면 누구든지 만나서 안면을 익혔다. 사치스러운 사람이나 검약한 사람, 게으른 사람이나 바쁜 사람, 상인이나 학자 등 모든 종류의 사람들과 교제를 나누었다.

왕자는 이제 제법 유창하게 대화를 나눌 수 있게 되었고 낯선 사람을 대할 때 지켜야 할 주의 사항들도 어느 정도 숙지했다. 그리하여 그는 이플락을 따라 사람들이 자주 모이는 곳을 드나들며 온갖 회합의 자리에 참석하기 시작했고, 이로써 인생의 선택을 위한 지혜를 얻고자 했다.

처음 얼마 동안 왕자는 인생의 선택이 불필요하다는 생각이 들었다. 그것은 모든 사람이 다 똑같이 행복한 것처럼 보였기 때문이다. 어디를 가든지 유쾌함과 친절이 그를 맞아 주었고 환희의 노래와 태평한 웃음소리가 들려왔다. 왕자는 세상이 온통 풍요로 넘쳐흐르며 각자의 필요나 공적에 따라 모든 것이 훌륭하게 분배되고 있다고 믿게 되었다. 사람들은 너도나도 베푸는 손길을 아낌없이 내밀었으며, 마음에 부드러운 인정이 흘러넘치지 않는 사람은 아무도 없었다. 왕자는 혼자 말했다. "그러니 이런 세상에서 불행해질 수 있는 사람은 아무도 없을 거야."

이믈락은 왕자가 이렇게 착각하며 만족해하는 것을 내버려 두었는데, 경험 부족에서 비롯된 낙관적 태도를 짓밟아 버리고 싶지 않았기 때문이다. 그러던 어느 날 말없이 한동안 앉아 있던 왕자가 이렇게 말했다. "내가 다른 친구들보다 불행한 이유가 대체 무엇인지 알 수 없군요. 친구들은 언제나 변함없이 명랑하고 즐거운 모습인데 나는 초조하고 불안한 마음에 사로잡히곤 합니다. 아무리 즐거운 일을 해도 나는 만족을 할 수가 없습니다. 분명코 내가 간절히 하고 싶었던 것들인데도 말입니다. 지금 나는 명랑한 사람들과 어울려 유쾌한 듯이 살고 있지만, 그것은 벗들과의 즐거운 교제를 나누고 싶어서가 아니라 바로 나 자신을 회피하기 위한 것입니다. 내가 큰소리로 명랑하게 떠들어 대는 것 역시 사실은 마음속의 슬픔을 감추기 위한 것에 불과하답니다."

이믈락이 대답했다. "사람은 누구나 자신의 마음을 살펴봄으로써 다른 사람의 마음속에 일어나는 일을 짐작할 수 있습니다. 따라서 왕자님께서 자신의 쾌활함을 거짓으로 꾸민 것이라 느끼신다면, 왕자님 벗들의 쾌활함 역시 진정한 것이 아니라고 생각해도 틀리지 않을 것입니다. 부러움이나 시기심은 대개 피차일반이기 마련입니다. 인간은 늙어 죽을 때까지 행복이란 이 세상에서 결코 찾을 수 없는 것임을 쉽게 깨닫지 못합니다. 그래서 우리는 저마다 다른 사람이 행복을 소유하고 있다고 믿으며 자기도 언젠가는 그런 행복을 얻으리라고 계속 희망을 버리지 않고 있지요. 어젯밤 왕자님께서 참석하셨던 모임에서는 명랑한 분위기와 흥겨운 공상의 유희가 넘치는 듯했습니다. 마치 맑고 깨끗한 하늘나라에서 걱정이나 슬픔 따위를 전혀 모르고 살도록 창조된 거룩한 천사들의 모임과도 같았지요. 하지만 왕자님, 제가 장담하건대 그 자리에 있던 사람 가운데 모임이 끝나 혼자 남게 되는 순간을 두려워하지 않은 사람은 아무도 없었을 것입니다. 혼자 남는 순간 반성과 후회에 사로잡혀 고통으로 몸부림쳐야 하기 때문이지요."

왕자가 말했다. "선생의 말이 맞는 것 같군요. 내가 바로 그렇고, 또 그걸로 보아 다른 사람도 마찬가지겠지요. 하지만 인간의 삶이 전체적으로는 불행하다 할지라도, 그래도 그중에서 다른 처지에 비해 좀 더 나은 처지가 있지 않겠습니까? 그러므로 지혜를 발휘한다면 분명히 그 안에서나마 최선의 인생을 선택할 수 있을 것입니다."

이믈락이 대답했다. "선과 악, 행과 불행을 결정하는 요인들은 너무나 다양하고 불확실하며 또 서로 뒤얽혀 있을 때가 참으로 많습니다. 게다가 여러 가지 관계에 의해 갖가지로 나뉘질 뿐만 아니라 예측할 수 없는 사건에 좌우되는 경우가 실로 많습니다. 따라서 삶의 진로를 결정하기 위해 어떤 절대적이고 확고한 선택 기준을 찾으려는 사람은 아무리 평생 동안 궁리하고 모색해도 결국 그것을 찾지 못한 채 죽어 버릴 것입니다."

"그렇지만." 라셀라스 왕자가 말했다. "우리가 감탄하며 경청하는 지혜로운 사람들을 볼 때, 그들은 분명 자신들이가장 행복해질 거라고 생각되는 그런 종류의 삶을 자신들의 인생으로 선택한 것 아닙니까?"

"인생을 스스로 선택해서 사는 사람은 극히 드뭅니다." 시인이 대답했다. "인간은 누구든지 예측하지 못했을 뿐만 아니라 순응하고 싶지 않았던 원인들에 이끌려 현재의 처지에 놓여 있는 것이랍니다. 따라서 이웃보다 자신이 더 나은 처지에 있다고 생각하는 사람은 거의 찾기가 어려운 법입니다."

왕자가 말했다. "다행히도 나는 타고난 신분 때문에 내 스스로 결정할 수 있는 처지에 있으니 적어도 한 가지 점에서는 다른 사람보다 유리한 위치에 있다고 하겠군요. 나는 지금 막 세상에 첫발을 내딛었습니다. 나는 세상을 천천히 관찰하고 살펴볼 작정입니다. 틀림없이 어딘가에서 행복을 찾아낼 수 있을 것입니다."

17장

왕자는 활기차고 쾌활한 젊은이들과 어울리다

　다음 날 아침 일어난 라셀라스 왕자는 인생에 대한 실험을 시작하기로 결심했다. 그는 큰 소리로 외쳤다. "젊은 시절은 쾌락의 시기야. 난 젊은 사람들과 어울려 보겠어. 욕망을 만족시키는 것만이 유일한 관심사이고 쉴 새 없이 즐거운 일을 찾아 온 시간을 바치는 젊은이들과 말이야."

　왕자는 그런 젊은이들의 모임에 흔쾌히 받아들여졌다. 하지만 며칠 만에 왕자는 염증과 혐오감에 가득 차서 돌아오고 말았다. 모임에 나오는 젊은이들은 아무 생각도 없이 희희낙락거렸고 까닭도 없이 실없는 웃음을 터뜨려 댔다. 그들의 쾌락이란 것도 그저 조잡하고 관능적이기만 할 뿐 정신적인 요소가 전혀 없었다. 그리고 그들의 행동은 거칠고 천박했다. 그들은 질서나 법 따위를 비웃어 댔지만, 권력자의 찌푸린 얼굴

앞에서는 벌벌 떨며 꼼짝 못했고 지혜로운 자의 눈길 앞에서는 부끄러워 어쩔 줄 몰랐다.

왕자는 곧 그렇게 부끄러운 삶을 살면서는 결코 행복을 찾을 수 없으리라고 결론을 내렸다. 아무런 계획 없이 행동하고 그저 우연에 따라 되는대로 슬픔에 젖거나 명랑해하면서 사는 인생은 이성을 지닌 존재에게는 어울리지 않는다고 생각했다. "행복한 삶이란 뭔가 확고하고 항구적인 것으로, 두려움이나 불확실함 따위가 없는 상태여야 할 거야." 하고 왕자는 중얼거렸다.

그러나 왕자의 젊은 친구들은 그동안 그들의 솔직하고 정중한 태도로 왕자에게 상당히 깊은 호감을 불러일으켰던지라, 왕자는 경고와 충고의 말을 건네지 않고는 그들을 떠날 수 없었다. 왕자는 그들에게 말했다. "여보게 친구들, 난 우리의 현재 생활 방식과 앞날에 대해 진지하게 생각해 보았다네. 그 결과 나는 우리가 지금 스스로에게 이로운 것이 무엇인지 잘못 알고 있다는 사실을 깨달았네. 사람은 젊은 시절에 노년을 위해 준비해야 하는 법. 생각이 없는 사람은 결코 현명해질 수 없지. 이렇게 한없이 경박하게 살다가는 결국 무지한 존재밖에 되지 않을 것이야. 무절제한 행동은 비록 잠시 동안 우리에게 흥분과 자극을 줄 수 있을지 모르지만, 결국은 우리 인생을 단축시키거나 비참하게 만들 뿐이라네. 젊은 시절이 오래 계속되지 않는다는 사실을 생각해 보세. 그리고 늙은이가 되어 공상의 매력이 사라지고 쾌락의 환영이 더 이상 우리 주변에서 춤추지 않게 될 때, 우리가 얻을 수 있는 위안은 바로 지혜로운 사람들의 존경을 받는다는 것과 선행을 베풀 능력이 있다는 것밖에 없다는 사실을 생각해 보세. 그러니 자, 이제 집어치울 수 있을 때 그만 집어치우세. 그리고 언젠가 늙는다는 사실을 명심하며 살아가세. 늙어서 과거를 회상할 때 오직 어리석은 행동밖에 떠오르지 않는 사람, 지난날의 원기 왕성하던 시절을 생각나게 하는 것이 오직 과거의 방탕한 생활에서 비롯된 병마밖에 없는 사람이 되는 것을 그 어떤 불행보다도 두렵게 여기면서 살아가세."

왕자의 말을 듣던 젊은 친구들은 한동안 말없이 서로를 물끄러미 쳐다보았다. 그러다 마침내 합창이라도 하듯 일제히 한바탕 웃음보를 길게 터뜨려 왕자를 쫓아냈다.

왕자는 자기가 올바른 생각을 했으며 또 좋은 의도로 그렇게 말했다는 사실을 의식하고 있었음에도 이처럼 끔찍하게 조롱을 당한 것이 견디기 힘들었다. 하지만 그는 곧 평정을 되찾았고 행복에 대한 탐색을 다시 계속해 나갔다.

18장

왕자는 지혜롭고 행복한 사람을 만나다

어느 날 거리를 걷고 있던 왕자는 넓고 큰 건물을 하나 발견했다. 그 건물의 열려 있는 문은 누구든지 들어와도 좋다고 권하는 듯했고, 사람들이 줄지어 들어가고 있었다. 왕자도 따라 들어가 보았다. 강당이나 연설장 같았는데, 학식 있는 선생들이 청중에게 강연을 들려주는 곳이었다. 왕자는 다른 사람보다 좀 더 높은 자리에 앉은 현자(賢者) 한 사람에게 시선이 끌렸다. 그는 인간의 정열을 다스리는 일에 대해 아주 힘차게 열변을 토하고 있었다. 그의 표정은 존경심을 불러일으켰으며 몸놀림에는 기품이 배어 있었다. 음성은 분명하고 낭랑했으며 우아한 말씨를 구사했다. 그는 매우 힘찬 어조로 다양한 예를 들면서 자신의 주장을 펼쳤다. 인간의 저급한 정신 능력이 고결한 능력을 누르고 지배할 때 인간의 본성은 타락하고 천박해지며, 정열의 모태인 공상이 인간의 마음에 대한 지배권을 탈취할 때 그 결과 필연적으로 마음에 일어나는 것은 무도한 통치 상태와 불안과 혼란뿐이라고 말했다. 그러면서 그는, 공상은 지성을 배반하여 그 성채를 반역자들의 손에 넘겨 버리는 한편 제 자식들[13]을 선동하여 그들의 정당한 군주인 이성에 대항하게 만든다고 말했다. 그는 이성을 변함없고 한결같으며 영원한 빛을 비추는 태양에 비유하였고, 공상은 광채가 눈부시지만 덧없이 사라져 버리며 움직임이 종잡을 없고 방향의 갈피가 없는 유성으로 일컬었다.

그리고 나서 현자는 예로부터 전해 내려오던, 정열을 정복할 수 있는 여러 가지 교훈과 격언을 일러주었으며, 이어서 정열에 대해 고귀한 승리를 거둔 사람들의 행복한 삶을 묘사했다. 그에 따르면 정열을 정복하고 승리한 인간은 더 이상 두려움의 노예나 희망의 노리개가 되지 않으며, 질투로 초췌해지거나 분노로 타오르거나 정에 물러지거나 슬픔에 짓눌리거나 하는 일이 없다. 그런 사람은 또, 태양이 하늘에 이는 폭풍우나 고요함에 상관없이 늘 한결같이 제 진로를 운행해 나가듯, 생활에 풍파가 닥치든 조용한 일상사가 이어지든 그저 차분히 인생길을 걸어나간다.

현자는 고통이나 쾌락에 동요하지 않은 많은 영웅들의 예를 차례로 열거했는데, 그들은 일반인들이 선악 또는 행불행의 이름으로 말하는 삶의 여러 양상이나 사건을 그저 무관심

---

13) 여러 가지 감정과 정열을 의미한다.

하게 바라본 사람들이었다. 현자는 청중에게 훈계하기를, 선입견을 벗어던지고 확고한 평상심으로 무장하여 악의나 불행의 화살을 견뎌 낼 수 있도록 노력하라고 했다. 그러고는 바로 이러한 상태만이 진정한 행복이며 누구든지 노력하면 이런 행복에 도달할 수 있다는 말로 강연을 마쳤다.

라셀라스 왕자는 훌륭한 분의 가르침에 마땅히 표해야 할 존경심으로 현자의 말을 경청했다. 그러고는 문간에서 그가 나오기를 기다렸다가, 진정한 지혜를 터득한 그토록 훌륭하신 선생님을 한번 따로 찾아뵐 수 있게 허락해 달라고 겸손히 간청했다. 그 현자 선생은 한순간 망설이는 듯했다. 그러자 라셀라스 왕자는 금화가 담긴 지갑을 그의 손에 쥐여 주었는데, 현자는 이것을 기쁨과 놀라움이 뒤섞인 얼굴로 받아 넣었다.

집에 돌아온 왕자는 이믈락에게 말했다. "오늘 나는 훌륭한 현자를 한 분 만났습니다. 그분은 우리가 이 세상에서 알아야 하는 모든 것을 다 가르쳐 줄 수 있는 분으로, 흔들림 없는 이성의 확고한 보좌에 높이 앉아서 변화하는 인생의 여러 양상을 발밑으로 내려다보고 있습니다. 그분이 입을 열면 모든 사람이 그분의 입술에 주목하고, 그분이 도리를 설파하며 웅변을 마치면 모든 사람이 확신에 이르게 된답니다. 나는 이분을 내 앞날의 인도자로 모실 작정입니다. 그분의 가르침을 배우면서 그분의 삶을 본받고자 합니다."

이믈락이 대답했다. "도덕을 가르치는 사람들을 너무 성급하게 신뢰하거나 찬미하지 마십시오. 그들은 천사처럼 설교하지만 실제 삶에서는 인간처럼 살고 있기 마련입니다."

라셀라스 왕자는 그토록 설득력 있게 도리를 설파하는 사람이 어떻게 자신의 주장을 그대로 실천할 수 없다는 것인지 도저히 상상할 수 없었다. 그리하여 그는 며칠 후 현자를 찾아갔다. 하지만 문간에서 들어가지 못하게 거절당했다. 왕자는 이때쯤 해서 돈의 위력을 알고 있었던지라 곧 금화 한 닢을 써서 안채로 들어갈 수 있었다. 반쯤 어두움에 잠긴 방 안에는 현인 철학자가 멍한 눈빛을 한 채 창백한 얼굴로 앉아 있었다. 그는 왕자를 보더니 말했다. "이보시오 젊은 양반, 그대는 인간의 그 어떤 우정도 다 소용없는 순간에 날 찾아왔소. 나는 지금 치유할 수 없는 고통을 당하고 있고, 결코 대신할 수 없는 소중한 것을 잃어버렸다오. 내 딸이, 효성이 지극하여 노년의 나에게 그 모든 위안을 주리라 기대했던 내 하나밖에 없는 딸이 바로 어젯밤 열병에 걸려 죽고 말았다오. 인생에 대한 나의 기대나 목표나 희망 따위는 이제 모두 끝장나 버렸소. 난 이제 세상과 모든 인연이 끊어진 외로운 존재에 불과하오."

"선생이시여." 왕자가 말했다. "죽음이란 것은 현자라면 결코 놀라워할 필요가 없는 일 아닌지요. 죽음이 늘 우리 가까이에 있으며 따라서 우리는 그것을 항상 예상하고 있어야 한다는 사실은 누구나 다 알고 있지 않습니까?" 왕자의 물음에 철학자가 대답했다. "젊은이여, 말하는 것을 보니 그대는 사별의 비통함을 전혀 겪어 본 적이 없는 사람인 듯하구려." 그러자 왕자가 반문했다. "아니, 그렇다면 선생께서는 선생 자신이 그토록 강력하게 설파하던 가르침을 다 잊으셨단 말인가요? 지혜를 깨우쳐 봤자 우리 마음은 재난에 맞서 이겨 낼 힘을 전혀 얻지 못하는 것인가요? 생각해 보십시오. 외적인 사물이나 현상은 본래부터 가변적인 것인 반면 진리와 이성은 언제나 한결같고 변함없다는 사실을 말입니다." 비탄에 젖은 철학자는 대답했다. "진리와 이성이 대체 나에게 무슨 위로가 될 수 있단 말이오? 그것들이 지금 나에게, 내 딸이 되살아날 수 없다는 사실을 깨우쳐 주는 것 말고 대체 무엇을 해 줄 수 있단 말이오?"

비참한 일을 당한 사람에게 책망을 가할 만큼 모진 심성이 아니었던 왕자는 곧 자리를 피해 나왔다. 하지만 이를 계기로 그는 듣기 좋은 수사(修辭)나 웅변의 공허함과 세련된 미사여구나 공들여 지어낸 문장의 쓸데없음에 대한 확신을 얻게 되었다.

19장

전원 생활을 잠깐 살펴보다

행복을 찾으려는 왕자의 간절한 마음은 여전히 변함없었다. 그는 나일 강의 가장 밑에 있는 폭포 근처에 사는 은자(隱者) 한 사람이 고결함으로 온 나라에 명성이 자자하다는 이야기를 들었다. 그래서 그는 그 은자를 한번 찾아가 보기로 결심했다. 대중 속의 사회적 삶에서는 발견할 수 없는 그 지극한 행복을 혹시 고적한 은둔의 삶에서는 찾을 수 없는지, 그리고 나이로나 덕으로나 공히 존경받는 사람에게서 인생의 불행을 피하고 견뎌 내는 어떤 특별한 기술에 대한 가르침을 받을 수 없는지 한번 알아볼 작정이었다.

이믈락과 공주도 왕자와 함께 가기로 동의했다. 필요한 준비를 갖춘 다음 그들은 길을 떠났다. 도중에 들판을 지나게 되었는데, 그곳에서는 목동들이 양 떼를 돌보는 가운데 어린 양들이 풀밭 위에서 장난치며 뛰놀고 있었다. 시인 이믈락이 말했다. "이곳의 삶은 그 순수함과 평온함으로 인해 사람들의 찬미를 자주 받곤 하지요. 저 목동들의 천막에서 잠시 한낮의 열기를 피하면서, 전원의 소박한 삶이 과연 우리가 찾는 삶인지, 그리하여 우리의 탐구가 마침내 여기서 끝날 수 있는지 한번 알아보기로 하지요."

모두들 이 제안을 좋다고 했다. 그들은 몇 가지 자그만 선물과 친밀한 질문으로 목동들을 유도하여 그들이 자기네 삶의 처지를 어떻게 생각하는지 이야기하게 했다. 목동들은 매우 무식하고 상스러웠다. 그들은 직업의 좋고 나쁜 점을 비교할 능력이 거의 없었으며, 그들이 하는 이야기와 설명에는 도무지 갈피가 없어서 그들의 말로는 거의 아무것도 알아낼 수 없었다. 다만 한 가지는 분명했다. 그것은 그들의 마음이 불만에 가득 차 병들고 썩어 있다는 사실이었다. 그들은 부자들의 사치를 위해 고생하며 일해야 하는 자신들의 운명을 생각하면서, 자신들보다 높은 위치에 있는 사람들을 어리석은 악의의 시선으로 바라보고 있었다.

공주는 자신이 질투심에 찬 이런 야만인들과 함께 벗하여 사는 일은 결코 일어나지 않을 것이라고 강하게 단언했다. 그러고는 소박한 시골 생활의 행복에 대한 본보기를 알아보고 싶은 마음이 당분간은 더 이상 들지 않을 것이라고 말했다. 하지만 그러면서도 공주는 원시적인 자연 생활의 즐거움을 설명한 그 모든 말이 꾸며낸 허구라고는 생각되지 않는다면서, 우리 인생에서 과연 들과 숲이 주는 평온한 기쁨보다 더 좋다고 할 만한 것이 존재하는지 여전히 의문이라고 말했다. 그녀는 언젠가는 몇몇 덕 있고 고상한 벗들과 더불어, 손수 꽃을 심고 따며, 어미 양을 쳐서 새끼들을 기르기도 하고, 때로는 산들바람 부는 시냇가에 앉아 아무런 근심 걱정 없이, 그늘진 곳에서 책을 읽는 시녀의 목소리에 귀를 기울이는, 그런 날들이 찾아오리라고 기대했다.

20장

성공과 번창에 따르는 위험

다음 날 왕자 일행은 여행을 계속했다. 한참 가다가 한낮의 열기에 지쳐 어디 쉴 곳이 없나 하고 주변을 둘러보게 되었다. 약간 떨어진 곳에 울창하게 우거진 숲이 하나 보여 그들은 그리로 걸음을 옮겼다. 그런데 숲에 들어서자마자 그들은 곧 그곳에 사람이 살고 있다는 것을 알아차렸다. 나무 그늘이 짙게 드리워진 곳에 관목 가지들을 정성스레 쳐낸 사이로 길이 여러 갈래 나 있었고, 서로 마주 보고 있는 나뭇가지들은 사람의 손길에 의해 머리 위로 보기 좋게 뒤얽혀 있었다. 사이사이에 있는 빈 터에는 꽃으로 덮인 풀밭이 자리 잡고 있었으며, 구불구불한 길가에는 냇물이 즐겁게 흐르고 있었다. 냇물은 가장자리 둔덕진 곳에 조그만 웅덩이들을 만들기도 하고, 여기저기 자그맣게 솟아난 돌무더기에 부딪혀 졸졸거리는 소리를 한층 크게 내기도 하면서 흘러갔다.

왕자 일행은 천천히 숲속을 통과해 갔다. 그들은 뜻밖에 그렇게 잘 가꿔진 장소를 발견한 것에 매우 기뻐하면서, 거칠고 인적 없는 지역에 이토록 순수하고 수려한 경관을 조성할 만큼 여유와 솜씨를 지닌 사람이 대체 누구이며 무얼 하는 사람인지 서로 추측해 보았다.

그들이 좀 더 나아갔을 때 음악 소리가 들려왔다. 그리고 젊은 청년들과 아가씨들이 작은 숲에서 춤추는 것이 보였다. 조금 더 앞으로 나아가자 숲으로 둘러싸인, 언덕 위에 지은 웅장한 궁전이 눈앞에 나타났다. 손님을 환대하는 동방의 관습에 따라 그들은 즉시 궁전으로 들어갈 수 있었는데, 너그러운 부호처럼 보이는 궁전의 주인이 환영하면서 그들을 맞아 주었다.

궁전의 주인은 차림새나 외모로 사람을 알아보는 데 능숙했으므로 곧 왕자 일행이 범상치 않은 손님들이라는 것을 알아차렸다. 그는 즉시 식탁을 훌륭하게 차려 내놓았다. 이믈락은 유려한 언변으로 그의 관심을 사로잡았고, 공주는 고상하고 정중한 언행으로 그의 존경심을 자아냈다. 그들이 그만 떠나겠다고 했을 때, 그는 좀 더 머물다 가라고 간청하며 붙잡았다. 그리고 다음 날이 되자 그는 더욱더 간절히 그들을 붙잡아 두고 싶어 했다. 왕자 일행은 어렵지 않게 주인의 설득에 응해 좀 더 머무르기로 했으며, 얼마 지나지 않아 서로 정중히 대하던 관계는 격의 없고 친밀한 관계로 발전해 갔다.

이때쯤 왕자는 하인들이 모두 명랑할 뿐만 아니라 주변 어디를 둘러보아도 자연(自然)이 얼굴에 환한 미소를 띠고 맞아 주는 듯하다는 사실을 알아차렸다. 그래서 그는 자신이 찾고 있던 것을 바로 이곳에서 발견할 수 있으리라는 기대에 부풀게 되었다. 하지만 그가 주인에게 이런 훌륭한 곳을 소유한 것에 대해 축하했을 때, 주인은 한숨을 지으며 대답했다. "내 처지가 행복한 듯이 보이는 것은 물론 사실이오. 하지만 겉모습은 거짓된 것이기 쉽다오. 나의 이 성공과 번창은 오히려 내 인생을 위험한 지경에 빠뜨렸소. 이집트의 총독이 내 원수인데, 그는 단지 내가 부유하고 사람들의 신망을 받는다는 이유로 나를 미워하고 있다오. 이제까지 나는 이 나라의 왕자들에게 의지해 그 총독의 박해를 피해 왔소. 하지만 높은 사람의 호의란 변덕스러운 것인지라, 나를 보호해 주는 왕자들이 언제 어느 순간 총독의 설득에 넘어가 나를 약탈하고 그 이익을 나눠 가지려 할지 전혀 알 수 없다오. 그래서 나는 내 보물을 먼 나라에 미리 보내 놓고 위험을 알리는 경고가 전해지는 즉시 그 보물을 따라 함께 도망칠 태세를 늘 갖추고 있다오. 그런 일이 닥치면 이 저택은 내 원수들의 잔치판이 되고, 내가 심고 가꾼 이 정원은 그들의 신나는 놀이터가 되고 말겠지."

왕자 일행은 모두 한마음으로 주인의 위험한 처지를 동정하면서 그가 도피하여 망명길에 오르는 일이 없기를 빌어 주었다. 특히 공주는 슬픔과 분노의 격정이 너무 심하게 북받쳐서 잠시 그녀의 방으로 물러가 있어야 했다. 왕자 일행은 자신들을 친절하게 맞아 준 주인과 함께 며칠을 더 보냈다. 그러고는 은자를 찾아 다시금 길을 떠났다.

21장

은둔의 행복, 은자의 이야기

길을 떠난 지 셋째 날 왕자 일행은 농부들의 도움말을 받아 가면서 마침내 은자의 처소에 이르렀다. 산 중턱에 있는 동굴로, 야자나무 그늘로 온통 뒤덮여 있는 곳이었다. 폭포에서 상당히 멀리 떨어져 있어서 들려오는 소리라고는 그저 은은하고 단조롭게 웅얼거리는 물소리밖에 없었는데, 그 소리를 들으면 마음이 차분히 가라앉으면서 깊은 사색과 명상에 빠져들 것 같았다. 특히 나뭇가지 사이를 스치는 바람 소리가 함께 어우러질 때는 더욱 그러했다. 자연적으로 생겨난 동굴의 거친 원형은 인간의 노력에 의해 크게 개선되어서, 은자의 동굴에는 방이 여러 개 마련되어 있었다. 각 방은 용도에 따라 서로 달리 사용되었는데, 날이 저물거나 폭풍우를 만나 발이 묶인 여행자들에게 하룻밤 묵고 갈 숙소로 제공되는 경우도 빈번했다.

은자는 문간에 있는 긴 의자에 앉아 시원한 저녁 시간의 여유를 즐기고 있었다. 한쪽 곁에는 필기구와 종이 등과 함께 책이 한 권 있었고, 다른 쪽에는 여러 가지 종류의 공구들이 놓여 있었다. 왕자 일행이 다가갈 때 은자는 아직 인기척을 전혀 느끼지 못했는데, 그런 그의 얼굴을 보고 공주는 행복에 이르는 길을 찾아냈거나 아니면 그것을 가르쳐 줄 수 있는 사람의 얼굴처럼 보이지는 않는다고 말했다.

왕자 일행은 은자에게 깊은 존경의 태도를 담아 정중하게 인사했다. 은자도 이에 답례했는데, 궁중의 예법에 조금도 낯설지 않은 사람 같았다. 은자가 말했다. "여보시게들, 혹시 길을 잃었다면 이 동굴이 허락하는 한 하룻밤 편의를 기꺼이 그대들에게 제공해 줄 수 있소. 인간에게 필요한 기본적인 것들은 모두 갖춰져 있다오. 물론 이런 은자의 처소에서 맛있는 음식을 기대할 수는 없겠지만 말이오."

그들은 은자에게 감사를 표하고 동굴로 따라 들어갔다. 깔끔하게 정리 정돈이 잘 된 내부를 보고 모두들 마음에 들어 했다. 은자는, 비록 자신은 나무 열매와 물만 먹고 살았지만, 왕자 일행 앞에는 고기와 술을 차려 내놓았다. 그의 언변은 유쾌하면서도 경박함이 없었고, 경건하면서도 열렬함에 빠지지 않았다. 그는 곧 방문객들의 존경을 받게 되었으며, 공주는 자신의 성급한 판단을 후회했다.

이윽고 이플락이 입을 열어 이렇게 말했다. "선생님의 명성이 그토록 멀리까지 자자한 것은 당연하게 여겨지는군요. 저희는 카이로에서 선생님의 지혜에 대한 소문을 들었는데, 여기 이 청년과 아가씨를 위해 선생님께 인생의 선택에 대한 가르침을 받고자 이렇게 찾아온 것입니다."

은자가 대답했다. "어떤 형태의 인생이든 제대로 잘 살아나가기만 한다면 좋은 선택을 한 것이 되지 않겠소. 내가 선택의 지침으로 해 줄 수 있는 말은 그저 모든 명백한 해악에서 가능한 한 멀리 벗어나 있으라는 것뿐이오."

왕자가 말했다. "선생님께서 스스로 모범을 보여 주심으로써 사람들에게 권하고 계신 이 은둔의 삶에 몸을 바치는 것이야말로 틀림없이 온갖 해악으로부터 벗어나 있는 길이겠지요."

"과연 나는 십오 년 동안이나 홀로 은둔해 살아왔소." 은자가 대답했다. "하지만 나를 모범으로 삼아 본받으려는 사람이 생기기를 나는 전혀 바라지 않소. 나는 젊었을 때 군에 종사했다오. 점차 최고 계급까지 올라갔지. 휘하의 부대를 이끌고 널리 여러 나라를 헤집고 다니면서 수많은 전투와 공격에 참여했소. 그러던 중 나보다 어린 장교가 발탁되어 승진하는 것을 보고 환멸을 느낀 데다 내 기력도 쇠하기 시작한다는 느낌이 들어 마침내 군을 떠났소. 세상이 온통 함정과 다툼과 불행 따위로 가득 차 있다는 것을 깨닫고 내 인생을 평화롭게 마감하기로 결심했던 것이오. 언젠가 한번 적군의 추격을 받고 도망치다가 이 동굴로 안전하게 피신한 적이 있었는데, 그것을 계기로 나는 이곳을 내 마지막 삶의 거처로 택했소. 나는 기술자들을 고용해서 이 동굴을 여러 개의 방으로 나눈 다음 생활에 필요함 직한 모든 것들을 거기에 가득 채워 놓았소.

세상을 등진 뒤 얼마 동안 나는 마치 폭풍우에 시달리던 선원이 안전한 항구에 도달한 것같이 무척 기쁜 마음이었소. 전쟁터의 아우성과 법석이 고요하고 평온한 안식으로 홀연 바뀌어 버린 것에 즐겁지 않을 수 없었던 것이오. 얼마 후 새로운 생활의 즐거움은 점차 사라져 갔고, 그 후 나는 골짜기에서 자라는 식물을 살펴보거나 바위에서 주워 모은 광물을 연구하면서 시간을 보냈소. 하지만 그러한 연구는 이제 재미없고 지루한 것이 되고 말았다오. 그래서 얼마 전부터 나는 불안하고 심란한 상태에 빠져 있었소. 시시각각 덮쳐 오는 수많은 의심과 혼란과 부질없는 상상에 사로잡힌 채 마음에 갈피를 못 잡고 있는데, 그것은 오락으로 기분을 전환하거나 생활에 변화를 줄 기회가 나에게 전혀 없기 때문이오. 세상의 악에서 안전하게 도피하기 위해 덕을 실천할 인간의 도리를 저버리고 말았다는 생각에 나는 때때로 부끄러움에 사로잡힌다오. 그리고 나의 이 은둔 생활이 어떤 신념이나 믿음의 결과가 아니라 사실은 세상에 대한 원한과 분노에서 비롯된 것이 아니었나 하는 의문도 커지고 있다오. 나는 갖가지 어리석은 공상에 빠져 허우적대면서, 상실한 것은 참으로 많고 얻은 것은 너무나 보잘것없다는 탄식을 터뜨리곤 한다오. 홀로 은둔하여 사는 사람은, 비록 악인의 행실을 보지 않을 수 있겠지만, 그만큼 선한 사람들의 충고와 대화를 누리지 못하는 법이라오. 나는 오랫동안 인간 사회가 지닌 좋고 나쁜 점을 서로 비교해 보았소. 그 결과 내일 아침이 되면 다시 세상에 돌아가기로 결심하고 있던 참이었소. 세상을 등지고 홀로 사는 사람에게 경건함은 반드시 뒤따르는 것이 아닌 반면 초라함과 비참은 반드시 따르기 마련이라오."

왕자 일행은 은자의 이러한 결심을 듣고 놀랐다. 하지만 잠시 가만히 있다가 그들은 이내 그를 카이로까지 안내해 주겠다고 제안했다. 이에 은자는 바위 사이에 숨겨 놓았던 상당량의 보화를 파낸 뒤 왕자 일행을 따라 카이로를 향해 갔다. 그리고 카이로에 가까이 이르렀을 때 그는 기쁘고 황홀한 표정으로 그 도시를 바라보았다.

22장

자연에 순응하여 사는 인생의 행복

라셀라스 왕자는 어느 한 모임에 자주 나갔는데, 그곳은 학식 있는 사람들이 일정한 시간에 만나 긴장을 풀면서 편안하게 서로 의견을 나누는 자리였다. 그들의 예의범절은 품위가 좀 부족했지만 대화는 교훈적인 내용을 담고 있었다. 그리고 그들의 논쟁은 비록 이따금 너무 격렬해지거나 길게 늘어져서 무슨 문제로 논쟁을 시작했는지 그들 자신도 기억하지 못할 때가 빈번했지만, 날카롭고 진지했다. 그들에게는 몇 가지 거의 공통적인 흠이 있었는데, 그것은 곧 그들 모두 다른 사람들에게 자신의 주장을 강요하려 한다는 것과 다른 사람의 재능이나 지식이 깎이는 것을 보고 기뻐한다는 것이었다.

어느 날 이 모임에 가서 라셀라스 왕자는 은자를 만난 일에 대해 이야기했다. 왕자는 은자가 스스로 매우 신중하게 정하여 선택했을 뿐만 아니라 많은 사람들이 찬양하며 본받았던 인생의 진로, 즉 은둔의 삶을 잘못된 것이라고 비판하는 것을 보고 매우 놀랐다고 말했다. 이를 들은 사람들의 소감은 여러 가지였다. 어떤 사람들은 은자의 은둔 생활이 본래 어리석은 선택이었고 따라서 그는 끝없는 인고의 삶을 그 마땅한 형벌로 선고받은 것이라는 의견을 펼쳤다. 좌중에서 가장 젊은 사람 하나는 그 은자가 위선자임에 틀림없다고 아주 격렬한 어조로 단언했다. 또 어떤 사람들은 사회는 그 구성원인 각 개인에게 사회를 위해 일하고 노력하도록 요구할 권리가 있다면서 세상을 등지고 은둔하는 행위는 직무 유기라고 말했다. 그런가 하면, 인간에게는 공적인 사회생활의 요구를 만족시켜야 하는 때도 있고 반면에 적당히 스스로를 고립시켜서 삶을 돌아보며 마음을 정화시키는 일이 필요할 때도 있다면서 은둔을 기꺼이 인정해 주는 사람들도 있었다.

그 자리에 있는 사람들 가운데 라셀라스의 이야기에 남보다 강렬한 인상을 받은 듯이 보이는 사람이 하나 있었다. 그는 은자가 몇 년 후에는 다시 예의 그 은둔처로 돌아갈 것이며, 그런 다음 만약 그가 창피를 무릅쓸 수 있고 또 계속 살아 있다면 결국 그 은둔처에서 또다시 세상으로 돌아오고 말 것이라고 말했다. "왜냐하면 행복에 대한 소망은 너무나 깊이 우리 마음에 새겨져 있어서 우리가 아무리 오랜 경험을 쌓아도 지워지지 않는 법이기 때문이오. 현재의 삶이 어떻든 간에 우리 인간은 늘 불행하다고 느끼기 마련이고, 또 그런 느낌을 밖으로 털어놓지 않으면 안 되게 되어 있소. 하지만 시간이 흘러 현재의 이 삶을 멀리서 다시 바라보게 될 때 우리의 상상력은 그것을 바람직한 것으로 채색하기 마련인 것이오. 그러나 욕망이 우리를 더 이상 괴롭히지 못하게 되는 때는 반드시 도래할 것이오. 그리고 그때가 되면 우리의 불행은 오직 우리 자신의 잘못에 의한 것밖에 없을 것이오."

"지혜로운 사람에게는 현재가 바로 그러한 때이오." 뭔가 말하고 싶은 듯 몹시 안달하며 듣고 있던 한 철학자가 마침내 입을 열었다. "우리의 불행이 우리 자신의 잘못에 의한 것밖에 없는 때는 이미 도래해 있소. 행복을 찾아 돌아다니는 것보다 더 어리석은 짓은 이 세상에 없소. 자연은 친절하게도 이미 우리가 손을 내밀면 잡을 수 있는 곳에 행복을 가져다 놓았소. 행복에 이르는 길은 바로 자연에 순응하며 사는 것, 즉 모든 사람의 가슴속에 본래부터 새겨져 있는 저 보편적인 불변의 자연법칙에 순종하여 살아가는 것에 있소. 이 자연법칙은 가르침이나 교육을 통해 우리 가슴에 기록되거나 주입되는 것이 아니라, 바로 우리가 태어나는 순간 이미 운명적으로 각인되어 있고 불어넣어져 있는 것이라오. 자연에 순응하여 살아가는 사람은 헛된 희망이나 끈질긴 욕망으로 고통당하는 일이 전혀 없을 것이오. 그는 무엇이든지 한결같은 마음으로 받아들이거나 물리칠 것이며, 사물의 이치가 지시하는 바에 따라 그때그때 행동을 하든지 가만히 견뎌 내든지 할 것이오. 사람들 가운데는 세세한 정의(定意)나 복잡한 추론 따위를 즐기며 그것에 집착하는 자들이 많소. 그런 사람들은 한층 쉬운 방법으로 지혜로워질 수 있다는 것을 배워야 할 것이오. 숲속의 암사슴과 수풀 속의 홍방울새를 보시오. 동물들의 삶을 한 번 보시오. 본능이 정하는 바에 따라 움직이는 그것들은 자신을 이끄는 본성에 순종하면서 행복하게 살고 있잖소. 그러니 자, 이제 논쟁 따위는 그만두고 정말로 사는 법을 배웁시다. 쓸데없이 방해만 될 뿐인 교설(敎說) 따위는 모두 내던져 버립시다. 온갖 거만과 허세로 떠벌려지는 그런 것들은 사실 말하는 사람 자신도 이해하지 못하는 엉터리일 뿐이오. 그 대신 이 단순하고 명료한 가르침, 즉 자연에서 벗어나는 것이 곧 행복에서 벗어나는 것이라는 이 격언만을 항상 마음에 간직하며 삽시다."

말을 다 마친 철학자는 평화로운 얼굴로 주위를 둘러보았다. 올바른 가르침을 베푼 자신의 행위를 의식하면서 흐뭇해하는 모습이었다. "선생님." 왕자가 아주 겸손하게 말했다. "세상의 모든 사람들처럼 저도 최고의 진정한 행복을 찾고 있는지라 방금 선생님께서 하신 말씀은 저의 마음을 더할 나위 없이 강하게 사로잡았습니다. 선생님처럼 학식이 깊은 분이 그토록 확신 있게 주장하고 설파하시는 것이므로 그것은 분명 진리임에 틀림없다는 생각입니다. 그러니 한 가지만 가르쳐 주십시오. 과연 어떻게 하는 것이 진정 자연에 순응하여 살아가는 것인지요?"

철학자가 대답했다. "이토록 겸손하게 배울 준비가 되어 있는 젊은이를 만날 때면, 내가 공부를 통해 터득한 지식을 하나도 빠짐없이 다 가르쳐 주고 싶은 마음이 든다오. 자연에 순응하여 살아가는 것이란, 말하자면 항상 원인과 결과의 모든 관계와 특질로부터 발생하는 적합성을 마땅히 지키면서 행동한다는 것인데, 그러니까 보편적인 최고 행복의 변함없고 위대한 기획에 일치되도록 하는 것, 즉 자연 사물의 현존 체계가 지니는 일반적인 성향과 경향에 협력하여 행하는 것을 뜻한다오."

라셀라스 왕자는 이 사람 역시 오래 듣고 있을수록 점점 알아듣기 힘든 말을 하는 현자들 중의 하나에 불과하다는 사실을 곧 알아차렸다. 그래서 그는 고개를 숙여 절을 하고는 더이상 말을 붙이지 않았다. 그러자 철학자는 왕자에게 만족스러운 대답을 해 주었다고 여기면서, 그리고 다른 사람들을 자신의 지혜로 굴복시켰다고 여기면서, 자리에서 일어나 자연의 현존 체계와 협력하여 행동하는 사람의 태도로 떠나갔다.

23장

왕자와 공주는 관찰하는 일을 서로 분담하다

라셀라스 왕자는 생각에 잠긴 채 집으로 돌아갔다. 그는 앞으로 어떻게 탐색해 나가야 할지 갈피를 잡을 수 없었다. 왕자는 행복에 이르는 길에 대하여 학식이 높은 사람이나 순박한 사람이나 똑같이 아는 바가 없다는 사실을 깨달았다. 그러나 아직 젊은 사람답게 그는 여러 가지 새로운 시도와 탐구를 해볼 시간이 많이 있다고 생각하면서 스스로를 위로했다. 그는 이믈락에게 자신이 관찰한 것들을 이야기하고 의문스러운 점들에 대해 물어보았다. 하지만 이믈락의 대답은 새로운 의문거리만 더할 뿐 아무런 위안도 주지 못했다. 이 때문에 왕자는 이믈락보다는 누이인 공주와 더 자주 그리고 편한 마음으로 이야기를 나누게 되었다. 공주는 왕자와 마찬가지로 아직 변함없는 희망을 지니고 있었기에 늘 이런저런 말로 왕자를 북

돈아 비록 이제까지 좌절을 당해 왔을지라도 마침내는 성공할 수 있으리라는 기대를 잃지 않게 해 주었다.

"오라버니, 우리는 아직 세상에 대해서 아는 바가 거의 없습니다." 공주가 말했다. "이제까지 우리는 높은 자리에 올라가거나 천한 신분으로 떨어지거나 한 적이 없었지요. 고국인 아비시니아에서 우리는 비록 왕족이긴 했지만 권력의 세계를 경험하지 못했고, 이 나라에 와서는 일반인으로 있긴 하지만 평화로운 가정생활의 사적인 세계를 자세히 알아본 적이 아직 없지요. 이믈락은 우리의 탐구를 별로 탐탁찮게 여기는데, 그것은 시간이 지나면 그가 틀렸다는 것이 밝혀질까 봐 그런 것입니다. 오라버니와 제가 일을 서로 분담하기로 해요. 오라버니께서는 궁정의 호화로운 생활이 과연 어떠한지 알아보도록 하세요. 그러면 저는 평범한 사람들의 잘 드러나지 않는 삶을 탐색해 보도록 하겠어요. 아마도 명령하고 권위를 행사하는 자리에 있는 것이 인간이 얻을 수 있는 최상의 축복일지도 모릅니다. 그런 높은 자리에 있으면 선행을 할 기회가 그 누구보다도 많이 주어질 테니까요. 아니면 아마도 중간 정도의 평범한 운명을 지닌 사람들이 살아가는 곳에 이 세상에서 찾을 수 있는 최고의 행복이 존재하는지도 모릅니다. 대단한 일을 벌일 만큼 높지는 않지만 그렇다고 궁핍과 고난을 당할 만큼 낮지도 않은 그런 신분의 삶 속에 말입니다."

24장

왕자는 높은 지위가 주는 행복을 조사해 보다

라셀라스 왕자는 공주의 이 계획을 크게 칭찬하면서 받아들였다. 그리하여 다음 날 그는 호화롭게 차린 종자들을 거느리고 이집트 총독의 궁궐에 모습을 드러냈다. 그 훌륭한 모습으로 인해 즉시 사람들의 주목을 끈 그는 호기심에 이끌려 먼 나라에서 찾아온 왕자로 대우를 받았으며, 곧 높은 고관대작들과 친밀한 관계를 맺었을 뿐만 아니라 총독과도 자주 만나 대화를 나누는 사이가 되었다.

처음에 왕자는 총독이 자신의 처지에 만족하고 있는 사람임에 틀림없다고 믿었다. 모든 사람이 총독을 우러러 공경했고, 그가 말을 할 때면 모두들 순종의 태도로 경청했으며, 그의 권력은 그가 내린 칙령이 왕국 전체에 미칠 만큼 막강한 것이었기 때문이다. 그러나 왕자는 이렇게 말했다. "지혜로운 통치로 수많은 사람들을 행복하게 만들고 그들이 모두 기쁘게 사는 모습을 보는 것만큼 이 세상에 즐거운 일은 없을 거야. 하지만 지배 관계의 법칙상 한 나라에서 그런 지고의 행복을 누릴 수 있는 사람은 오직 한 사람밖에 없지. 따라서 이성적으로 생각할 때, 행복이란 뭔가 좀 더 많은 사람들이 쉽게 도달할 수 있는 것이어야 마땅해. 오직 특정한 한 사람만 마음에 형언할 수 없는 만족감을 가득 느끼고 나머지 수백만의 사람들은 그저 그 한 사람의 뜻에 종속되어 있다는 것은 아무래도 타당하지 않아."

왕자는 이러한 생각들로 마음이 자주 어지러웠는데, 이 문제에 대한 해답을 도무지 찾을 수 없었다. 그러나 선물과 예의 바른 언행을 통해 사람들과 가까워져서 그들을 좀 더 잘 알게 되었을 때, 왕자는 고위직에 있는 사람치고 그 밖의 다른 사람들을 증오하지 않거나 반대로 그 다른 사람들에게서 증오를 받지 않는 사람은 거의 없다는 사실을 알아차렸으며, 나아가 그들의 삶이 음모와 밀고, 술책과 간계, 그리고 파당과 배반의 끊임없는 연속일 뿐이라는 사실도 알아차리게 되었다. 총독주위에 있는 사람들 대부분은 알고 보니 총독의 행동을 감시하고 보고하도록 파견된 사람들이었다. 모든 사람들이 은밀히 혀를 놀려 대면서 남을 헐뜯었으며, 남의 흠을 찾기에 혈안이 되어 있었다.

그러더니 마침내 폐위 명령서가 도착했고, 총독은 쇠사슬에 묶여 콘스탄티노플[14]로 압송되어 갔다. 그리고 그의 이름은 더 이상 사람들 입에 오르지 않았다.

"권력이 주는 특권에 대해 우리는 이제 뭐라고 말할 수 있을까?" 라셀라스가 누이동생에게 말했다. "권력은 행복을 얻는 데 아무런 효용이 없는 것일까? 아니면 조금이라도 종속된 지위는 위험한 것에 불과하고, 오직 최고의 지위만이 안전하고 영광스러운 것일까? 술탄[15]만이 그의 영토에서 유일하게 행복한 사람일까? 아니면 술탄 그 자신도 의심으로 인한 고통과 적에 대한 두려움에 지배받는 존재일까?"

얼마 지나지 않아 두 번째 총독도 폐위되고 말았다. 그를 승진시켜 주었던 술탄이 근위병들에 의해 살해되었고, 그 뒤를 이은 술탄은 생각하는 것이나 총애하는 신하들이 그 이전의 술탄과 달랐던 것이다.

---

14) 터키의 도시인 이스탄불의 옛 이름으로 중세 비잔틴 제국의 수도였다가 15세기에 회교 국가인 오스만 제국의 수도가 되었다. 그리고 이집트는 1517년에 오스만 제국에 의해 정복당해 속국이 되었다.
15) 회교의 군주.

25장

공주는 별로 성과는 없지만
자신이 하기로 한 탐색을 열심히 수행해 나가다

    한편 그동안 공주는 여러 사람들과 잘 사귀어 그들의 가정 생활을 살펴볼 수 있었다. 남에게 잘 베푸는 데다 성품까지 훌륭한 사람을 집안에 맞아들이지 않을 사람은 거의 없기 때문이다. 대부분 가정의 딸들은 대체로 쾌활하고 명랑했다. 하지만 네카야는 오빠 라셀라스나 이믈락과의 지적인 대화에 오랫동안 익숙해져 있었던지라 어린애처럼 경박하게 재잘거리는 그 여자들의 의미 없는 언행이 별로 마음에 들지 않았다. 공주는 그들이 좁은 식견에다 천박한 소망밖에 지니고 있지 못하며 그들의 유쾌한 겉모습도 대개는 억지로 꾸민 것이라는 사실을 발견했다. 그들은 가난했으므로 즐거움을 온전하게 누리지 못하고 소소한 경쟁이나 쓸데없는 다툼 따위로 불쾌한 기분을 맛보기 일쑤였다. 그들은 미모를 두고 서로 늘 시샘을 일삼았다. 미모란 간절히 원한다고 해서 좋아지거나 또 비방하고 깎아내린다고 해서 나빠질 리 없는 속성임에도 불구하고 그랬다. 많은 경우 그들은 자신들처럼 변변찮은 사내들과 사랑에 빠졌는데, 사실은 그저 노닥거리는 것에 불과하면서 사랑에 빠져 있다고 착각하곤 했다. 그들은 거의 항상 상대의 분별력이나 덕성을 도외시한 채 애정을 품었으며, 따라서 그런 애정의 종착지는 안달과 속상함뿐이었다. 하지만 그들의 슬픔 역시 그들의 기쁨과 마찬가지로 일시적이었다. 그들의 마음속에서는 모든 것이 그저 잠시 떠돌다 사라질 뿐 과거나 미래와 연결되는 법이 없기 때문에 어떤 욕구가 생기든지 그것은 곧 쉽게 또 다른 욕구에 자리를 내주고 말았다. 마치 물속에 던진 두 번째 돌멩이가 처음에 던진 돌멩이의 파문을 교란하고 지워 버리는 것과 같았다.

네카야는 별로 두렵지 않은 동물들을 대하듯이 이런 아가씨들과 한동안 사귀며 지냈는데, 공주는 곧 그들이 그녀와 친밀한 사이임을 자랑스럽게 내세우면서도 실제로 그녀와 함께 있는 것은 지겹게 여긴다는 사실을 알아차렸다.

하지만 네카야의 목적은 그들의 생활을 좀 더 깊이 살피며 알아보는 것이었으므로 그녀는 상냥한 태도로 아가씨들을 대했고 그들의 마음을 쉽게 사로잡았다. 그리하여 슬픔에 빠진 아가씨들은 자신의 비밀스러운 속마음을 공주에게 털어놓았고, 희망에 차서 우쭐거리거나 성공으로 즐거워하는 아가씨들 역시 공주를 초청해 자기들의 기쁨을 함께 나누고자 했다.

공주와 왕자 라셀라스는 대개 저녁때면 나일 강가에 있는 한적한 정자에서 만나 그날 있었던 일들을 서로에게 이야기하곤 했다. 어느 날 그렇게 함께 앉아 있던 공주가 문득 그녀 앞으로 흘러가는 강물에 시선을 던지면서 이렇게 말했다. "여든 곳이나 되는 나라에 물결을 넘실대며 흘러가는, 그대 하해의 원조 위대한 나일 강이여, 그대의 발원지가 되는 나라의 공주가 호소하는 말에 대답을 해 보라. 그대가 굽이굽이 흘러지나는 그 모든 인간의 처소 가운데 혹시 불만의 웅얼거림이 들리지 않는 곳이 한군데라도 있는지 어디 한번 말해 보라."

라셀라스 왕자가 말했다. "그렇다면 네카야 너도 일반 평민들의 가정에서 행복을 찾는 데 실패한 것이로구나. 내가 궁궐에서 그랬던 것처럼 말이다." 공주가 대답했다. "지난번에 오라버니와 영역을 분담하기로 한 이래 저는 많은 사람과 친밀하게 사귀어 그들의 가정생활을 살펴보았답니다. 겉으로 보기에는 모두들 번창과 평화가 그 어느 집보다 넘치는 듯한 집들이었지요. 하지만 막상 들여다보니 끊임없는 격정과 분노로 인해 가정의 평화가 깨지지 않은 집은 하나도 없었습니다."

공주는 말을 계속 이었다. "저는 가난한 사람들에게서는 안락한 행복을 찾으려고 하지 않았어요. 그들에게는 그런 것이 존재할 수 없다고 판단했기 때문이지요. 하지만 저는 부유하게 사는 것으로 알았던 사람들 가운데 많은 사람이 실제로는 가난하다는 것을 발견했습니다. 가난이란 큰 도시에서는 여러 가지 아주 다른 모습을 띠고 있더군요. 화려하고 사치스러운 겉모습 뒤에는 흔히 가난이 감춰져 있었습니다. 세상 사람들 거의 대부분이 자신의 궁핍을 다른 사람에게 감추느라 고

심하고 있답니다. 그들은 임시방편으로 생계를 유지해 나가기 때문에 매일같이 그다음 날은 또 어떻게 꾸려 나갈까 하고 그 방도를 찾느라 여념이 없지요.

하지만 이 가난이란 것은, 비록 자주 발견되긴 하지만, 불행 가운데 그래도 비교적 덜 고통스러운 마음으로 바라볼 수 있는 것이었어요. 왜냐하면 그것은 내가 어느 정도 구제해 줄 수 있는 불행이었기 때문이지요. 물론 개중에는 제가 베푸는 도움을 거절하는 사람들이 더러 있었고, 또 신속히 도와주려는 저의 마음을 고맙게 여기기보다는 오히려 자기네의 궁핍한 형편을 저한테 쉽사리 간파당한 것에불쾌해하는 사람들도 꽤 되었습니다. 이 밖에도 당장 급한 형편 때문에 어쩔 수 없이 제 호의를 받아들이긴 했지만, 은인인 저를 오히려 절대 용서할 수 없는 사람처럼 대하는 이들도 있었지요. 하지만 야단스럽게 꾸며 감사를 표시하거나 뭔가 다른 호의를 기대하거나 하는 일 없이 정말 진심으로 고마워하는 사람들도 많았답니다."

26장

일반 사람들의 가정생활에 대한
공주의 계속되는 이야기

네카야는 오빠 라셀라스가 계속 귀를 기울이며 주의를 집중하고 있는 것을 보고 다시 이야기를 이었다.

"가난한 집이든 아니든, 일반 사람들의 가정에는 공통적으로 불화(不和)가 있답니다. 이믈락의 말처럼 하나의 왕국이 일종의 거대한 가정이라고 한다면, 거꾸로 하나의 가정은 당파로 분열되어 있고 혁명의 위협으로 바람 잘 날 없는 일종의 작은 왕국과 같습니다. 경험이 없는 관찰자는 부모와 자식 간의 사랑이 언제나 한결같고 동일하리라고 믿지요. 하지만 유아기 이후로 그런 애정 관계가 지속되는 경우는 거의 없답니다. 유아기가 지나면 자식들은 곧 부모와 경쟁하는 존재가 되고 말거든요. 그러면 부모의 따뜻한 사랑은 꾸지람이 섞이면서 변질되고 자식들의 감사하는 마음은 시기심으로 잠식되어 불순해지지요.

부모와 자식들은 서로 화합하여 행동하는 경우가 거의 없습니다. 자식들은 저마다 부모의 칭찬이나 애정을 독차지하려고 애쓰고, 부모 역시 비록 자식들보다는 덜하지만 비슷한 유혹에 사로잡혀 자식들에게 서로 잘 보이려고 상대방을 헐뜯어 대지요. 이리하여 자식들은 각기 나뉘어 아버지하고만 또는 어머니하고만 속마음을 터놓고 지내게 되고, 그러면서 점차 집안은 술책과 분쟁으로 가득 차게 되고 만답니다.

자식과 부모, 젊은이와 어른은 생각하는 바도 서로 상반됩니다. 그것은 양쪽이 지니는 희망이나 실망의 근거, 그리고 기대나 경험 내용 등이 서로 반대되기 때문에 당연히 일어나는 현상으로, 어느 한쪽이 잘못을 저질렀거나 어리석기 때문이 아니지요. 자연의 얼굴이 봄과 겨울에 다르게 나타나듯이, 인생의 색깔도 젊었을 때와 늙었을 때 각기 서로 다르게 나타나는 법입니다. 따라서 자식들의 관점에서 볼 때 부모의 견해와 주장은 그릇된 것으로 보일 수밖에 없고, 그 결과 자식들은 부모의 말을 믿고 받아들일 수가 없게 되지요.

부모 가운데, 자식이 그들의 가르침을 바람직한 것으로 믿고 따를 수밖에 없을 만큼 정말로 훌륭하게 삶을 실천하는 경우는 거의 없습니다. 나이 든 사람은 무엇이든 천천히 살피고 계획하여 점진적으로 일을 수행해 나가야 한다고 믿지만, 젊은이는 자신의 재능과 정력을 발휘하여 원하는 바를 신속하게 성취해 내고자 합니다. 나이 든 사람은 부와 재산을 중시하는 데 비해, 젊은이는 의로움과 덕을 높이 생각하지요. 나이 든 사람은 신중함을 절대시하지만 젊은이는 호기롭게 모험하는 것을 즐깁니다. 젊은이는 자신에게 악한 의도가 없기에 다른 사람에게도 악한 의도가 전혀 없다고 믿으며 따라서 터놓고 솔직하게 행동하지만, 기성세대는 부정한 행위로 인한 피해를 여러 번 겪었기 때문에 매사에 의심할 수밖에 없으며 또 실제로 그런 부정한 행위를 하고 싶은 유혹에 자주 직면하곤 합니다. 나이 든 사람은 젊은이의 자신감을 만용이라고 언짢게 여기는 반면, 젊은이는 나이 든 사람의 주도면밀함을 소심함이라고 경멸스럽게 여깁니다. 바로 이런 점들 때문에 부모와 자식은 함께 살아가는 동안 거의 대부분 서로에 대한 애정을 점차 잃어버리게 된답니다. 그런데 천륜으로 가깝게 맺어진 사람들조차 이렇게 서로에게 고통을 주고 있다면, 진정한 애정과 위로를 주고받는 관계는 인간 세상 그 어디에서도 찾을 수 없는 것 아닐까요?"

"네카야." 왕자가 말했다. "불행하게도 너는 사람들을 잘못 선택하여 사귄 게 틀림없구나. 그 어떤 경우보다도 강한 애정 관계인 부모와 자식 사이가 본질적인 결함에 의해 그렇게 틀어질 수밖에 없는 것이라고는 아무래도 믿기 힘들구나."

공주가 대답했다. "불화가 가정에서 불가피하게 일어나는 필연적인 숙명은 아니겠지요. 하지만 그것을 피하기란 실로 쉽지 않습니다. 한 가족의 구성원 전체가 덕을 갖추고 있는 경우는 거의 없지요. 따라서 덕 있는 사람과 부덕한 사람이 뒤섞인 가족의 경우 그들이 서로 잘 화합한다는 것은 어려운 일이며, 부덕한 사람들끼리만 있는 경우라면 더욱더 화합하기가 힘들 것입니다. 덕 있는 사람들만 있는 경우조차도, 각자 지닌 덕성의 종류가 서로 다르고 또 극단적으로 치우치는 경향을 보일 때, 종종 불화가 발생하곤 하지요. 일반적으로, 존경을 받을 자격을 많이 갖춘 사람들이 부모로서도 자식들의 존경을 많이 받게 되는데, 그것은 훌륭한 삶을 살아가는 사람은 누구에게도 경멸을 받지 않기 때문입니다.

일반 사람들의 가정생활에는 이 밖에도 여러 가지 다른 불행이 들끓고 있습니다. 가령 어떤 사람들은 자신의 일을 믿고 맡긴 하인들에게 노예처럼 지배당하고 맙니다. 또 어떤 사람들은 그들이 호감을 사지도 못하고 그렇다고 감히 비위도 거스르지 못하는 부자 친척의 변덕을 살피느라 끊임없는 불안에 시달리기도 합니다. 남편이 폭군처럼 지배하는 경우가 있는가 하면, 아내의 심술이 고약한 경우도 있지요. 그리고 이로움보다는 해악을 끼치는 것이 항상 더 쉬운 법이므로, 한 사람의 지혜나 덕성으로 인해 많은 사람들이 행복해지는 경우는 아주 드문 반면 한 사람의 어리석음이나 악덕으로 인해 많은 사람들이 불행해지는 경우는 빈번하게 일어난답니다."

왕자가 말했다. "결혼 생활의 결과가 일반적으로 바로 그와 같다면 나는 앞으로 한 여인에게 관심이 끌려 가까워지는 일이 없도록 조심할 생각이다. 배우자의 잘못으로 불행해지고 싶지 않으니까 말이다."

공주가 말했다. "바로 그런 이유 때문에 독신으로 사는 사람을 저는 많이 보았어요. 하지만 그런 사람들의 신중한 선택이 꼭 부러움을 살 만하다고는 결코 생각한 적이 없어요. 그런 사람들은 친밀한 애정이나 사랑을 주고받는 일 없이 그저 홀로 멍하니 세월을 보낼 뿐이며, 유치한 오락이나 사악한 쾌락으로밖에는 남아도는 하루의 시간을 때울 방도가 없답니다. 그들은 우리가 익히 아는 어떤 열등감에 항상 사로잡혀 있는 존재처럼 행동하는데, 그 열등감으로 인해 마음에는 사무친 원한이 가득 차 있고 혀끝으로는 세상에 대한 비난의 말만 잔뜩 뱉어 낸답니다. 그들은 집에서는 짜증을 부리고 바깥에서는 악의적인 행동을 합니다. 인간의 본성을 어긴 사회적 추방자로서 그들이 즐겨 일삼는 행위는 바로 사회를 어지럽히는 것인데, 그것은 자신들이 그 사회에서 정상적인 사회생활의 권리를 누릴 수 없기 때문이지요. 다른 사람과 감정의 교감 없이 산다는 것, 즉 아무리 좋은 일이 있어도 다른 사람과 그 기쁨을 함께 나눌 수 없고 또 고통스러운 일을 당해도 어루만져 주는 연민의 손길 하나 느낄 수 없다는 것은 단순한 고독을 넘어서는 한층 더 암울한 처지일 것입니다. 그런 삶은 인간 세상으로부터 피신한 것이라기보다는 인간 세상에서 추방된 것이라고 해야 할 테니까요. 결혼 생활에는 여러 가지 고통이 따르지만, 독신 생활에는 아무런 즐거움도 없답니다."

"그렇다면 어떻게 해야 된단 말이냐?" 왕자가 말했다. "많이 살펴서 알아보면 알아볼수록 우리는 점점 더 결정할 수 없게 되는구나. 물론 아무것도 깊이 따지려 하지 않는 사람이야 자기 마음 내키는 대로 쉽게 정해 버리고 말겠지만 말이다."

27장

높은 지위의 삶에 대한 논설

대화는 잠시 중단되었다. 공주의 이야기를 곰곰이 생각해 본 왕자가 이윽고 공주에게 말하기를, 그는 공주가 아무래도 편견을 가지고 삶을 살펴본 것이며 따라서 불행이 존재하지 않는 곳인데도 거기에서 불행을 보았다고 잘못 생각한 것이라고 했다. 그리고 이어서 이렇게 말했다. "네 이야기는 앞날에 대한 기대를 더욱 암울하게 만들 뿐이로구나. 불행에 대해 이믈락은 그저 희미한 윤곽만을 말해 주었지만, 네카야 너는 그것을 아주 뚜렷하고 구체적으로 묘사하고 있으니 말이다. 하지만 나는 최근에, 마음의 평온이란 부귀나 권력을 통해 얻을 수 있는 것이 아니라는 것, 즉 마음의 평온은 재물로 살 수 없고 힘으로 정복하여 억지로 획득할 수도 없는 것이라는 확신에 이르게 되었다. 어떤 사람이든지 행동의 범위가 넓어지면

명백히 그만큼 다른 사람의 적개심을 많이 사게 되어 저항에 부딪히거나 우연의 영향으로 실패에 직면할 가능성이 커질 수밖에 없다. 많은 사람을 만족시키거나 다스려야 하는 자리에 있는 사람이라면 누구든지 많은 부하들을 통해 그 일을 수행할 수밖에 없는데, 그 부하들 중에는 사악한 사람도 있을 것이고 무식한 자들도 있을 것이야. 또한 개중에는 잘못된 보좌를 하는 자들이 있는가 하면, 배반을 하는 자들도 있지. 따라서 그가 어느 한 사람을 기쁘게 해 주는 경우, 그것은 곧 다른 사람의 비위를 상하게 하는 결과를 낳기 마련이란다. 그러면 호의를 얻지 못한 사람들은 부당한 대우를 받았다고 생각하면서 원한을 품게 되지. 게다가 호의란 오직 소수에게만 주어질 수 있는 것이므로 그렇지 못한 대다수의 사람들은 언제나 불만을 품고 있을 수밖에 없단다."

공주가 말했다. "그런 터무니없는 불만을 경멸하는 마음이 저에게 언제나 있기를 바라며, 오라버니에게도 그런 불만을 다스리는 권력이 항상 있기를 희망합니다."

왕자가 대답했다. "나라의 공무를 아무리 공정하고 빈틈없이 집행한다 해도 정당한 불만은 언제나 어디선가 생기기 마련이야. 그 누구든지 아무리 주의 깊게 살핀다 해도 가난하거나 실세가 아니어서 드러나지 않는 사람들의 숨은 공로까지 다 찾아내기란 불가능한 일이란다. 그리고 아무리 권력이 강하다 해도 그런 공로를 일일이 챙겨 다 보상해 줄 수도 없는 노릇이지. 하지만 아랫사람으로서는, 자기보다 공이 적은 자가 자기보다 높이 올라가는 것을 볼 때 당연히 권력자의 편파심이나 변덕 때문에 그런 결정이 내려졌다고 볼 수밖에 없지. 게다가 사실, 아무리 천성적으로 너그럽고 신분이 고결한 사람이라 할지라도 철두철미하게 확고하고 공정한 호의를 누구에게나 한결같이 베풀어 나간다는 것은 거의 불가능한 일이야. 그런 사람조차 때로는 자기 자신이나 아니면 총애하는 사람의 기분과 감정에 이끌릴 수 있는 법이거든. 그는 결코 그를 올바로 보좌할 수 없는 사람들한테 마음이 이끌려 현혹될 수 있으며, 또 어떤 사람에게 있지도 않은 품성을 있다고 잘못 보고 그 사람을 총애할 수도 있지. 그리고 그런 사람들에게서 기쁨을 얻으면서 보답으로 그 사람들을 기쁘게 해 주려고 애쓰기 마련인 거야. 그 결과 돈으로, 아니면 그보다 더 해로운 뇌물인 아첨이나 비열한 굴종으로 윗사람의 호감을 산 사람들이 득세를 하는 경우가 간혹 생길 수밖에 없는 것이지.

하는 일이 많은 사람은 결국 뭔가 잘못을 범하게 되고 따라서 그 잘못의 결과를 감수하지 않으면 안 돼. 그리고 설령 그가 언제나 올바로 행동하는 것이 가능하다 할지라도, 아주 많은 사람들이 그의 행동을 판단할 때, 그중에는 악한 사람들이 있어서 악의적으로 그를 비난하며 훼방하고, 또 선한 사람들 가운데도 때때로 잘못 알고 비난과 훼방을 하는 경우가 있기 마련이지.

그러므로 높은 지위는 행복이 머무르는 자리가 될 수 없다고 할 것이야. 나는 기꺼이 믿건대, 행복은 왕좌나 대궐에서 달아나 오히려 평범하고 이름 없는 개인의 평온한 가정생활을 찾아 그곳을 자신의 처소로 삼았음에 틀림없다. 왜냐하면 자신의 능력에 합당한 일을 하고, 자신의 영향력이 미치는 영역 전체를 자기 눈으로 직접 관찰할 수 있으며, 믿을 사람을 택할 때 자기가 직접 다 알아볼 수 있고, 또 어떤 기대나 두려움을 불러일으키지 않으므로 그를 속이고자 하는 생각이 아무에게도 일어나지 않는 그런 사람이라면 분명 그 어떤 것도 그의 만족이나 기대를 가로막거나 좌절시킬 수 없을 것이기 때문이다. 정녕 그런 사람은 사랑을 주고받으며 사는 것, 덕을 행하며 행복하게 사는 것 외에는 아무것도 할 일이 없을 것이야.”

네카야가 말했다. “완전한 행복이 과연 완전한 덕이나 선을 통해 획득될 수 있느냐 하는 것은 이 세상에서는 결코 결정할 수 없는 문제일 것입니다. 그러나 적어도 이것만은 주장할 수 있는데, 그것은 행복의 실현이 항상 덕의 실현에 비례하여 주어지는 것은 아니라는 사실입니다. 모든 자연의 재난은, 그리고 거의 모든 정치적 재난이나 불행은 선한 사람이든 악한 사람이든 모두에게 똑같이 닥치는 법이지요. 즉 선한 자든 악한 자든 비참한 기근을 당하면 모두 똑같이 굶주려 고생할 것이고, 격렬한 내란이 일어나면 별 구분 없이 함께 희생당하게 될 것입니다. 또 폭풍우를 만날 때도 함께 휩쓸려 물속에 가라앉을 것이며, 침략자한테 쫓겨 나라를 떠나야 하는 고난도 함께 겪어야 하지요. 덕을 통해 우리가 얻을 수 있는 것은 오직 마음의 평온, 즉 좀 더 행복한 삶에 대한 꿋꿋한 기대밖에 없습니다. 물론 그것은 우리에게 불행과 재난을 견뎌 낼 수 있는 인내심을 갖게 해 줄지 모릅니다. 하지만 인내는 어디까지나 고통을 전제로 한다는 사실을 상기해야 할 것입니다.”

27장

28장

계속되는 라셀라스와 네카야의 대화

"사랑하는 동생 네카야." 라셀라스가 말했다. "너는 가족 문제를 토론하는 데 국가적인 재난과 광범위한 고난의 참상을 끌어들임으로써 열렬한 논변에 흔히 뒤따르는 과도함의 오류를 범하고 있구나. 그런 것들은 현실 세상보다는 책 속에서 일어나기 쉬운 것들이며, 또 끔찍한 일들인 만큼 일어난다 하더라도 그 경우가 아주 드물 수밖에 없는 것들이다. 우리가 직접 느끼지 못하는 재난이나 해악을 상상하거나 적절하지 못한 예시로 인생의 실체를 손상시키지는 말자꾸나. 세상의 모든 도시가 예루살렘이 당한 것과 같은 포위 공격[16]의 위협 앞

---

16) 서기 70년에 예루살렘은 로마의 침략을 받아 성전이 파괴되고 도시 전체가 폐허가 되었다고 한다.

에 있다고 단정하고, 메뚜기가 날아올 때마다 곧 기근이 뒤따를 것처럼 말하며, 남쪽에서 돌풍이 불어올 때마다 거기에 역병이 실려 들이닥칠 것처럼 주장하는 그런 식의 부정적인 논변은 아무래도 용납하기 힘들구나.

왕국 전체를 즉시 휩쓸어 버리는 필연적이고 불가피한 불행에 대해서는 아무리 논쟁해 보았자 헛된 일이다. 그런 일이 일어나면 그저 당하며 견뎌 내는 수밖에 없는 것이니까 말이다. 하지만 분명한 것은 이러한 보편적인 고난은 우리가 직접 당하고 느끼기보다 단지 생각으로 두려워하고만 있는 경우가 더 많다는 사실이다. 세상의 수많은 사람들은 거의 모두, 꽃피는 청춘기든 시들어 가는 노년기든, 불행이라곤 오직 가정적인 불행밖에 모른 채 살아가고 있을 뿐이야. 왕이 자비롭건 잔인하건, 나라의 군대가 적을 쫓아가건 적한테 쫓겨 후퇴하건, 그들은 아무 상관 없이 그저 늘 똑같은 일상의 즐거움과 괴로움을 겪으면서 살아가지. 궁정이 내란의 갈등으로 어지럽혀지든 대사들이 외국에 나가 협상을 벌이든, 대장장이는 계속 모루를 두드려 댈 것이고 농부는 쟁기를 앞으로 계속 몰아 갈 것이야. 사람들은 여전히 생필품을 필요로 하고 또 그것을 구입할 것이며, 계절마다 이어지는 일들도 변함없이 그 주기를 따라 늘 하던 대로 진행될 것이야.

아마 결코 일어나지 않을지도 모르며 또 일어난다 해도 인간의 헤아림을 비웃어 댈 그런 일들일랑 생각하지 말기로 하자. 자연의 움직임을 조정하거나 뭇 왕국의 운명을 결정하려고 애쓰는 것은 우리가 하려는 일이 아니니까 말이다. 우리가 할 일은 바로 우리 자신과 같은 인간들이 인생에서 과연 무엇을 행할 수 있는지 알아내는 것 아니겠느냐. 아무리 좁은 영역이라도 나름의 영역 안에서 다른 사람의 행복을 증진시킴으로써 각자 어떻게 자신의 행복을 도모할 수 있는가 하는 문제 말이다.

결혼은 자연이 내린 명령이 분명하다. 남자와 여자는 본래 서로 반려자가 되도록 창조되었다. 따라서 나는 결혼이 행복에 도달하는 수단 가운데 하나라는 믿음을 갖지 않을 수 없다."

공주가 말했다. "인간에게 일어나는 불행의 수많은 양태 가운데 하나라는 것 말고 그 어떤 다른 의미를 결혼에 부여할 수 있을지 저는 잘 모르겠군요. 여러 가지 형태로 나타나는 결혼 생활의 불행들, 즉 예상하지 못한 원인으로 인한 장기간의 불화, 이런저런 기질의 차이, 의견의 대립, 상반되는 욕구로 인해 양쪽이 격렬한 충동에 사로잡혀 서로 거칠게 충돌하는 사태, 서로 부합하지 않는 두 사람의 덕성이 각자 나름대로 좋은 의도를 지닌다고 믿기 때문에 오히려 완고하게 다투는 모습 등등을 보고 판단할 때, 저는 때때로 많은 나라의 엄격한 결의론(決疑論)자들[17]과 마찬가지로, 결혼이란 장려되기보다는 허용되는 것이며, 만약 사람들을 쉽게 정복해 버리는 정열의 자극을 우리가 물리칠 수만 있다면 결혼이라는 깨지 못할 서약으로 자신을 얽맬 사람은 아무도 없을 것이라는 생각

---

17) 특수한 개별적 사안에 일반적인 윤리학 원칙을 적용하여 그것에 대한 도덕적 판단을 내리는 도덕론자들.

을 하게 된답니다."

"너는 잊은 것 같구나." 라셀라스가 대답했다. "네가 조금 전까지만 해도 독신 생활을 결혼보다 불행한 것으로 묘사했다는 사실을 말이다. 결혼 생활과 독신 생활이 둘 다 함께 나쁜 것이 될 수는 있을지 모르지만, 둘 다 함께 최악이 될 수는 없는 법이다. 이런 식으로, 우리가 잘못된 의견들을 품고 있을 때 그것들이 서로 충돌하여 스스로 파기됨으로써 우리에게 진리를 분명히 알게 하는 경우가 종종 있지."

공주가 대답했다. "인간적 한계에서 비롯된 모순에 불과한 것을 잘못된 거짓의 탓으로 돌려 말씀하시다니 뜻밖이군요. 인간의 정신은, 눈과 마찬가지로, 범위가 광대하고 여러 가지 부분들로 구성된 대상을 다룰 때 그것들을 정확하게 비교하기가 어려운 법입니다. 비교하는 대상 전체를 한눈에 즉시 살펴보거나 파악할 수 있다면, 우리는 곧바로 각각의 차이점들을 알아보면서 어느 것이 더 낫고 못한지 쉽게 결정할 수 있겠지요. 하지만 아무도 그 복잡성의 크기와 다양함의 전체 범위를 헤아릴 수 없는 두 제도가 비교 대상인 경우, 우리는 당연히 한 번에 한 대상씩만을 기억이나 상상에 작용시키면서, 그리고 그것도 부분에 의해 전체를 판단하면서 순차적으로 다룰 수밖에 없지요. 따라서 이때 각각의 대상은 우리에게 따로따로 영향을 끼치게 되고, 그 결과 우리가 각각에 대해 내린 판단은 충분히 상충될 수도 있는 것입니다. 정치나 도덕의 다양한 관계들을 다룰 때처럼 우리가 어떤 문제의 부분만을 파악할 수 있는 경우, 똑같은 한 사람이라도 그 생각이 경우에 따라 이전과 다르게 바뀔 수 있는 법이지요. 개개인의 생각이 서로 다를 수 있는 것처럼 말이에요. 반면 숫자 문제를 계산할 때처럼 우리가 전체를 단번에 곧바로 인식할 수 있는 경우에는, 모든 사람이 하나의 일치된 판단에 도달할 것이고 각 개인 또한 자신의 의견을 바꾸거나 하는 일이 결코 없을 겁니다."

왕자가 말했다. "인생에 이미 다른 불행도 많은데 거기다가 쓰라린 언쟁의 괴로움까지 더하지 말자꾸나. 논쟁의 미세한 사항들을 가지고 서로 옳다고 다투려 하지 말자. 우리는 지금 서로 동일한 문제를 추구하고 있으므로 성공이든 실패든 함께 기뻐하고 슬퍼해야 할 운명이다. 그러니 우리는 서로 돕는 것이 온당한 일일 것이다. 분명코 너는 결혼 생활의 불행으로부터 너무 성급하게 결혼이라는 제도 자체를 부정하는 결론을 내리고 있는 셈이다. 그런 식이라면 인생의 불행에 대해서도, 인간의 삶은 불행을 통해 하늘이 내린 선물이 아닌 것으로 증명되었다고 말해야 하는 것 아니겠느냐? 세상은 사람들로 채워져야 하는 법인데, 그렇다면 결혼을 통해서 그리 되어야 하는 것이겠느냐, 아니면 결혼이 없이 그리 되어야 하는 것이겠느냐?"

공주가 대답했다. "세상이 어떻게 사람들로 채워지는지는 저의 관심사가 아닙니다. 그리고 오라버니의 관심사일 필요도 없지요. 현존하는 세대가 자신의 뒤를 이을 후손을 남기는 일을 잊어버릴 위험 같은 것은 전혀 보이지 않습니다. 우리는 지금 이렇게 탐색하고 있는 것은 세상을 위해서가 아니라 바로 우리 자신을 위해서가 아닌가요."

29장

결혼에 대한 계속되는 토론

"전체에 유익한 것은 곧 그것의 각 부분 모두에도 유익한 것이지." 라셀라스가 말했다. "결혼이 인류 전체에게 가장 바람직한 것이라면 그것은 각 개인들에게도 분명히 가장 바람직한 것임에 틀림없다. 그렇지 않으면 우리에게 필수적이고 영원한 의무로 요구되는 그것은 불행의 원인이 될 수밖에 없으며, 틀림없이 누군가는 다른 사람의 편의를 위해 희생될 수밖에 없다. 결혼과 독신이라는 두 처지에 대해 네카야 네가 내린 평가를 보건대, 독신 생활에 따르는 불편함은 대부분 불가피하고 틀림없는 것들인 데 반해 결혼 생활에 따르는 불편함은 필연적인 것들이 아니고 따라서 피할 수 있는 것처럼 보인다.

그래서 나는 아무래도 이렇게 믿고 싶구나. 우리는 신중한 판단과 너그러움으로 결혼 생활을 행복하게 만들 수 있다고 말이다. 결혼 생활에 대한 사람들의 일반적인 불만은 바로 사람들이 일반적으로 범하는 어리석음에서 비롯된 것이다. 즉 대개 사람들은 미숙한 젊은 나이에 강렬한 욕망의 열정에 사로잡혀서 분별력 없이 앞을 내다보지 않고, 서로 생각하는 바가 일치하는지 생활 방식이 유사한지 올바른 분별력을 지니고 있는지 심성이 깨끗한지 등등에 대해 전혀 살펴보지도 않고 그냥 상대를 선택하여 결혼해 버리는데, 과연 이런 결혼에서 실망과 후회 말고 뭘 더 기대할 수 있겠니?

그런데 일반적으로 결혼은 바로 그런 식으로 이루어진단다. 한 쌍의 청년과 아가씨가 우연히 아니면 일부러 기회를 마련하여 서로 만나게 되었다고 치자. 그들은 서로 시선을 주고받으면서 예의 바른 행동과 대화로 서로의 호감을 살 것이며, 그러다가 헤어져 집에 돌아가서는 서로에 대한 그리움을 키우게 될 것이야. 달리 주의를 기울이거나 생각을 돌릴 대상이 별로 없는지라, 두 사람은 서로 떨어져 있는 동안 즐거움을 느끼지 못하고, 그 결과 함께 살면 행복해질 거라고 단정을 하게 되지. 그리하여 그들은 결혼을 하게 되는데, 그동안 보지 못했던 상대방의 진면목을 이내 발견하고 마는 거야. 자기 스스로 눈에 콩깍지를 씌웠던 것이니 그 누구도 탓할 수 없는 일이지. 어쨌든 그런 뒤 두 사람은 그저 다툼으로 인생을 소모해 나가면서 자연의 섭리를 잔인하다고 비난할 뿐이지.

부모와 자식의 싸움 역시 바로 그렇게 일찍 결혼한 것에서 비롯되는 불행이라고 할 수 있다. 즉 아버지가 아직 세상일에서 물러나고 싶은 마음이 없는데 아들은 벌써 자라서 세상을 즐기고 싶어 안달을 부리는 상황이 되는 것이야. 하지만 이 세상에는 두 세대를 동시에 만족시킬 여유가 거의 없지. 한편 딸은 딸대로 어머니가 아직 젊음에 미련을 버리지 못하고 있는데 벌써 청춘의 꽃을 활짝 피우기 시작하고, 그 결과 모녀간에 서로 상대방이 없어졌으면 좋겠다는 마음만 간절해지는 상황이 되고 마는 거야.

하지만 이 모든 불행은, 결혼이라는 돌이킬 수 없는 선택을 할 때 신중한 판단과 심사숙고로 그 결정을 가능한 한 늦춘다면 분명코 피할 수 있는 것들이다. 젊은 시절 우리는 다채롭고 재미난 여러 일들을 즐기면서 배우자의 도움 없이도 생활을 충분히 잘 꾸려 나갈 수 있다. 그러다가 시간이 흘러 나이를 좀 더 먹으면 경험이 많이 쌓일 것이고, 그러면 훨씬 넓어진 시야를 갖추게 되어 그만큼 좋은 기회를 포착하여 잘 살펴보고 선택할 수 있을 것이야. 특히 이 경우 적어도 한 가지 좋은 점이 있는데, 그것은 바로 부모와 자식 간의 나이 차이가 확연하게 커서 서로 경쟁할 필요가 없을 것이라는 사실이다."

네카야가 말했다. "어떤 것에 대해 우리가 경험을 통해서도 아직 깨우치지 못했고 또 이성적으로도 추론할 수 없을 때, 우리는 그것을 오직 다른 사람들의 이야기를 통해서만 알 수 있는 법이지요. 그런데 제가 사람들한테서 들은 바는 늦게 결혼한다고 해서 특별히 행복할 것은 없다는 것이었습니다. 지금 우리가 이야기하는 이 문제는 소홀히 넘겨 버릴 수 없는 아주 중요한 문제이지요. 그래서 저는 정확한 언변과 폭넓은 식견을 통해 경청할 만한 의견을 피력하는 사람들을 찾아가 자주 이 문제에 대해 물어보았습니다. 그런데 그들이 내린 결론은 대개 남자와 여자가 한참 나이를 먹은 뒤에 서로 운명을 기약하는 것은 위험하다는 것이었습니다. 왜냐하면 그때가 되면 두 사람은 이미 각자 사고의 틀이 고정되고 생활 습관도 확립되어 있을 것이며, 사람들과의 교제 관계가 독자적으로 형성되어 있고 삶의 방식도 서로 다르게 체계가 잡혀 있는 데다가 미래에 대해서도 나름대로 다른 전망과 기대를 품은 지 이미 오래된 상황일 것이기 때문입니다.

우연히 주어진 운명에 따라 제각기 다른 길로 세상을 살아가던 두 사람이 갑자기 방향을 틀어 같은 길로 함께 걸어간다는 것은 거의 불가능한 일일 것입니다. 두 사람 가운데 어느 누구도 오랜 습관으로 익숙해지고 만족스러워진 자신의 생활 노선을 쉽게 버릴 수 없을 것이니까요. 경박하고 규모 없이 살던 젊은 시절이 지나서 생활에 질서와 체계가 잡혀 안정이 되면, 사람들은 보통 자족감이나 완고함에 사로잡혀 자기를 굽히고 남의 뜻에 따르기를 부끄러워하거나 자기 주장만을 즐겨 고집하기 마련입니다. 그리고 설령 상대방에 대한 존경심에서 두 사람이 서로 상대방을 기쁘게 하려는 마음을 갖게 된다 하더라도 그것은 별 소용이 없는데, 이는 각자가 지닌 심성이 외모와 마찬가지로, 세월 그 자체로 인해 이미 돌이킬 수 없을 만큼 변하여 고착되었을 뿐만 아니라 각자의 생활 방식 또한 세월에 의해 강고하게 경직되어 버린 상태이기 때문이지요. 오랫동안 젖어 온 습관이란 쉽게 깨질 수 없는 법이라, 자신의 삶의 진로를 바꾸려고 시도하는 사람은 대개 헛수고를 하기 마련이지요. 혹 그 사람 자신을 위한 것이라 해도 하기 힘든 일인데, 하물며 다른 사람을 위한 것이라면 그것은 얼마나 더 불가능한 일이겠습니까?"

이때 왕자가 말을 가로막았다. "하지만 네카야, 결혼 시 배우자를 선택하는 주된 동기는 바로 그러한 점에 있을진대, 너는 분명코 사람들이 그 점을 망각하거나 무시한 채 선택을 하는 것으로 가정하고 있구나. 어느 때든지 내가 만약 아내를 구하게 된다면, 나는 내 아내가 될 사람이 과연 이성(理性)에 의해 기꺼이 인도를 받을 자세가 되어 있는가 하는 문제를 제일 먼저 고려할 것이다."

네카야가 말했다. "바로 그런 식으로 철학자들이 흔히 오류에 빠지곤 하지요. 이성을 통해서는 결코 결정할 수 없는 일상사의 쟁점들이 얼마나 많습니까? 아무리 이성적으로 살펴보아도 파악할 수 없고 논리적으로 따져 봤자 오히려 우스워지기만 하는 그런 문제들, 뭔가 행동을 통해서만 해결될 수 있지 말로는 거의 따질 수 없는 그런 경우들이 얼마나 많습니까? 인간이 살아가는 모습을 한번 생각해 보세요. 크건 작건 어떤 일에 부닥칠 때마다 늘 자기 행동의 이유를 모두 마음에 일일이 의식하면서 일을 처리하는 사람이 과연 몇이나 되겠어요? 매일 아침 그날 있을 집안일의 모든 자잘한 사항들을 이성적으로 따져 조정하지 않으면 안 되는 부부가 있다면 그들의 처지는 아마 이 세상 그 어떤 것보다도 더 불행하다고 말할 수 있을 것입니다.

나이를 한참 먹은 뒤 결혼하는 사람들은 아마 자식들한테 침해당하는 일만은 모면할 수 있을지 모릅니다. 하지만 이러한 이점은 그들이 아직 무지하고 무력한 자식들을 후견인의 손에 내맡긴 채 일찍 세상을 떠나 버리고 말 가능성이 크다는 사실에 의해 상쇄되고 말지요. 혹 그렇게까지는 안 된다 하더라도, 최소한 그들은 사랑하는 자식들이 온전히 다 자라서 현명한 사람이나 훌륭한 사람이 되는 것을 보지 못한 채 세상을 하직해야 하는 처지임에 틀림없지요.

그들은 자식들을 두려워할 일이 남보다 적겠지만, 그만큼 자식들에게 기대할 것도 적을 것입니다. 그리고 결혼이 늦음으로써 배우자와 나누는 사랑의 기쁨을 그만큼 뒤늦게 누려야 하는데, 그렇다고 그들이 그동안 누린 다른 즐거움 가운데 그에 견줄 만한 것이 있느냐 하면 그것도 아니지요. 그들은 또 일찍 결혼할 때 발생하는 유리함도 상실하게 되는데, 그 유리함이란 바로 결혼 당시 두 사람은 아직 생활 태도가 고착되어 있지 않고 사고와 정신도 새로운 영향을 받아들일 수 있는 상태이기 때문에 그만큼 서로에게 적응하고 일치하기가 쉽다는 점입니다. 이 경우 두 사람은 오랫동안 함께 살아가면서 서로 간의 차이점을 어렵지 않게 해소해 나갈 수 있지요. 마치 연한 두 물체가 계속되는 마찰을 통해 서로의 표면을 하나로 일치시켜 가는 것처럼 말입니다.

저는 늦게 결혼하는 사람들에게 가장 만족스러운 부분은 자식들에 관한 것이고, 일찍 결혼하는 사람들의 경우는 배우자가 가장 만족스러운 부분이 될 거라고 생각합니다."

라셀라스가 말했다. "그 두 가지 만족을 하나로 합칠 수 있다면, 그것은 우리가 바랄 수 있는 모든 것이 실현되는 셈일 거야. 이 두 가지 만족을 동시에 실현할 수 있는 결혼 시기, 즉 아버지가 되기에 너무 빠르지도 않고 남편이 되기에 너무 늦지도 않은 그런 시점이 아마도 어딘가 존재할 거야."

공주가 대답했다. "매 순간의 경험을 통해 저는 이믈락 선생이 입버릇처럼 자주 말하는 견해, 즉 '자연은 자신의 선물을 좌우 양편에다 갈라서 베풀어 놓았다.'라는 주장에 찬성하는 쪽으로 마음이 확실하게 기울어져 갑니다. 우리의 희망을 부추기고 욕망을 자극하는 삶의 상황들은 서로 반대편에 놓여 있는지라, 우리가 그중 어느 한쪽으로 다가가면 자연히 나머지 다른 쪽으로부터는 멀어지게끔 되어 있어요. 우리가 바라는 것들은 서로 너무나 상반된 것이어서, 동시에 두 가지 모두를 붙잡을 수 없는 것은 물론이고, 때로는 너무나 지나치게 신중을 기하다가 양쪽 모두에서 너무 멀리 떨어져 지나가는 바람에 결국 어느 한쪽에도 미치지 못하게 되는 경우가 많지요. 오랫동안 심사숙고하는 사람은 흔히 바로 그런 운명에 빠지곤 합니다. 인간에게 주어진 능력 이상의 것을 하려고 애쓰는 사람은 결국 아무것도 이루지 못하게 되는 것입니다. 서로 상반되는 즐거움을 동시에 누리겠다는 허황된 희망을 품지 마세요. 오라버니 앞에 주어진 축복들 가운데 하나를 선택하고 만족하세요. 가을의 달콤한 열매를 맛보면서 동시에 봄날의 향기로운 꽃으로 후각의 기쁨을 누릴 수 있는 사람은 이 세상에 아무도 없습니다. 나일 강의 발원지와 하구 두 곳에서 동시에 물을 길어 잔을 채울 수 있는 사람은 아무도 없는 법이지요."

30장

이믈락이 들어와서 대화를 다른 데로 돌리다

이때 이믈락이 들어와서 왕자와 공주의 대화가 중단되었다. "이믈락 선생." 라셀라스가 말했다. "나는 지금껏 공주에게서 개인의 가정생활에 대한 암울한 이야기를 듣고 있었는데, 공주의 말을 듣자 하니 행복을 찾고 싶은 생각이 더 이상 나지 않을 지경입니다."

이믈락이 말했다. "제가 보기에 왕자님과 공주님께서는 어떤 인생을 선택할까 궁리하느라 실제 살아가는 일 자체를 망각하고 계신 듯합니다. 왕자님과 공주님께서는 아무리 넓고 볼거리가 다양하다 할지라도 어디까지나 하나의 도시에 불과하며 또 볼 만한 진귀한 유적도 현재 별로 남아 있지 않은 그런 도시 하나를 둘러보았을 뿐입니다. 우리는 지금, 인류 문명이 시작된 고대의 여러 왕국들 가운데서도 백성의 능력과 지혜로 그 명성이 드높았던 나라, 즉 세상을 밝히는 뭇 학문이 처음 비롯되었고 시민 사회와 가정생활에 관련된 지식과 기술이 최초로 싹트기 시작한 그런 나라에 와 있다는 사실을 기억하시기 바랍니다.

고대의 이집트인들은 수준 높은 기술력과 강대한 권력을 증명하는 수많은 기념물을 남겨 놓았습니다. 그 앞에 대면 그 어떤 유럽의 장대한 유산도 초라하게만 보일 정도이지요. 그들의 건축물 유적은 오늘날의 건축가들에게 아직도 많은 것을 가르쳐 주고 있는데, 세월이 미처 다 무너뜨리지 못한 그 놀라운 유적들을 보면 우리는 세월이 파괴하기 전의 원래 모습이 얼마나 굉장했을지 불확실하게나마 어느 정도 짐작할 수 있답니다."

라셀라스가 말했다. "나는 돌 더미나 흙무더기 같은 것을 살펴보는 일에는 별로 호기심이 없습니다. 나의 관심사는 사람에 대한 것입니다. 우리가 이곳에 온 것은 무너진 옛 사원의 파편을 살펴보거나 메워진 하수도의 자취를 더듬기 위해서가 아니라 삶의 현장에서 현재 벌어지고 있는 여러 가지 인간사를 관찰하기 위해서 아닙니까?"

공주 역시 이렇게 말했다. "지금 우리 눈앞에 벌어지고 있는 것들이야말로 바로 우리가 주목할 필요가 있고 또 그럴 가치가 있는 것들이지요. 고대의 영웅이나 기념비 따위가 대체 나에게 무슨 소용이 있을까요? 과거는 결코 다시 돌아올 수 없고, 과거의 영웅들 역시 인간에게 현재 가능하거나 필요한 삶의 방식과는 완전히 다른 형태의 삶을 살았던 사람들 아닌가요?"

　시인이 대답했다. "무엇이든지 그것을 올바로 알기 위해서는 그것이 끼친 영향이나 결과를 반드시 알아야 합니다. 만약 사람들을 파악하고 싶다면, 그 사람들이 행한 일과 업적을 파악해야만 할 것입니다. 그럼으로써 비로소 우리는 이성의 지시나 열정의 자극에 의해 어떠한 일들이 이루어졌는지를 알 수 있고 나아가 인간 행동의 가장 강력한 동기가 되는 것이 무엇인지를 찾아낼 수 있을 것입니다. 현재에 대한 올바른 판단을 하기 위해서 우리는 그것을 과거와 대비하여 살펴보지 않으면 안 됩니다. 왜냐하면 모든 판단은 비교를 통해서만 얻어질 수 있으며, 미래에 대해서 우리가 아는 것은 아무것도 없기 때문이지요. 사실 인간의 마음이 현재에 사로잡혀 있는 경우는 거의 없답니다. 우리의 마음을 매 순간 채우는 것은 바로 기억이나 앞날에 대한 예상 같은 것들이지요. 우리에게는 기쁨과 슬픔, 사랑과 미움, 희망과 두려움이라는 감정이 있습니다. 그런데 기쁨과 슬픔의 대상이 되는 것은 바로 과거의 일들이고, 희망과 두려움의 대상은 미래의 일들이지요. 심지어 사랑과 미움조차도 과거와 연관되어 있습니다. 사랑이나 미움이라는 감정적 결과가 발생하기 전에 뭔가 그 원인이 틀림없이 과거에 존재했을 것이기 때문이지요.

　세상사의 현재 상태는 과거의 결과이므로, 우리가 누리는 좋은 일들과 우리가 당하는 나쁜 일들이 과연 어디에서 비롯되었는지를 묻고 알아보는 것은 당연한 일입니다. 우리가 자기 자신만을 위해 살아가고 있든 타인을 섬기거나 다스리는 직책을 맡고 있든 역사에 대해 공부하지 않는 것은 온당하지 못한데, 전자의 경우 그것은 어리석은 처사라 하겠고 후자의 경우는 의롭지 못한 처사라고 하겠습니다. 무지임을 알면서도 자발적으로 무지를 범한다면 그것은 곧 죄나 다름없지요. 그리고 해악을 막을 방법을 알 수 있는데도 이를 외면하는 사람은 결국 그 해악을 범한 자로서 비난받아 마땅할 것입니다.

역사 중에서도 인간에게 가장 널리 도움이 되는 내용은 바로 인간 정신의 진보 과정을 기록하고 있는 부분일 것입니다. 여기에는 이성의 점진적 향상 과정, 학문의 계승과 발전, 사고하는 존재에게 빛과 어둠인 지식과 무지의 성쇠, 여러 가지 기술과 예술의 소멸과 부흥, 그리고 지적인 세계의 모든 순환과 변전 양상이 기록되어 있지요. 물론 왕들은 전쟁과 침략에 대한 기록에 특별히 더 관심이 끌리겠지만, 그렇다고 유용한 기술이나 고아한 학문에 대한 것을 무시해 버려서는 안 되지요. 왕국을 다스리는 자에게는 백성의 지적 능력을 계발하고 일구어야 할 의무가 있는 법이니까요.

어떤 것을 배울 때 말로만 듣기보다는 실례(實例)를 접하는 것이 항상 더 효과적입니다. 가령, 군인은 전쟁터에서 길러지는 법이고, 화가가 되려면 여러 그림을 직접 모방해 보아야 하는 것이지요. 그런데 이 실례를 접할 때는 기술이나 지식을 배우는 정적인 삶이 행동을 배우는 동적인 삶보다 한층 유리하지요. 왜냐하면 인간의 위대한 행동은 그 실례를 직접 목격하기가 거의 불가능하지만, 인간이 기술로 이룬 업적은 이를 배우고자 하는 사람 가까이에 언제나 그 예가 남아 있어서 기술을 통해 이룩된 것이 어떤 것인지를 알려 주기 때문입니다.

어떤 비범한 업적이나 작품에 우리의 눈이나 상상력이 끌릴 때, 활발한 정신을 지닌 사람은 그는 곧이어 그 작품을 이루어 낸 수단에 관심을 갖기 마련입니다. 실례에 대한 관찰이 그 진정한 효용성을 띠기 시작하는 것은 바로 이때부터이지요. 우리는 새로운 생각들로 우리 자신의 이해력을 확장할 수 있을 것이며, 인류에게 잊혔던 어떤 기술을 되살려 낼 수도 있고, 아니면 우리가 사는 곳에서는 불완전하게 알고 있는 것을 마침내 완전히 깨우쳐 터득할 수도 있을 것입니다. 어쨌든 최소한 우리는 과거의 여러 시대와 현재 우리가 살고 있는 시대를 비교해 볼 수 있을 터인데, 이를 통해 현재의 진보된 상태를 깨닫고 기뻐하든지 아니면 현재의 부족한 점을 발견하고 발전의 첫걸음을 내딛을 수 있든지 할 것입니다."

이에 왕자가 대답했다. "무엇이든지 탐색해 볼 가치가 있는 것이라면 나는 기꺼이 알아보고 싶습니다." 그러자 공주 역시 "저도 고대의 생활 풍습에 대해 뭔가 배울 수 있다면 기쁠 것입니다."라고 말했다.

이믈락이 다시 말했다. "이집트인들의 위대한 능력을 증명하는 가장 장대한 유적인 동시에 수공업 기술로 지은 가장 엄청난 기념물 중 하나는 바로 피라미드입니다. 이것은 선사 시대에 세워진 건축물로, 그 어떤 옛 기록이나 이야기를 통해서도 우리는 그 유래와 내력을 확실하게 알 수 없답니다. 이러한 피라미드 가운데 가장 거대한 것이 아직 남아 있는데, 그것도 세월에 의해 거의 손상되지 않은 모습으로 우뚝 서 있답니다."

"그럼 내일이라도 당장 그것을 보러 가지요." 네카야가 말했다. "피라미드에 대한 이야기는 저도 그동안 자주 들었습니다. 어서 빨리 제 눈으로 직접 그 안과 밖을 모두 살펴보아야지 그렇지 않으면 답답해 못 살 것 같습니다."

31장

왕자 일행은 피라미드를 방문하다

이렇게 하여 피라미드를 보러 가자는 결정이 이루어졌고, 왕자 일행은 다음 날 길을 떠났다. 그들은 낙타 위에 천막을 싣고 갔는데, 그것은 그들의 호기심이 완전히 충족될 때까지 여러 피라미드를 구경하면서 오랫동안 머물러 있을 작정이었기 때문이다. 그들은 여유롭게 여행해 나갔다. 특이한 것이 눈에 띌 때마다 주목하여 살펴보았고, 때때로 가던 길을 멈추고 그 지방의 주민들과 대화를 나누기도 했다. 그리고 폐허가 되어 있거나 사람이 살고 있는 도시의 여러 모습들과, 황량한 야생 상태이거나 경작이 이루어지고 있는 자연의 여러 풍광들을 지나치면서 관찰했다.

마침내 거대한 피라미드에 도착했을 때 그들은 그 아랫부분의 넓이와 꼭대기의 높이가 엄청난 것을 보고 크게 놀라워했다. 이믈락은 왕자와 공주에게 세상이 끝나는 날까지 무너지지 않고 계속 서 있을 수 있게끔 설계된 이 건축물의 형상으로 피라미드라는 형태가 선택된 원리를 설명해 주었다. 그는 피라미드가 풍우로 인한 자연의 일반적인 침식을 모두 이겨 낼 뿐만 아니라 가장 저항하기 힘든 자연의 파괴적 현상인 지진조차도 끄떡없이 견뎌 낼 수 있을 만큼 견고한 것은 바로 점차 위로 좁아져 가는 구조 때문이라고 가르쳐 주었다. 피라미드를 무너뜨릴 정도의 위력을 가진 지진이라면 그것은 아마 대륙 전체를 붕괴시킬 수 있는 지진일 것이었다.

왕자 일행은 피라미드의 거대한 크기와 규모를 모두 측량해 본 다음 그 발치에다 천막을 치고 하룻밤을 지냈다. 다음 날 그들은 내부의 묘실을 구경하러 안으로 들어갈 준비를 한 뒤, 그곳에 있는 안내인 몇 명을 고용하여 첫 번째 통로의 입구가 나 있는 데로 올라갔다. 그런데 이때 함께 따라온 공주의 시녀가 입구의 깊은 구멍을 들여다보더니 뒤로 물러서면서 벌벌 떨기 시작했다. "페쿠아, 뭐가 무서워서 그러는 것이냐?" 공주가 물었다. "저 좁은 입구와 그 안의 끔찍한 암흑이 저는 무섭사옵니다." 시녀가 대답했다. "고이 잠들지 못한 귀신이 살고 있는 게 틀림없는 저곳을 저는 도저히 들어갈 수 없사옵니다. 이 무서운 무덤의 본래 주인 된 자들이 우리 앞에 벌떡 일어나서는 우리를 이 안에다 영원히 가둬 버릴지도 모릅니다." 이렇게 말하면서 시녀는 두 팔로 공주의 목을 와락 껴안으며 매달렸다.

"네가 두려워하는 대상이 오직 유령뿐이라면." 왕자가 말했다. "내가 약속하건대 조금도 위험할 것 없으니 걱정 마라. 죽은 자들은 아무런 위험도 끼칠 수 없다. 한번 죽어 땅에 묻힌 사람은 더 이상 우리 눈앞에 나타날 수 없는 법이다."

그러자 이믈락이 말했다. "저는 죽은 자들이 더 이상 우리 눈앞에 나타날 수 없다고 주장하지는 않겠습니다. 모든 시대 그리고 모든 나라의 사람들이 하나같이 그리고 한결같이 그와는 반대되는 증언을 하고 있기 때문이지요. 미개한 민족이든 학문이 발달한 민족이든, 이 세상에 존재하는 민족치고 죽은 자의 유령에 대해 이야기하지 않거나 그 존재를 믿지 않는 경우는 하나도 없답니다. 이러한 믿음은 아마 인간의 본성이나 다름없이 널리 퍼져서 인간의 마음을 지배하고 있는데, 사실이 아니고서는 도저히 그렇게 보편적으로 널리 퍼져 있을 수 없지요. 서로에 대해 전혀 들어 본 적이 없는 민족들이 어떻게 그렇게 똑같은 이야기를 할 수 있겠습니까? 그것도 그들이 실제로 겪지 않았다면 결코 믿지 않았을 그런 이야기를 말입니다. 몇몇 사람이 개인적으로 그것에 대해 트집을 잡고 의심할 수는 있겠지만, 그것 때문에 일반적인 증언의 진실성이 떨어지거나 하지는 않지요. 게다가 그런 사람들 중에는, 입으로는 안 믿는다고 떠벌려 대면서도 실제로는 귀신을 두려워함으로써 그것에 대한 믿음을 고백하고 마는 경우도 더러 있답니다.

하지만 저는 이미 페쿠아를 사로잡고 있는 공포에 새로운 것을 더할 의도는 없습니다. 사실 유령이 다른 곳보다 피라미드에 더 많이 출몰해야 하거나 유령에게 죄 없고 순결한 사람을 해칠 권능이나 의지가 있어야만 할 이유는 없답니다. 우리가 이곳에 들어가는 것은 유령들의 특권을 침해하기 위한 것이 아닙니다. 우리가 그들에게서 빼앗아 갈 것은 아무것도 없지요. 따라서 유령들은 우리에게 화를 낼 까닭이 전혀 없습니다."

"사랑하는 페쿠아." 공주가 말했다. "내가 항상 네 앞에 서서 걸어가마. 그리고 이믈락 선생에게 네 뒤를 따라오라고 하마. 네가 지금 아비시니아의 공주와 함께 가고 있다는 사실을 기억하려무나."

시녀가 대답했다. "소녀가 죽는 것이 공주님께서 바라시는 일이라면, 부디 좀 덜 무서운 죽음을 저에게 명하시옵소서. 제발 소름 끼치는 이 동굴 속에 갇혀 죽는 것만은 면하게 해 주옵소서. 공주님께서도 아시다시피, 저는 공주님의 말씀을 감히 거역하지 못하나이다. 공주님께서 명령하신다면 저는 들어가는 수밖에 없습니다. 하지만 공주님, 일단 이곳에 들어가면 저는 결코 살아서 돌아오지 못할 것이옵니다."

공주는 시녀의 두려움이 너무도 깊어서 아무리 충고하고 꾸짖어 보았자 소용없다는 것을 알아차렸다. 그리하여 시녀를 한번 껴안아 주고는 정 그렇다면 일행이 돌아올 때까지 천막에서 기다리고 있으라고 말했다. 하지만 페쿠아는 그것으로 만족하지 않고, 피라미드의 내부 깊숙이 들어가는 것과 같이 무서운 일을 어찌하여 행하시려고 하느냐면서 공주까지 못 가게 간곡히 말렸다. 그러자 네카야는 이렇게 대답했다. "내가 비록 너에게 용기를 가르쳐 주는 데 실패했지만 그렇다고 너

한테서 두려움을 배우기까지 하다니, 그럴 수는 없다. 게다가
이 일을 위해 일부러 작정하고 여기까지 찾아온 것인데 그냥
돌아가다니, 역시 있을 수 없는 일이다."

32장

왕자 일행은 피라미드에 들어가다

이리하여 페쿠아는 천막이 있는 곳으로 내려갔고, 나머지 일행은 피라미드 안으로 들어갔다. 그들은 복도 같은 통로를 따라가면서 대리석 지하 묘실들을 둘러보았다. 그리고 이 피라미드를 짓게 한 사람의 시체가 안치됐던 것으로 추정되는 관을 살펴보았다. 그러고 나서 그들은 가장 널찍한 묘실 한곳에 앉아 잠깐 쉬면서 되돌아 나갈 준비를 했다.

이때 이믈락이 말했다. "자, 이제 우리는 중국의 만리장성을 제외한다면 인간의 가장 엄청난 작품이라고 할 만한 건축물을 자세히 살펴봄으로써 우리의 호기심을 실컷 충족시켰습니다.

만리장성의 경우, 그것이 세워진 동기를 추측하기는 매우쉽습니다. 그것은 부유하긴 하지만 좀 겁이 많은 나라가 야만인들의 침략으로부터 자신을 안전하게 지키기 위해 세운 것이랍니다. 기술과 지식이 뒤떨어진 야만인들은 산업을 통한 생산보다 약탈을 통해 필요한 물건을 조달하는 것이 더 편리했기 때문에 평화롭게 상업을 하며 살아가는 사람들을 이따금씩 덮쳐 약탈하곤 했지요. 마치 독수리가 가금을 덮치듯이 말입니다. 따라서 민첩하고 사나운 이들의 이러한 침략을 막아내기 위해 할 수 없이 만리장성이 필요했던 것인데, 성벽을 부술 기술이 없는 야만인들의 무지함으로 인해 그 장성은 어느 정도 효과적인 보호 역할을 할 수 있었지요.

그러나 피라미드의 경우, 도대체 무엇 때문에 그토록 엄청난 비용과 노역을 들여 그것을 지어야 했는지 아직 그 합당한 이유를 아무것도 발견하지 못했답니다. 비좁은 묘실의 구조로 보아 그것은 분명 적들을 피하기 위한 피신처로는 이용될 수 없었을 것입니다. 혹 보물을 숨기기 위한 곳은 아니었나 생각할 수 있겠지만, 이보다 훨씬 적은 비용으로 충분히 안전하게 보물을 감출 방도가 얼마든지 있었을 것입니다. 따라서 피라미드를 세운 동기는 그것을 통해 인간의 상상력이라는 욕구를 채우려 했다는 것밖에 없어 보입니다. 상상력이란 인간이 살아가는 동안 끊임없이 따라다니는 일종의 갈증과 같은 것이어서 이를 만족시키기 위해서 인간은 늘 뭔가 추구하는 대상을 마련해야만 하지요. 따라서 원하는 것을 이미 다 소유한 사람이라 하더라도 그는 자신의 욕망을 또다시 넓혀 나가지 않으면 안 되게 되어 있습니다. 필요에 의해 건물을 짓는 사람이라도 그 필요가 충족되고 나면 곧 자신의 허영을 만족시키기 위해 또 다른 건물을 짓기 시작할 것입니다. 그리고 이때 그는 자신의 설계를 인간의 능력이 미칠 수 있는 한계까지 최대한 확대하여 밀고 나가는데, 그것은 또 다른 욕구를 품어야 하는 상황이 금방 돌아오지 않도록 하기 위해서이지요.

저는 엄청난 건축물인 이 피라미드를 인간의 충족되지 못한 욕망의 증거물로 생각하는 바입니다. 무한한 권력을 쥐고 있고 또 현실적인 것이든 상상적인 것이든 그 모든 욕망을 채우고도 남을 보화를 지니고 있는 왕이라고 해도, 인간은 결코 만족하지 못하는 법입니다. 따라서 그는 피라미드라도 세움으로써 통치에 싫증 나고 쾌락에 신물 난 마음을 달래지 않을 수 없었고, 또 수많은 사람들이 끝없이 노동하는 모습과 아무 목적도 없이 하나하나 쌓여 가는 돌들을 보면서 늙어 가는 인생의 무료함을 조금이라도 풀어 보고자 했던 것입니다. 조촐하고 평범한 삶에 만족하지 못하고 화려한 왕궁의 삶에 행복이 있다고 상상하는 자여, 그리고 권력과 부귀를 얻으면 새로운 것을 향한 욕구가 영원히 만족되리라고 꿈꾸는 자여, 그대가 누구든지 이 피라미드를 한번 둘러보라! 그리고 그대의 어리석음을 깨달을지어다!"

33장

공주에게 뜻밖의 불행이 닥치다

이윽고 왕자 일행은 몸을 일으켜 그들이 처음에 들어왔던 입구를 통해 되돌아 나왔다. 공주는 그녀의 시녀에게 어두운 미로와 화려한 방들에 대해서, 그리고 통로를 따라 펼쳐진 다양한 광경을 보고 그녀가 받은 여러 가지 인상에 대해서 길게 이야기해 줄 생각으로 마음이 부풀었다. 그러나 수행하는 시종들이 있는 곳으로 왔을 때, 그들은 모든 사람들이 말을 잊은 채 상심해 있는 것을 보았다. 사내들의 얼굴은 수치감과 두려움으로 덮여 있었고 여자들은 천막 안에서 슬피 울고 있었다.

왕자 일행은 쓸데없이 추측하려 하지 않고 곧바로 무슨 일이 일어났는지 물어보았다. 그러자 시종 한 사람이 대답했다. "주인님들께서 피라미드 안으로 들어가시자마자 곧 한 떼의 아랍인들이 저희를 덮쳤나이다. 그들을 막아 내기에는 저희 수가 너무 적었고, 또 동작이 느려 도망칠 수도 없었나이다. 아랍인들은 천막을 뒤진 다음 저희들을 낙타에 올라타게 했습니다. 그러고는 저희를 앞세운 채 끌고 가려 했는데, 그때 마침 터키 기병 몇 명이 다가와서 그들은 그냥 달아났습니다. 하지만 그들은 페쿠아 아가씨를 그녀의 두 하녀와 함께 붙잡아서 끌고 갔답니다. 저희의 부탁을 받고 터키 기병들이 지금 아랍인들의 뒤를 쫓고 있기는 합니다만, 그들이 아랍인들을 따라잡을 수 있을지 심히 의심스럽습니다."

공주는 대경실색하며 비탄에 휩싸였다. 라셀라스 왕자는 순간적으로 격렬한 분노에 사로잡혀 하인들한테 당장 뒤를 따라오라고 명령하고는 군도(軍刀) 하나만을 손에 쥔 채 도적 떼를 쫓아가려 했다. 이믈락이 이를 말리며 말했다. "왕자님, 그렇게 흥분하며 용맹을 부려 봤자 이로울 게 하나도 없습니다. 아랍인들은 지금 말을 타고 있습니다. 그것도 싸우고 도망치는 데 이력이 난 군마들을 말입니다. 반면 우리에겐 겨우 짐을 부리는 마소들밖에 없습니다. 지금 이런 상태로 도적 떼를 쫓아간다면 우리는 페쿠아를 구할 수도 없을 뿐더러 공주님까지 잃을 수 있사옵니다."

얼마 지나지 않아 터키인들이 도적들을 따라잡지 못한 채 빈손으로 돌아왔다. 공주는 다시금 비탄의 울음을 터뜨렸고, 화를 참지 못한 왕자는 터키인들에게 비겁하다는 비난을 퍼부으려 했다. 하지만 이믈락은 아랍인들을 놓친 것이 오히려 잘된 일일 수 있다고 생각했다. 왜냐하면 아랍인들은 자신들

이 잡은 포로들을 내놓기보다는 차라리 살해해 버리고 말았
을 가능성이 크기 때문이었다.

34장

왕자 일행은 페쿠아를 잃고 카이로에 돌아오다

이제 그곳에 더 머물러 보았자 아무것도 기대할 게 없었다. 왕자 일행은 카이로를 향해 발길을 돌렸다. 돌아오면서 그들은 자신들의 호기심을 후회했고, 이집트 정부의 직무 태만을 비난했으며, 호위병을 고용하는 일을 소홀히 한 자신들의 경솔함을 질책했다. 또한 미리 이런저런 수단을 강구했더라면 페쿠아를 그렇게 잃어버리지 않았을 텐데 하고 여러 가지로 상상을 해 보기도 했는데, 그러면서 모두들 페쿠아를 되찾기 위해 어떻게든 무엇인가를 해 보겠다고 굳게 다짐했다. 비록 적당한 방책을 아직 아무것도 생각해 내지는 못했을지라도.

네카야 공주는 곧바로 침실에 틀어박힌 채 나오지 않았다. 침실 시중을 드는 여인들은 공주를 위로하려고 하면서, 사람은 누구나 다 시련을 겪는 법이고 페쿠아 아가씨 역시 오랫동안 이 세상에서 많은 행복을 누렸으니 이제 운명의 변화를 거부감 없이 잘 받아들일 수 있을 것이라고 말했다. 그들은 또 페쿠아가 어디에 있든지 그녀에게 뭔가 좋은 일도 일어나기를 바란다고 말하면서, 공주가 페쿠아를 대신할 친구를 어서 새로 찾기 바란다고 덧붙였다.

공주는 그들에게 아무 대답도 하지 않았다. 그들은 계속해서 위로하는 모습을 보였지만, 마음속으로는 공주의 애정을 독차지하던 페쿠아가 없어진 것을 그다지 슬퍼하지 않았다.

다음 날 왕자는 그가 당한 부당한 일을 기록한 진정서와 이의 해결을 요구하는 청원서를 총독에게 올렸다. 총독은 당장이라도 도적들을 잡아다 처벌할 것처럼 장담했지만, 실제로는 도적들을 잡으려는 아무런 시도도 하지 않았다. 뿐만 아니라 그는 사실, 도적들을 추적하는 데 단서가 될 설명이나 진술조차도 전혀 들으려 하지 않았다.

관청 당국에 의해서는 아무것도 이루어지지 않으리라는 것이 곧 명백해졌다. 통치자들은 그들이 벌할 수 있는 것보다 많은 범죄와 그들이 해결할 수 있는 것보다 많은 부당한 일을 듣는 데 익숙해져 있기 때문에, 그 모든 것을 아예 무차별적으로 무시해 버림으로써 마음의 평안을 얻고자 한다. 그래서 그들은 청원자가 눈앞에서 사라지면 즉시 그의 요구 사항을 전부 잊어버리고 마는 법이다.

그 후 이믈락은 민간 업자를 고용해서 뭔가 정보를 알아내려고 했다. 그는 아랍인의 소굴을 모두 정확히 알고 있으며 그들의 두목들과 정기적으로 연락을 주고받는다고 주장하는 사람들을 여러 명 찾아냈다. 그들은 모두 페쿠아를 찾아오는 일을 기꺼이 떠맡았다. 하지만 이들 가운데 몇 명은 돈을 받고 길을 떠난 뒤에 다시는 돌아오지 않았다. 그리고 다른 몇 명은 얼마간의 정보를 알아 와 후하게 보상을 받았는데, 그 정보는 며칠 만에 거짓으로 드러났다. 그러나 공주는 아무리 성공 가능성이 없는 것이라 하더라도 일단 시도할 수 있는 수단은 어떤 것이든 하나도 빠짐없이 시도해 보고자 했다. 뭔가를 시도하고 있는 한은 희망을 잃지 않을 수 있었기 때문이다. 그리하여 한 가지 방책이 실패하면 또 다른 방책을 제시하여 시도했고, 한 사람의 심부름꾼이 실패하고 돌아오면 또 다른 심부름꾼이 다른 지역으로 파송되었다.

이렇게 두 달이 지나갔다. 하지만 페쿠아에 대한 소식은 아무것도 들려오지 않았다. 서로 애써 북돋아 주었던 희망은 점점 시들어갔다. 시도해 볼 만한 방책도 이제는 더 이상 없었다. 그러자 공주는 위로할 길 없는 절망과 깊은 실의에 빠지고 말았다. 그녀는 뒤에 남아 있게 해 달라는 페쿠아의 말을 자신이 순순히 들어주었던 것에 대해 수천 번도 넘게 자책했다. 그녀는 이렇게 탄식하곤 했다. "지나친 애정으로 인해 그 아이에 대한 내 권위가 약해지지 않았다면, 페쿠아는 무섭다느니 하는 말을 감히 하지 못했을 텐데. 그 아이가 귀신 따위보다 나를 더 무서워하도록 했어야만 했는데. 내가 엄한 얼굴을 한 번만 지어 보였어도 그 아이는 꼼짝 못하고 말을 들었을 텐데. 단호한 명령 한마디만 했어도 그 아이는 순종하지 않을 수 없었을 텐데. 왜 내가 그런 어리석은 관용에 이끌리고 말았던

가? 왜 내가 엄하게 타이르며 그 아이의 말을 거절하지 않았던가?"

"훌륭하신 공주님." 이플락이 말했다. "덕을 행하신 것에 대해 자책하지 마옵소서. 불행한 일이 일어난 것은 단지 우연일 뿐 공주님의 덕행 탓이 아닙니다. 페쿠아 아가씨의 두려움을 측은히 여기신 공주님의 행동은 너그럽고 친절한 것이었습니다. 우리는 주어진 본분과 의무에 맞게 행동하기만 하면 될 뿐 그 결과에 대해서는 절대자에게 맡겨야 합니다. 우리의 행동은 바로 그분이 정해 놓으신 법의 지배를 받고 있으니, 이 법에 순종하여 행동하는 한 궁극적으로 어떤 사람도 벌을 받지 않을 것입니다. 일상의 자연스러운 일이건 윤리적인 일이건 모종의 선한 결과가 예상된다고 해서 섭리로 정해진 법칙을 어긴다면 그것은 초월자의 지혜로운 뜻과 가르침을 떠나는 것이며, 그럴 때 그 결과에 대한 책임은 모두 우리 자신에게 떨어지고 말 것입니다. 인과 관계의 그 모든 얽힘을 우리 인간이 파악한다는 것은 불가능한 일이므로 아무리 올바른 일을 하기 위한 것이라 해도 부정한 행위를 저질러서는 안 되는 법입니다. 정당한 수단을 통해 목적을 추구한다면, 우리는 설령 실패한다고 해도 언젠가 미래에 주어질 보상을 기대하며 위안을 얻을 수 있지요. 반면 우리 자신의 좁은 지혜나 꾀로만 판단하여 선을 이루기 위한 지름길을 찾고자 옳고 그름의 정해진 경계를 뛰어넘으려 한다면, 우리는 설령 성공을 거둔다 해도 부정한 짓을 했다는 의식을 떨쳐 버릴 수 없기 때문에 행복을 느끼기 힘들 것입니다. 물론 실패하는 경우에는 실망까지 겹쳐서 치유할 수 없을 정도로 쓰라린 후회만이 남겠지요. 죄의식으로 인한 괴로움은 물론이고, 그 죄의 결과로 닥친 고통스러운 재난까지 동시에 느껴야 하는 사람의 슬픔은 그 얼마나 비참한 것이겠습니까?

한번 생각해 보시옵소서, 공주님. 만약 페쿠아 아가씨가 공주님을 따라가기를 간청했는데 공주님께서 남아 있으라고 명령하시는 바람에 천막에 남아 있다가 납치되었다면, 공주님은 그 얼마나 괴로운 심경이었겠습니까? 혹은 만약 공주님께서 페쿠아 아가씨를 억지로 피라미드에 들어가게 했는데 공포로 인한 고통 때문에 아가씨가 공주님이 보는 앞에서 쓰러져 죽었다고 한다면, 역시 공주님께서는 그 얼마나 견딜 수 없어 하셨겠습니까?"

네카야 공주가 대답했다. "어느 쪽이든지 만약 일이 그렇게 되었더라면 난 아마 괴로움을 견디지 못하고 벌써 죽었을 거예요. 왜 그토록 비정하게 굴었나 하는 생각 때문에 고통스러워 미쳐 버렸든가, 나 자신에 대한 혐오감에 사로잡혀 틀림없이 시들시들 말라 죽고 말았을 것입니다."

이믈락이 말했다. "덕행을 실천했을 때 우리에게 현실적으로 주어지는 보상 가운데 최소한 이것만은 말씀드릴 수 있는데, 그것은 바로 어떤 불행한 결과가 발생하든지 간에 우리가 행한 그 덕행에 대해서는 후회가 없으리라는 점입니다."

35장

페쿠아가 없는 공주는 삶의 의욕을 잃다

이렇게 해서 네카야 공주는 스스로를 용납하는 마음을 어느 정도 갖게 되었다. 그녀는 부정한 행동을 했다는 의식이 동반된 경우가 아니라면 그 어떤 불행이나 재난도 견딜 수 없는 것은 아니라는 사실을 깨달았다. 그때부터 공주는 격심한 슬픔의 고통에서는 벗어났지만 그 대신 말없는 우수와 고요한 침울 속에 빠져들었다. 아침부터 저녁까지 그녀는 페쿠아가 했던 말과 행동을 하나하나 회상하면서 앉아 있었고, 페쿠아가 아꼈던 물건들을 우연하고 하찮은 것들까지 모두 조심스럽게 보관하여 소중히 간직해 두었다. 그리고 그런 것들을 통해 페쿠아와 함께했던 소소한 일이나 의미 없는 대화 따위를 되새겨 보곤 했다. 페쿠아를 다시 만날 수 있으리라는 기대는 이제 더 이상 남아 있지 않았지만, 그녀를 그리워하는 공주

의 마음속에는 페쿠아의 취향이 나날의 삶을 지배하는 법칙
으로 소중히 새겨져 있었다. 그래서 무슨 일을 하든지 공주가
곰곰이 생각하는 것은 이럴 땐 페쿠아가 어떻게 생각하고 어
떤 조언을 했을까 하는 것밖에 없었다.

공주의 시중을 드는 여인네들은 공주의 진짜 신분에 대해
전혀 알지 못했다. 그래서 공주는 그들과 이야기를 나눌 때
늘 조심스럽고 삼가는 태도를 취해야 했다. 공주는 호기심을
잃어 가기 시작했고, 이제는 세상을 관찰하며 이런저런 생각
들을 탐문해 보고 싶은 마음이 거의 들지 않았다. 그런 것들
에 대해 그때그때 마음 편히 이야기를 나눌 수 있는 사람이
없어진 탓이었다. 라셀라스는 처음 얼마 동안 공주를 위로해
주고자 애쓰다가 이어서 공주의 관심을 다른 데로 돌려 보려
고 노력했다. 그는 음악가들을 고용하기도 했는데, 공주는 귀
를 기울이는 것처럼 보였지만 사실은 전혀 관심이 없었다. 예
술의 대가들을 불러다가 공주에게 여러 가지 기예(技藝)를 가
르쳐 보려고도 했지만, 그들은 방문할 때마다 매번 전번에 했
던 수업 내용을 다시 되풀이해야 했다. 공주는 즐거움을 느끼
는 감각과 뛰어난 것에 대한 성취욕을 잃어버린 것이었다. 겨
우 억지로 그녀의 마음을 다른 데에 쏠리게끔 했지만 그것은
잠깐일 뿐 그녀의 마음은 항상 잃어버린 친구에게 되돌아가
그 모습을 떠올리곤 했다.

공주는 매일 아침 이믈락에게 새로이 수소문을 해 보라는
간곡한 분부를 내렸으며, 또 매일 밤마다 페쿠아 소식이 혹시
없었는지 꼭 물어보았다. 이믈락은 공주가 바라는 대답을 해

줄 수 없어서 점점 공주 앞에 나오기를 꺼려했다. 공주는 그렇게 주저하는 이믈락의 태도를 알아채고는 자기를 피하지 말라고 명령했다. 그녀는 말했다. "이믈락 선생, 내가 안달을 내며 초조해한다고 해서 그것을 선생께 대한 노여움으로 잘못 이해하지 않기를 바랍니다. 또한 페쿠아를 찾지 못하는 것에 대해 내가 불만스러워한다고 해서 그것을 선생이 태만하다고 비난하는 것으로 생각하는 일도 없기 바랍니다. 선생이 내 앞에 나타나지 않으려고 하는 것은 나도 당연하다고 생각합니다. 불행한 사람은 결코 유쾌한 존재가 아니라는 사실을, 그리고 사람들은 당연히 불행한 사람과 접촉하여 그 영향을 받고 싶어 하지 않는다는 사실을 나도 잘 알고 있습니다. 남의 불평과 푸념을 듣는다는 것은 불행한 사람에게나 행복한 사람에게나 다 같이 피곤한 일이지요. 우리가 인생에서 누릴 수 있는 기쁨은 잠시 동안뿐인데, 그 짧은 환희의 햇살을 다른 사람의 슬픈 먹구름으로 어둡게 덮어 버리고 싶은 사람이 대체 어디 있겠어요? 또한 자기가 짊어진 불행의 무게도 버거워 힘들게 버둥대고 있는데, 거기에 다른 사람의 불행까지 더하여 짊어지고 싶은 사람이 과연 어디 있겠어요?

이 네카야의 슬픈 한숨 때문에 사람들이 더 이상 괴로움을 당하지 않게 될 날도 머지않았습니다. 행복을 찾는 나의 노력은 이제 끝났습니다. 나는 온갖 아첨과 속임수로 가득 찬 이 세상을 등지기로 결심했습니다. 고독한 은둔의 삶 속에 몸을 숨긴 채, 아무것도 개의하지 않고 오직 마음을 차분히 가라앉히는 일만 힘쓰면서 살아가고자 합니다. 소박하고 깨끗한 일들을 한결같이 수행하는 가운데 규칙과 절제 속에서 하루하루를 보낼 것이며, 그러다가 모든 세속적인 욕망이 정화된 순수한 마음이 되어 마침내 모든 인간이 시시각각 향해 가고 있는 저 영원의 세계로 귀의할 것입니다. 그리고 기대하건대, 그곳에서 페쿠아와 다시 만나 영원한 우정을 누릴 것입니다."

이에 이믈락이 말했다. "돌이킬 수 없는 결심으로 마음을 얽매어 버리는 일은 하지 마옵소서. 또한 고난과 불행을 일부러 자초하여 인생의 무거운 짐을 가중시키지 마옵소서. 은둔 생활이란 어떤 경우든 늘 변함없이 고단하고 힘든 것인데, 페쿠아에 대한 생각이 잊히고 나면 그것은 더욱더 힘들어질 것입니다. 어떤 한 가지 즐거움을 상실했다고 해서 나머지 즐거움을 모두 물리쳐 버리는 것은 결코 타당한 처사라 할 수 없습니다."

공주가 대답했다. "페쿠아를 잃어버린 지금 나에겐 물리칠 것이든 붙잡을 것이든 그 어떤 즐거움도 전혀 남아 있지 않답니다. 사랑하고 신뢰할 사람이 아무도 없는 인간에게 무슨 소망이 있겠어요? 그런 사람에겐 행복의 근원적인 소인이 없어져 버린 것입니다. 우리는 혹시 이런 말을 할 수 있을지 몰라요. 즉 이 세상에서 우리가 누릴 수 있는 행복이 다만 얼마라도 있다면, 그것은 틀림없이 부와 지식과 선량한 덕의 결합으로 생기는 거라고 말입니다. 그런데 부는 그것을 남에게 베풀어 주지 않으면 아무 의미가 없고, 지식 역시 남에게 전달해 주지 않으면 아무 의미가 없지요. 다시 말해 그것들은 다른 사람에게 나누어 주어야만 하는 것들이지요. 그런데 나에겐 이제 그것들을 나누어 주며 기뻐할 대상이 아무도 없답니다. 오직 선량한 덕에 의해서만 우리는 상대가 없이도 그 기쁨을 누릴 수 있지요. 따라서 우리는 은둔 생활을 통해 이 선량한 덕을 실천할 수 있을 것입니다."

이믈락이 대답했다. "고독한 은둔의 삶을 통해 과연 선량한 덕이 어느 정도나 실행될 수 있을지 또는 얼마나 높이 함양될 수 있을지는 지금 따지고 싶지 않습니다. 다만 저 경건한 은자가 했던 고백을 한번 기억해 보십시오. 페쿠아 아가씨에 대한 기억이 공주님의 생각에서 사라지고 나면, 공주님은 세상으로 다시 돌아오고 싶어 할 것입니다." "그런 순간은 결코 오지 않을 겁니다." 네카야가 말했다. "사랑하는 페쿠아의 너그럽고 진솔한 마음씨와 겸손히 순종하는 태도 그리고 충직하고 과묵한 행실을 나는 언제까지나 점점 더 그리워하게 될 것입니다. 내가 앞으로 살아가면서 악덕과 어리석음을 만나 보게 될수록 말입니다."

이믈락이 말했다. "갑작스러운 재난으로 충격에 휩싸인 사람의 마음 상태는 세상이 막 창조되었을 때 처음 살았던 인간들의 마음 상태와 똑같다고 할 수 있을 것입니다. 전설에 의하면, 그들은 어두운 밤이 처음 찾아왔을 때 밝은 낮이 다시는 돌아오지 않을 것이라고 생각했답니다. 슬픔의 먹구름이 몰려와 우리 머리 위를 뒤덮을 때, 우리는 그 먹구름 너머로 아무것도 보지 못하며 그 먹구름이 영원히 걷히지 않을 것이라고 상상하곤 하지요. 하지만 어두운 밤에 뒤이어 밝은 새날이 반드시 찾아오는 것처럼, 슬픔의 암흑이 아무리 길어도 회복과 위안의 새벽빛은 틀림없이 밝아 오기 마련입니다. 따라서 그러한 위안을 받을 수 없도록 스스로를 차단해 버리는 사람이 있다면, 그는 바로 날이 어두워졌다고 해서 자신들의 눈을 빼 버리려 했던 태초의 미개인들과 같은 어리석음을 범하는 셈입니다. 우리 인간의 마음은 몸과 마찬가지로 끊임없이 움직이며 변하고 있습니다. 우리는 매 순간 뭔가를 잃어버리고 또 뭔가를 새로 획득하지요. 혹 단번에 많은 것을 잃어버리기도 하는데, 그 경우 몸이든 마음이든 불편을 느끼게 됩니다. 하지만 생명력의 원천이 파괴되지 않고 남아 있는 한, 치유의 수단은 자연스럽게 찾아지는 법이지요. 한편 우리의 마음은 눈과 같기도 해서 대상과의 거리에 의해 영향을 받습니다. 즉 세월의 물결을 따라 흘러갈 때, 우리 뒤로 멀어져 가는 것은 무엇이든지 항상 작아 보이며, 우리 앞으로 다가오는 것은 항상 점점 크게 보이기 마련이지요. 부디 삶의 흐름을 정지시키지 마옵소서. 흐르지 못하고 고이면 그것은 진창이 되어 버리고 말 것입니다. 세상의 흐름에 다시 몸을 맡기시옵소서. 페쿠아는 차츰 잊혀 갈 것입니다. 그리고 누군가 총애할 만한 다른 사람이 공주님 앞에 나타나거나, 여러 사람과 두루 교제하며 대화하는 것을 즐길 수 있는 요령이 생기거나 할 것입니다."

라셀라스 왕자도 거들었다. "적어도 가능한 모든 방책을 다 시도해 볼 때까지는 희망을 버리지 마라. 네 불행한 시녀를 찾는 일은 아직도 계속되고 있다. 그리고 만약 네가 그런 돌이킬 수 없는 결심 같은 것을 하지 않고 일 년 동안 더 기다리겠다고 약속한다면 앞으로 더욱더 열심히 페쿠아를 찾아보도록 하겠다."

　네카야는 이를 온당한 요구라고 여겼다. 그리하여 오빠 라셀라스에게 그러겠다고 약속했다. 물론 라셀라스는 이믈락의 충고에 따라 그런 약속을 한 것이었다. 이믈락은 사실 페쿠아를 다시 찾으리라고는 별로 기대하지 않았다. 하지만 일 년의 기간을 확보할 수 있다면, 그때쯤 공주가 수도원에 들어가 버리겠다는 위험한 생각에서 벗어나게 될 것이라고 여겼다.

36장

아직 잊히지 않는 페쿠아, 슬픔의 변화 과정

공주는 사랑하는 시녀를 찾기 위한 가능한 방법이 하나도 빠짐없이 시도되는 것을 보았다. 그리고 약속한 대로 세상을 버리고 은둔할 생각을 일단 접었다. 그러자 그녀도 느끼지 못하는 사이에 일상적인 일과 오락에 대한 관심이 다시 생겨나기 시작했다. 전혀 뜻한 바가 아니었지만 그녀는 슬픔이 멎은 것을 무의식중에 즐거워하게 되었다. 공주는 페쿠아를 결코 잊지 않겠다고 아직 결심을 굳게 하고 있었는데도 때때로 페쿠아에 대한 기억에서 마음을 멀리 돌리고 있는 자신을 발견하고는 화를 내곤 했다.

그리하여 공주는 하루 중 일정한 시간을 정해서 페쿠아의 훌륭한 점과 다정한 성품을 되새겨 보는 기회를 갖기로 했다. 그러곤 몇 주 동안 정해진 시간이 되면 늘 자리를 피해 자신의 방으로 들어갔다가 얼마 후 눈이 붓고 안색이 흐려진 채 돌아왔다. 하지만 공주는 점차 해이해져서 뭐든지 중요하거나 긴급한 일이 생기면 그날의 애도 시간을 뒤로 미루곤 했다. 그러더니 곧 별로 중요하지 않은 일까지도 핑계를 삼기 시작했고, 때로는 아예 잊어버리기까지 했다. 그만큼 그 시간을 사실상 기억하고 싶지 않은 상태가 되었던 것인데, 그러다가 결국 그녀는 정기적인 그 애도의 의무를 아예 완전히 벗어던져 버리기에 이르렀다.

물론 그렇다고 페쿠아에 대한 공주의 진실한 사랑이 줄어든 것은 아니었다. 어떤 일을 하다가도 페쿠아에 대한 기억을 되살릴 때가 수없이 많았으며, 내밀한 우정으로만 채워질 수 있는 마음의 빈자리로 인해 페쿠아에 대한 그리움이 사무칠 때도 수없이 많았다. 그래서 공주는 이믈락에게, 페쿠아에 대한 탐문을 결코 단념하지 말고 정보를 수집하는 모든 기술을 동원해 그녀를 계속 찾아보라고 간청했다. 적어도 찾는 일을 게을리 하거나 소홀히 하지는 않았다는 위안이나마 얻고자 했기 때문이었다. "그런데." 그녀가 말했다. "행복의 추구를 통해 우리 인간은 도대체 무엇을 기대할 수 있단 말인가? 인간이 처한 삶의 조건을 살펴볼 때 우리가 발견하는 것은 오직 행복 그 자체가 바로 불행의 원인이 된다는 사실밖에 없는데 말이야. 도대체 뭣 때문에 우리는 확실한 소유가 보장되지 않는 것을 붙잡으려고 애쓴단 말인가? 나는 이제부터, 아무리 훌륭한 장점을 지니고 있는 사람이라 할지라도 또는 아무리 다정하고 헌신적인 사랑을 바치는 사람이라 할지라도 내 마

음을 내주지 않을 것이야. 페쿠아로 인해 경험한 고통을 또다
시 겪는 일이 없도록 말이야."

37장

공주는 페쿠아의 소식을 듣다

그렇게 일곱 달이 지났을 때였다. 공주가 은둔을 미루기로 약속했던 날 파견되었던 심부름꾼 중 한 사람이 돌아왔다. 그런데 그는 수없이 많은 곳을 아무 성과 없이 수소문하며 돌아다니다가 마침내 누비아[18]의 국경 지방에서 페쿠아의 소식을 알아냈다. 그에 따르면, 페쿠아는 이집트의 변경 끝에 요새(要塞)와 같은 성채를 하나 소유하고 있는 한 아랍인 두목에게 잡혀 있다는 것이었다. 그 아랍인 두목은 약탈을 통해 재물을 모아들이는 사람이었는데, 황금 200온스[19]를 받는다면 페쿠아를 그녀의 두 몸종과 함께 기꺼이 돌려줄 의향이 있다고 했다.

---

18) 나일 강 유역에서 홍해 연안까지 걸쳐 존재했던, 아프리카 북동부의 고대 왕국.
19) 약 6.2킬로그램에 해당되는 무게

몸값은 전혀 문제가 되지 않았다. 공주는 사랑하는 시녀가 살아 있으며 또 그렇게 얼마 안 되는 몸값을 주고 쉽게 되찾을 수 있다는 말을 듣고는 한없이 기뻐했다. 그녀는 페쿠아와 자신의 행복을 한순간이라도 늦추는 것을 견딜 수 없었다. 그래서 아랍인이 요구한 금액을 당장 그 심부름꾼에게 쥐어 보내라고 오빠 라셀라스에게 간청했다. 라셀라스는 먼저 이믈락과 상의를 했는데, 이믈락은 페쿠아의 소식을 전한 사람의 진실성에 대해 그다지 확신하지 않았다. 게다가 아랍인 두목을 신용하는 것에는 더 의심을 품었는데, 잘 따져 보지 않고 너무 쉽게 신뢰하면 그는 돈과 포로를 다 손아귀에 넣은 채 아무도 놓아주지 않을지도 모른다는 것이었다. 왕자 일행이 아랍인 두목의 관할 구역으로 직접 들어가 그의 영향력 안에 놓이는 것을 위험하게 생각했으며, 그렇다고 그 비적(匪賊) 두목이 총독의 군인들에게 붙잡힐지도 모르는 하류의 저지대 지방으로 내려와 자신을 드러내 놓을 리도 없을 것이라고 예상했다.

상대가 서로 믿지 못하는 경우 협상을 한다는 것은 어려운 일이다. 하지만 이믈락은 얼마 동안 깊이 생각해 보더니 심부름꾼에게 다음과 같은 지시를 내렸다. 즉 말을 탄 무사 열 명이 페쿠아를 인도하여 상류 고지대 지방의 사막에 위치한 성 안토니오[20] 수도원으로 온다면 이쪽에서도 열 명의 말 탄 사람들이 나가 그녀를 맞이하고 몸값을 지불해 줄 것이라는 제

---

20) 고대 이집트의 은둔자로 기독교 수도원 제도의 창시자.

안을 전하라고 했다.

아랍인 두목이 이 제안을 거절하지 않으리라고 예상했으므로, 왕자 일행은 시간을 조금이라도 아끼기 위해 즉시 수도원을 향해 길을 떠났다. 그리고 그곳에 도착했을 때, 이믈락은 소식을 전한 그 심부름꾼을 데리고 아랍인 두목의 요새를 향해 갔다. 라셀라스도 함께 가고자 했지만 공주와 이믈락 모두가 반대하여 가지 못했다. 아랍인 두목은 자기 민족의 관습에 따라, 그의 지배 구역으로 스스로 들어온 이믈락 일행을 세심한 환대의 법을 지켜서 잘 대접한 뒤 돌려보냈다. 그러곤 며칠 만에 페쿠아와 그녀의 몸종들을 편한 여행길로 인도해 지정된 장소로 데리고 왔다. 그곳에서 그는 약정된 몸값을 받고 페쿠아를 풀어 주었는데, 아주 정중한 예의를 차려 그녀를 친구들에게 돌려주었을 뿐만 아니라, 약탈이나 습격을 당할 위험이 전혀 없는 곳까지 카이로로 돌아가는 길을 안내해 주겠다고 했다.

공주와 시녀 페쿠아는 기쁨으로 감격하여 서로를 꼭 부둥켜안은 채 한동안 할 말을 잃고 어쩔 줄을 몰랐다. 그러다가 함께 밖으로 나가 사랑이 넘치는 둘만의 뜨거운 눈물을 흘렸고, 그런 다음 서로에 대한 애정과 감사의 마음을 주고받으며 회포를 풀었다. 몇 시간이 지난 뒤 두 사람은 수도원의 식당이 있는 곳으로 돌아왔다. 그러자 수도원장과 그의 동료 수도승들이 함께 있는 가운데 라셀라스 왕자는 페쿠아에게 그동안 겪은 모험을 이야기해 보라고 했다.

38장

시녀 페쿠아의 모험담

페쿠아가 이야기를 시작했다. "언제 그리고 어떻게 제가 끌려갔는지에 대해서는 하인들이 다 말씀을 드렸겠지요. 갑작스럽게 일을 당한 탓에 저는 그저 놀라움에 사로잡히고 말았습니다. 그래서 처음엔 두려움이나 슬픔 같은 격정에 휩싸여 떨기보다 오히려 넋을 잃은 채 멍한 지경이었습니다. 게다가 터키인들의 추격을 받는 동안 도적 떼들이 우리를 끌고 무서운 속도로 맹렬하게 달아나는 바람에 저는 더욱 얼이 빠지고 말았지요. 터키인들은 곧 우리 뒤를 쫓아오기를 포기하는 것처럼 보였는데, 아랍인 도적들을 두려워하여 사실은 그냥 위협하며 쫓는 시늉만 한 것 같기도 했습니다.

위험에서 벗어났다는 것을 알자 아랍인들은 걸음을 늦추었습니다. 급박하고 격렬했던 외부의 소란이 가라앉자 제 마음속에서는 불안감이 점차 커지기 시작했습니다. 얼마 후 도적의 무리는 상쾌한 풀밭 가운데 나무 그늘이 드리워진 어느 샘터 근처에 멈춰 섰습니다. 그러더니 우리를 말에서 내려놓고는 음식물을 꺼내 함께 먹으면서 우리에게도 들라고 권했습니다. 그들은 저와 제 하녀들이 그들에게서 떨어진 곳에 우리끼리 앉아 있도록 허락했는데, 우리에게 위로의 말을 건넨다든가 반대로 모욕적인 행동을 하려 한다든가 하는 자는 아무도 없었습니다. 그때서야 저는 비로소 제가 당한 불행의 무게를 제대로 느끼기 시작했습니다. 제 하녀들은 말없이 눈물을 흘리며 앉아 있었는데, 혹 무슨 구원이라도 기대하는 듯 이따금 저를 바라보곤 했습니다. 하지만 우리가 과연 어떤 운명에 처하게 될지 저는 도무지 알 수 없었으며, 또한 대체 우리가 어디로 잡혀 가고 있는지 그리고 과연 어디서부터 구원의 희망을 끌어낼 수 있는지 등에 대해서도 전혀 추측할 길이 없었습니다. 우리는 도적들과 야만인들의 손에 잡힌 것이었고, 따라서 저들이 정의롭지는 못하더라도 자비심만은 좀 있지 않을까 하는 기대나 아니면 저들이 자신의 강한 욕망이나 잔인한 충동을 만족시키고 싶은 마음을 참지 않을까 하는 기대 따위는 전혀 불가능한 것이었습니다. 하지만 저는 하녀들에게 입을 맞추면서 그들을 진정시키려고 애썼습니다. 우리는 아직 그들에게 무례한 대접을 받지 않고 있으며, 또 일단 추격당할 가능성이 없는 곳까지 온 이상 그들이 우리 생명을 해칠 위험은 없는 셈이라고 이야기하면서 말입니다.

그들이 다시 우리를 말에 태우려고 했을 때, 제 하녀들은 제 곁에 바짝 달라붙어서 떨어지려고 하지 않았습니다. 하지만 저는 우리 목숨을 쥐고 있는 사람들을 화나게 하지 말라고 명령하며 그들을 타일렀습니다. 날이 저물도록 우리는 사람도 다니지 않고 길도 없는 지역을 통해 계속 이동했습니다. 그러다가 달빛을 받으며 어느 산 중턱에 이르렀는데, 그곳에는 도적들의 잔여 부대가 주둔해 있었습니다. 도적들은 천막을 치고 불을 피웠으며, 그들의 두목은 부하 권속들에게 깊은 존경과 사랑을 받는 사람으로 큰 환영을 받았습니다.

우리는 커다란 천막 안으로 인도되었습니다. 거기에는 원정에 나선 남편들을 따라 함께 온 여인네들이 있었습니다. 그들은 저녁 식사를 마련하여 우리 앞에 차려 놓았는데, 저는 제 식욕에 이끌리기보다는 하녀들을 북돋아 주려는 마음으로 그 음식을 들었습니다. 식사를 마치자 그들은 양탄자를 펴서 쉴 자리를 마련해 주었습니다. 지치고 피곤했던지라 저는 잠을 통해 자연이 인간에게 거의 언제나 허락해 주는 그 고통의 감면을 얻으리라 생각했습니다. 그래서 저는 제 하녀들에게 옷을 벗기라고 명을 내렸는데, 생각건대 제가 그렇게 높은 시중을 받으리라고는 예상하지 못했는지 그 여인네들은 아주 유심히 주목하여 저를 쳐다보았습니다. 그들은 제 외투가 벗겨지자 그 아래로 드러난 제 옷의 화려함에 놀라워하는 모습이 역력했고, 그들 중 한 사람은 제 옷에 놓인 자수(刺繡)를 조심스럽게 만져 보기도 하였습니다. 그러더니 그 여자는 밖으로 나갔는데, 얼마 안 되어 지체와 권위가 높은 듯이 보이는 다른 여인과 함께 돌아왔습니다. 함께 온 여자는 들어오던

꼴로 먼저 정중히 예를 갖춰 인사를 하고 나서 곧 제 손을 잡고 좀 더 좋은 양탄자가 깔린 약간 작은 천막으로 저를 데리고 갔습니다. 그리고 저는 그곳에서 제 하녀들과 함께 조용히 그날 밤을 보냈습니다.

다음 날 아침 제가 풀밭에 앉아 있을 때 도적 떼의 두목이 다가왔습니다. 저는 일어나 그를 맞았습니다. 그는 아주 정중하게 머리를 숙여 인사를 한 다음 이렇게 말했습니다. '존귀하신 아가씨여, 나는 기대했던 것보다 훨씬 좋은 행운을 얻은 듯하나이다. 우리 여인네들이 나에게 말하기를, 우리가 지금 막 사에 모시고 있는 분은 바로 공주님이라 하더이다.' 저는 곧 답하기를 '나리, 그건 나리의 여인들이 잘못 보고 아뢴 것입니다. 나는 공주가 아닙니다. 그저 한 사람의 이방인으로, 곧 이 나라를 떠날 계획이었지만 이제 이렇게 영원히 사로잡히게 된 불행한 여인일 뿐입니다.'라고 했습니다. 이에 아랍인은 이렇게 말했습니다. '당신이 누구이고 또 어디서 왔든지 간에 당신과 당신의 하인이 입고 있는 옷으로 보아 당신은 분명 지체가 높고 재산이 굉장히 많은 사람임에 틀림없소. 따라서 당신은 자신의 몸값을 아주 쉽게 마련해 낼 수 있을 테니, 당신이 영원히 포로가 될 위험에 처했다고 생각할 이유는 하나도 없지 않겠소? 내가 침략과 약탈을 행하는 목적은 바로 나의 부를 늘리기 위한 것, 아니 좀 더 제대로 말한다면 공물을 거두어들이기 위한 것이오. 아프리카 대륙의 이쪽 지역은 본래 우리 이스마엘의 자손들[21]이 물려받은 땅으로 당연히 우리가 그 주인인데, 후대의 침략자들과 천한 이방의 폭군들이 그것을 빼앗아 차지해 버렸소. 따라서 우리는 박탈당한 우리의 정당한 몫을 칼로라도 찾지 않을 수 없게 된 것이오. 격렬한 전쟁에서는 대상을 가려 가며 싸울 수가 없는 법이라 죄를 범한 권력의 무리를 향해 치켜든 창칼이 때로는 무고하고 선량한 사람들에게 떨어지기도 한다오.'

'그런 일이 바로 어제 나한테 일어나리라고는 전혀 예상하지 못했답니다.' 하고 저는 말했습니다.

그러자 아랍 두목이 이렇게 대답했습니다. '불행이라는 것은 언제든지 닥칠 수 있는 것으로 늘 예상하고 있어야 하는 법이오. 적개심으로 가득 찬 눈길에 존경이나 연민이 들어설 수 있다면 당신과 같이 훌륭한 사람은 해를 당하지 않을 것이오. 그러나 고난과 불행의 사자(使者)가 던지는 올가미에는 선한 사람이나 사악한 사람이나, 높은 사람이나 하찮은 사람이나 모두 똑같이 걸려들기 마련이오. 하지만 낙심하지 마시오. 나는 사막을 떠도는 무도하고 잔인한 비적 떼와는 다른 사람이오. 문명사회의 관례를 나는 잘 알고 있소. 따라서 나는 당신의 몸값을 곧 정한 뒤 당신의 심부름꾼에게 통행증을 주어 보낼 것이오. 그리고 약정한 바를 정확히 엄수해서 이행할 것이오.'

공주님께서도 쉽게 믿으실 수 있겠지만, 저는 아랍 두목의 그러한 정중한 언행에 마음이 놓였습니다. 그를 지배하는 욕

---

21) 아랍인들은 아브라함이 첩 하갈에게서 낳은 서자인 이스마엘의 후손이라고 여겨진다. 창세기 16장과 21장 참조.

망이 재물에 대한 욕심이라는 것을 알게 되자, 저는 이제 저의 처지를 좀 덜 위험한 것으로 여기기 시작했습니다. 공주님께서는 이 페쿠아의 석방을 위해서라면 그 어떤 액수도 많게 여기지 않으시리라는 것을 잘 알고 있었기 때문이지요. 저는 그에게 저를 친절하게 대한다면 그 후의를 결코 저버리지 않겠노라고 약속하는 한편, 평범한 신분의 시녀에 대해 기대할 수 있는 몸값이면 얼마든지 받을 수 있겠지만 저를 공주로서 값을 매기려고 고집해서는 안 된다고 말했습니다. 그러자 그는 얼마나 요구할 것인지 잘 생각해 보겠다고 말하고는 미소를 지으면서 머리를 숙여 인사한 뒤 돌아갔습니다.

이후 곧바로 아랍 여인네들이 제 주위로 모여들었는데, 서로 남보다 좀 더 제 시중을 들며 호감을 사려고 다투었으며 심지어 제 하녀들에게까지도 정중하게 시중을 들어 주었습니다. 짧게 지속되는 여행을 반복하면서 우리는 계속 앞으로 이동해 갔습니다. 넷째 날이 되었을 때, 아랍인 두목은 제 몸값이 황금 200온스는 되어야 한다고 말해 주었습니다. 저는 그것을 지불하겠다고 약속했고, 나아가 그가 저와 하녀들을 훌륭하게 대우해 준다면 50온스를 더 얹어 주겠노라고 말했습니다.

저는 그때 황금의 위력을 처음 알았습니다. 그 순간부터 저는 바로 그들 도적 무리의 대장이나 다름없었습니다. 매일 가야 할 여정은 제가 요구하는 대로 길든지 짧든지 정해졌으며, 제가 쉬고자 택하는 곳이 바로 천막을 치는 자리가 되었습니다. 우리에겐 이제 낙타를 비롯하여 여행에 필요한 여러 장비들이 주어졌고, 제 시녀들은 늘 제 곁에 붙어 있을 수 있었습니다. 그리고 저는 여러 유목 민족의 풍속을 관찰하기도 하고, 또 먼 과거의 어느 시대에 이 황폐한 고장들을 화려하게 덮고 있었을 고대의 건축물 유적을 구경하기도 하면서 여행길을 즐겁게 보낼 수 있었습니다.

아랍인 두목은 학식과 소양이 많은 사람이었습니다. 그는 별자리나 나침반을 보고 길의 방향을 인도할 수 있었으며, 일정하지 않게 떠돌아다니는 원정길 가운데서도 여행자의 주목을 받을 가치가 큰 곳들을 눈여겨보며 잘 기억해 두곤 했습니다. 한번은 저에게, 고대의 건축물들이 가장 잘 보존되어 있는 곳은 언제나 인적이 드물고 사람의 접근이 어려운 곳이라고 말해 주었는데, 어떤 나라가 본래의 번창하던 모습을 잃고 쇠하게 될 때 그곳에 사는 사람이 많이 남아 있을수록 폐허는 더 빨리 진행되기 때문에 그렇다고 했습니다. 사람들은 즉 채석장보다 성벽에서 돌을 구하는 것이 훨씬 더 쉽기 때문에 궁궐과 사원을 마구 허물어 거기에서 나온 화강암이나 반암(斑岩) 등으로 가축 우리나 오두막 따위를 지어 댈 게 뻔하다는 것이었습니다."

39장

계속되는 페쿠아의 모험담

"이런 식으로 우리는 몇 주 동안 여기저기 떠돌아다니며 이동했습니다. 그것이 아랍인 두목의 주장대로 저를 즐겁게 해주기 위해서였는지, 아니면 제가 의심한 대로 그 자신의 편의를 위해서였는지는 잘 모르겠습니다. 아무튼 시무룩해하고 원망해 봤자 아무 소용이 없는 처지인지라 저는 차라리 만족하는 모습을 보이고자 노력했습니다. 그리고 그 노력은 제 마음의 평온을 찾는 데 큰 도움이 되었습니다. 하지만 제 마음은 언제나 네카야 공주님 곁에 가 있었으므로 낮에 아무리 즐거운 기분이었다 해도 밤이면 북받치는 슬픔을 이기지 못해 어쩔 줄을 몰랐습니다. 모든 걱정을 주인인 저에게 내맡겨 버린 제 하녀들은 제가 정중하게 대우받는 것을 본 순간부터 안심을 하더니, 피곤을 잊게 해 주는 이런저런 즐거움에 그때그때

마음을 맡긴 채 아무 근심이나 슬픔 없이 편안히 지냈습니다. 그들이 즐거워하는 모습을 보자 저는 마음이 놓였고, 또 그들이 그렇게 저를 믿고 있다는 사실에 기운이 나기도 했습니다. 아랍인 두목이 여기저기 침략하며 돌아다니는 것이 단지 재물을 얻기 위해서라는 사실을 알게 된 이후로, 저의 처지는 두려워할 게 상당 부분 없어졌습니다. 탐욕이란 단순하고 다루기 쉬운 악덕이니까요. 인간의 다른 과도한 심리적 특질은 사람의 성향이 각기 다른 만큼 그 작용 양상도 사람마다 다르지요. 그래서 가령 어느 한 사람에게는 자존심을 세워 주는 것이 다른 사람에게는 자존심을 상하게 하는 것이 될 수 있습니다. 하지만 탐욕스러운 사람의 경우, 그의 호감을 사는 데는 언제나 하나의 확실한 방법이 준비되어 있지요. 즉 '돈만 가져다주어라. 그러면 그는 어떤 것도 거절하지 않으리라.'는 것입니다.

드디어 우리는 아랍인 두목의 본거지에 도착했습니다. 나일 강의 한 섬에 있는 튼튼하고 넓은 석조 저택이었는데, 그 섬의 위치는 남회귀선 아래쪽이라고 들었습니다. '아가씨.' 아랍인 두목이 말했습니다. '이제 그대는 여행을 마치고 몇 주일간 이곳에서 쉬게 될 것이오. 그대 자신을 이곳 주인이나 다름없이 여기고 편히 지내도록 하시오. 나의 직업은 전쟁이오. 그래서 나는 이런 외딴 곳, 즉 적이 예상할 수 없게 곧바로 치고 나갈 수 있고 또 추적을 따돌리고 숨어 들어오기가 쉬운 이곳을 내 본거지로 정했소. 그대는 이제 안전하게 편히 쉬어도 되오. 여기는 즐거움 같은 것이 거의 없지만 위험도 전혀 없는 곳이오.' 그렇게 말한 다음 그는 저를 안채에 있는 방으로 데리고 들어갔습니다. 그러고는 저를 제일 화려한 소파에 앉히더니 머리가 땅에 닿도록 절을 하는 것이었습니다. 그가 거느리고 있던 여인네들은 처음엔 저를 경쟁자로 여겼는지 저를 악의의 눈길로 바라보았습니다. 하지만 곧 제가 그저 몸값을 받아 내기 위해서 억류되어 있는 지체 높은 아가씨일 뿐이라는 것을 알게 되자, 그들은 서로 경쟁적으로 저에게 아첨과 공경을 표하기 시작했습니다.

조속한 석방에 대한 언약을 새롭게 받고 저는 다시금 안심을 하였고, 이어 며칠 동안 그곳의 색다른 풍광을 구경하며 초조함을 잊었습니다. 성채의 모퉁이에 있는 탑에서는 그 고장이 멀리까지 내려다보였는데, 이리저리 굽이져 흐르는 강물의 모습을 한눈에 볼 수 있었습니다. 낮 동안 저는 이곳저곳 자리를 옮겨 다니며 태양의 움직임에 따라 다른 모습으로 펼쳐지는 화려한 경치를 구경했습니다. 또한 전에 한 번도 본 적이 없는 많은 것들을 볼 수도 있었는데, 가령 악어와 하마 같은 것들이 사람이 살지 않는 그 지역에서 흔히 보였습니다. 비록 그것들이 저를 해칠 수 없다는 것을 알고 있었지만 저는 종종 무서운 마음으로 그것들을 바라보았습니다. 저는 한동안 인어와 트리톤[22]도 구경할 수 있으리라 기대했었습니다. 이믈락 선생에게 듣기로는, 유럽인 여행자들이 나일 강에서 그것들을 목격했다고 했기 때문이지요. 하지만 그런 것들은

---

22) 반인반어(伴人半漁)의 해신(海神).

전혀 나타나지 않았습니다. 그래서 아랍인 두목에게 물어보 았더니 그런 것들을 곧이곧대로 믿는다고 저를 보고 웃어 댔 습니다.

아랍인 두목은 밤이 되면 항상 저를 데리고 천체 관측을 위해 따로 마련된 망루로 올라갔습니다. 그리고 거기서 저에 게 별들의 이름과 항로 등을 가르쳐 주려고 애썼습니다. 저는 그런 공부에 별로 마음이 내키지 않았지만 주의 깊게 듣는 것처럼 보여야 했는데, 자신의 지식을 자랑스럽게 여기며 저 를 가르치려는 그 두목의 기분을 맞춰 주기 위해서였습니다. 하지만 얼마 지나지 않아 저는 언제나 똑같은 것들 가운데서 시간을 보내야만 하는 그곳 생활의 지루함을 달래기 위해서 는 뭔가 할 일이 없으면 안 되겠다는 것을 깨달았습니다. 하 루 종일 바라보다가 저녁에 싫증이 나서 발길을 돌렸던 것들 을 아침에 나가 또 바라보아야 하는 생활이 지겨워졌던 것이 지요. 그래서 저는 마침내 아무것도 안 하기보다는 차라리 별 이라도 관찰하는 게 낫겠다는 마음을 갖게 되었습니다. 하지 만 저는 차분하게 생각을 집중하지 못할 때가 많았으며, 따라 서 다른 사람이 제가 하늘을 열심히 살펴보고 있는 줄로 생각 할 때 제 생각은 네카야 공주님에게로 달려가 있기가 일쑤였 습니다. 얼마 후 곧 아랍인 두목이 또 다른 원정을 하러 떠났 습니다. 그러자 저의 유일한 즐거움은 하녀들과 마주 앉아 우 리가 잡혀 오게 된 사건과 우리의 포로 생활이 끝날 때 모두 함께 느끼게 될 행복감에 대해 서로 이야기를 나누는 것뿐이 었습니다."

그때 공주가 말했다. "그 아랍인 두목의 성채에는 여인네들도 있다 했거늘 왜 그 여자들을 벗으로 삼아 대화를 나누거나 그들의 소일거리에 같이 참여하질 않았느냐? 그곳에서도 여자들은 일거리나 놀이를 찾아서 지냈을 텐데, 왜 너 혼자만 부질없이 우울증으로 마음을 갉아 먹히며 앉아 있었더란 말이냐? 또 그곳 여자들은 평생토록 그런 처지에 붙들려 있어야 하는 운명이었건만 어찌하여 너는 겨우 몇 달 동안을 참고 견딜 수가 없었던 것이냐?"

페쿠아가 대답했다. "그 여자들의 소일거리라는 것들은 대개 어린아이 장난 같은 것들뿐이어서 성숙된 정신 작용에 길들여진 사람한테는 별로 재미가 없는 것들이었습니다. 저는 그 여자들이 즐겨 하는 놀이를 그저 감각 능력만 가지고도 충분히 다 따라 할 수 있었지요. 따라서 그럴 때면 제 정신 능력은 공주님께서 계신 카이로로 날아가곤 했습니다. 그 여자들은 이 방 저 방 뛰어 돌아다니곤 했는데, 그것은 새가 새장 안에서 철망의 이쪽저쪽으로 깡충대며 옮겨 다니는 모습이나 다름없었습니다. 그들은 또 춤을 추기도 했는데, 이것 역시 그저 춤추는 동작 그 자체를 위한 것으로, 어린 양들이 목장에서 까불며 뛰노는 것과 다름없었습니다. 그러다가 가끔 그중 하나가 다친 척해서는 나머지 사람들을 놀라게 하거나, 몸을 숨겨서 다른 사람이 찾아다니게 만들거나 하는 것이 고작이었습니다. 그러다 가끔은 강물에 떠다니는 자그만 물새 따위를 바라보거나 구름이 하늘에서 흩어지며 만들어 내는 여러 가지 형상들을 더듬어 보는 데 시간을 쓰기도 했습니다.

그 여자들이 업으로 삼아 하는 일이란 그저 바느질뿐이었는데, 저와 제 하녀들은 이따금씩 함께 바느질을 하며 그들을 돕기도 했습니다. 하지만 공주님께서도 잘 아시겠지만 제 마음은 손가락 끝을 벗어나 멀리 달아나기 십상이었고, 또 능히 짐작하시다시피 포로가 되어 공주님께로부터 멀리 떨어져 있는 저의 처지에 비단 꽃무늬 자수 따위가 위안을 줄 리 만무했습니다.

한편 그 여자들과의 대화를 통해서도 별로 즐거움 같은 것을 바랄 수 없었습니다. 왜냐하면 그 여자들한테서 이야기다운 화제를 기대한다는 것은 도대체가 불가능했기 때문입니다. 그들은 보고 들은 바가 아무것도 없었습니다. 아주 어릴 때부터 좁고 외딴 그곳에 갇혀 살았기 때문이지요. 어떤 것을 직접 보지는 못했더라도 그것에 대한 지식은 어느 정도 가질 수 있는 법인데 그들에게는 그런 것도 전혀 없었습니다. 왜냐하면 글을 읽을 줄 몰랐으니까요. 눈으로 볼 수 있는 몇 가지 것들 외에 그들은 아무것도 아는 바가 없었으며, 그들의 옷가지나 음식 따위 말고는 이름을 알고 있는 것들이 거의 없었습니다. 그들보다 나은 능력과 신분을 지닌 저는 자주 그들의 분쟁을 해결해 달라는 청을 받았습니다. 저는 가능한 한 공평하게 판결을 내려 주었습니다. 만약 서로에 대한 그들 각각의 불평이 조금이라도 들을 만한 것이었다면, 저는 그들의 긴 이야기를 들어 주느라 지루하게 붙잡혀 있을 때가 많았을 것입니다. 하지만 그들이 적개심을 품게 된 동기라는 것들이 너무나 사소해서 저는 그들이 사연을 이야기할 때마다 즉시 말을 중단시키지 않을 수 없었습니다."

라셀라스 왕자가 말했다. "페쿠아 너는 그 아랍인 두목이란 자를 보통 이상의 소양을 갖춘 사람으로 묘사했는데, 그런 자가 어떻게 그토록 어리석은 여자들뿐인 후궁들로부터 만족이나 기쁨을 찾고자 할 수 있단 말이냐? 그 여자들이 혹 절세미인이라도 되느냐?"

"그 여자들에게 미모가 없지는 않사옵니다." 페쿠아가 대답했다. "하지만 그것은 무미건조하고 천박한 백치미여서 발랄한 생기나 고상함 또는 활기찬 사고력이나 품위 있는 덕성 등이 전혀 존재하지 않았습니다. 아랍인 두목 같은 사람에게 그런 아름다움은 그저 흔연히 꺾었다가 아무렇게나 내버리는 한 송이 꽃과 같은 것에 불과했습니다. 그가 그런 여자들 사이에서 어떤 기쁨을 얻든, 그것은 분명 친밀한 우정이나 교제의 기쁨과는 거리가 멀었습니다. 그 여자들이 그의 주변에서 놀고 있을 때 그는 무관심하고 경멸하는 듯한 시선으로 그들을 바라보았으며, 그들이 경쟁하면서 그의 호감을 얻고자 애쓸 때 그는 가끔 싫증 난다는 듯이 그들을 외면해 버리곤 했습니다. 아는 게 없었으므로 그들의 이야기에는 삶의 지루함을 덜어 줄 수 있는 내용이 조금도 없었습니다. 그리고 선택할 남자가 오직 그 두목밖에 없었으므로 그들의 애정이나 애정 표시는 그에게 자부심이나 고마움 같은 것을 전혀 불러일으키지 못했습니다. 다른 어떤 남자도 본 적이 없는 여자의 미소를 받고 자랑스러운 마음이 되어 우쭐해하는 남자가 어디 있겠어요. 그는 또한 여자들이 보이는 그 호감에 대해서도 별로 고맙게 여기지 않았습니다. 그 호감이 과연 진정한 것인지 결코 알 수 없었을 뿐더러, 그것이 그를 기쁘게 하기 위해서라기보다는 오히려 경쟁하는 다른 여자에게 고통을 주기 위한 것임을 종종 느낄 수 있었기 때문이지요. 사랑이라고 여기면서 그가 베풀고 또 그 여자들이 받았던 것은 사실 남아도는 여분의 시간을 적당히 나누어 심심풀이로 상대해 주는 것에 불과했습니다. 그것은 말하자면, 자신이 경멸하는 어떤 대상에게 베풀어 줄 수 있는 보잘것없는 사랑, 즉 그 어떤 기대나 염려 또는 환희나 슬픔 등도 존재하지 않는 그런 하찮은 사랑이었습니다."

"페쿠아 아가씨여, 그대는 정말 운이 좋았다고 여겨야 할 것이오." 이믈락이 말했다. "이렇게 쉽게 풀려날 수 있었다는 것에 대해서 말이오. 지적 욕구로 가득 찬 사람이 그토록 정신적으로 굶주린 상태에서 페쿠아 그대와 나누는 대화의 향연을 기꺼이 포기할 수 있었다니 정말 믿기 힘든 일이오."

페쿠아가 대답했다. "제가 보기에도, 그는 얼마 동안 그 점에 대해 망설이고 있었던 것 같습니다. 왜냐하면 그는 자신의 약속에도 불구하고 제가 카이로로 심부름꾼을 빨리 보내 달라는 청을 할 때마다 뭔가 지체할 구실을 찾아냈기 때문입니다. 제가 그의 처소에 붙들려 있는 동안 그는 근처의 이웃 나라들로 여러 차례 원정을 나갔습니다. 그리고 아마 그의 약탈이 그가 바라는 만큼 성과를 올렸더라면 그는 저의 반환을 거절했을지도 모릅니다. 원정에서 돌아오면 그는 언제나 정중한 모습으로 저를 찾아와 자신의 모험담을 이야기해 주었습니다. 그리고 저의 천문 관측 결과를 즐겁게 들어 주기도 하면서 별에 대한 저의 지식을 향상시켜 주고자 애썼습니다. 저는 공주님께 쓴 제 편지들을 어서 보내 달라고 그에게 끈덕지게 요청했습니다. 그는 그때마다 자신의 명예와 진실성을 걸고 꼭 그러겠노라고 공언하면서 저를 달랬는데, 그러다가 더 이상 점잖게 저의 청을 거절할 수 없게 되면 부하 무리를 동원해 다시 원정을 떠나곤 했습니다. 그가 없는 동안 그곳을 다스리는 일을 저에게 맡겨 버린 채 말입니다. 저는 이러한 의도적인 꾸물거림에 무척 속이 상하고 괴로웠습니다. 그리고 때로는 이러다가 제가 영영 잊히고 마는 것은 아닐까 하는 두려움에 사로잡히기도 했습니다. 공주님과 왕자님께서 카이로를 떠나가 버리시고, 그리하여 저는 나일 강의 한 섬에 갇혀 일생을 마감해야만 할지도 모른다는 두려움에 말입니다.

마침내 저는 희망을 잃고 실의에 빠져들기 시작했습니다. 그래서 그 아랍인 두목과 상대해 주기를 꺼렸는데, 제가 너무 그러자 그는 한동안 저보다 제 하녀들과 더 자주 이야기를 나누었습니다. 제가 되었든 제 하녀가 되었든 그가 우리들 중 누군가와 사랑에 빠진다면 그것은 어느 경우나 똑같이 치명적인 일이 될 것이므로, 저는 그와 제 하녀들이 가까워지는 것을 달갑게 여기지 않았습니다. 제 걱정은 그리 오래가지 않았는데, 왜냐하면 제가 명랑함을 어느 정도 회복하자 그는 저에게 다시 돌아왔기 때문입니다. 저는 잠시나마 제가 불안하게 여겼던 것을 부끄러워하지 않을 수 없었지요.

두목은 여전히 지체하면서 저의 몸값을 받으러 사람을 보내지 않았습니다. 아마 공주님의 전령이 그를 찾아오는 데 성공하지 못했더라면 그는 결코 마음을 정하지 못했을 것입니다. 받아 내려고 일부러 애쓰지는 않던 황금이었지만 일단 그것이 눈앞에서 제안되자, 그는 그것을 거절할 수 없었습니다. 두목은 즉시 우리를 데리고 이 수도원으로 올 여행 준비를 서둘렀습니다. 그 모습은 마치 내장 질환의 통증에서 해방된 사람과도 같았지요. 저는 그의 거처에 있는 여자들과 작별 인사를 했는데, 그들은 냉랭하고 무관심한 태도로 저와 헤어졌습니다."

총애하는 시녀의 이야기가 다 끝나자 네카야 공주는 자리에서 일어나 그녀를 포옹해 주었다. 그리고 라셀라스 왕자는 페쿠아에게 100온스의 황금을 주었는데, 페쿠아는 그것을 전에 그녀가 약속했던 50온스의 보답으로 아랍인 두목에게 선사했다.

40장

어느 학자에 대한 이야기

왕자 일행은 카이로로 돌아왔다. 그리고 다시 함께 모여 지낼 수 있게 된 것을 몹시 기쁘게 여겨서 어느 누구도 바깥 출입을 별로 하지 않았다. 왕자는 학문을 사랑하기 시작했다. 어느 날 그는 앞으로 학문에 헌신하여 남은 인생을 고독한 학문의 세계 속에서 보낼 작정이라고 이믈락에게 선언했다.

이믈락이 대답했다. "왕자님께서 최종적인 결정을 하시기 전에, 그것에 뒤따를 수 있는 위험성에 대해 먼저 신중히 검토해 보시기 바랍니다. 그리고 자기 자신만을 벗으로 삼은 채혼자 나이를 먹어간 사람들과도 대화를 좀 나눠 보셔야 할 것입니다. 저는 막 이 세상에서 가장 학식이 깊은 천문학자 한 사람의 관측소에 갔다가 돌아오는 길입니다. 이 사람은 사십년 동안 지칠 줄 모르는 열정으로 천체의 현상과 움직임을 주의 깊게 관찰하면서, 온 정신을 다 바쳐 끝없는 계산과 예측을 수행해 온 학자입니다. 그는 한 달에 한 번 몇 명 안 되는 친구들을 집으로 불러들여 자신의 추론 결과를 들려주면서 자신이 발견해 낸 것에 대한 기쁨을 함께 나누곤 합니다. 저는 그의 주목을 받을 만한 박식한 사람으로 소개되어 그를 만날 수 있었습니다. 생각이 오랫동안 한 가지 사항에만 고정되어 다른 것들에 대한 관념을 점차 잃어버리는 그런 사람들한테 다양한 생각과 유창한 대화 능력을 지닌 사람은 환영받기 마련이지요. 저는 여러 가지 대화로 그를 즐겁게 해 주었습니다. 그는 제가 들려주는 다양한 여행담을 듣고 미소를 지었으며, 별자리 등에 대해 잊고 잠시 동안이나마 이 지상의 세계로 내려올 수 있어서 기뻐했습니다.

다시 그가 쉬는 날이 되었을 때 저는 그를 재차 방문했습니다. 그리고 운이 좋게도 다시 한번 그의 호감을 살 수 있었습니다. 그는 그때부터 자신의 엄격한 규칙을 완화하여 제가 원할 때면 언제라도 그를 방문할 수 있도록 허락해 주었습니다. 제가 방문할 때마다 그는 항상 무슨 일엔가 열중해 있었습니다. 하지만 그는 언제나 일에서 놓여나는 것을 기쁘게 여겼습니다. 우리 두 사람은 서로 상대방이 알고 싶어 하는 지식을 많이 지니고 있었으므로 각자의 지식과 생각을 아주 즐겁게 교환했습니다. 저는 날이 갈수록 저에 대한 그의 신뢰가 점점 커져 가는 것을 느낄 수 있었습니다. 그리고 저 또한 그의 심오한 정신을 대할 때마다 늘 새롭게 경탄하는 마음이 되곤 했습니다. 그는 탁월한 이해력과 엄청난 기억력을 지닌 사람입니다. 그의 대화는 정연하고 체계적이며 그의 표현은 명료합니다.

그가 지닌 도덕적 고결함과 자비심은 그의 학식 못지않게 훌륭합니다. 그는 자신의 조언이나 재산으로 선행을 베풀 기회가 생기면, 아무리 연구에 깊이 빠져 있고 좋아하는 공부를 열심히 하고 있는 중이라 하더라도 언제든지 기꺼이 그것을 중단합니다. 아무리 바쁠 때라도 그는 자신의 도움이 필요한 사람이면 누구든지, 그것도 자신의 가장 사적인 거처로까지 맞아들입니다. 그는 '왜냐하면 내가 비록 게으름과 쾌락 따위는 배척하고 있지만, 자선에 대해서만은 결코 내 집 대문을 걸어 잠그지 않을 것이기 때문이라네. 우리 인간에게 하늘을 관찰하는 일은 시혜로 허락된 것이지만 덕을 실천하는 일은 당위로 명령된 의무라네.'라고 말하는 것이었습니다."

"이 사람은 틀림없이 행복한 사람이겠군요." 공주가 말했다.

"저는 점점 더 빈번하게 그를 방문했습니다." 이믈락은 말을 계속 이었다. "그리고 매번 그의 대화에 더 매료되어 갔습니다. 그는 고상하지만 거만함이 없었고, 정중하지만 딱딱함이 없었으며, 이야기하기를 즐기지만 과시나 허식이 없었습니다. 훌륭하신 공주님, 그래서 저도 처음에는 바로 공주님과 같이 판단하여 그를 인류 가운데 가장 행복한 사람이라고 생각했습니다. 그러곤 그런 축복을 누리는 것에 대해 자주 그에게 존경과 축하의 말을 표했습니다. 그는 그 어떤 것도 무관심하게 듣는 법이 없는 듯한 사람이었지만 단 하나, 바로 그의 삶을 찬미하는 말에 대해서만은 그렇지 않았습니다. 그런 찬사를 들을 때마다 그는 언제나 그저 막연한 대답만을 건넬 뿐 곧바로 뭔가 다른 화제로 대화를 돌리곤 했습니다.

이렇게 서로 기꺼이 즐거움을 얻고자 하는 마음과 즐겁게 해 주고자 하는 노력이 오가는 가운데, 저는 곧 뭔가 고통스러운 생각이 그의 마음을 짓누르고 있다는 짐작을 하게 되었습니다. 그는 자주 심각한 얼굴로 태양을 올려다보았는데, 그럴 때면 대화를 하고 있다가도 말을 멈추었습니다. 때때로 그는 우리 둘만 있을 때, 말없이 저를 빤히 응시하며 바라보기도 했습니다. 그것은 뭔가 간절하게 말하고 싶은 것이 있지만 아직은 그것을 마음속에 눌러 놓고 있기로 결심한 사람의 태도였습니다. 또한 그는 종종 당장 꼭 만나 봐야 한다며 아주 긴급한 전갈로 저를 부르기도 했습니다. 하지만 제가 그에게 달려갔을 때 그는 아무런 특별한 이야기도 하지 않았습니다. 그리고 때로는 막 그의 곁을 떠나려고 하는 저를 다시 불러 세우는 경우도 있었는데, 그럴 때면 그는 얼마 동안 가만히 있다가 결국은 그냥 가라고 말할 뿐이었습니다."

41장

천문학자는 그의 근심의 원인을 밝히다

"마침내 때가 되자 그는 마음속에 억눌러 놓았던 비밀을 털어놓게 되었습니다. 어제저녁이었는데, 우리 두 사람은 그의 집에 있는 작은 탑 안에 함께 앉아서 목성의 위성 하나가 엄폐(掩蔽) 현상 후 다시 나타나는 모습을 관찰하고 있었습니다. 그때 갑자기 폭풍우가 몰아쳐 하늘이 먹구름으로 덮이는 바람에 우리의 관측은 좌절되고 말았습니다. 잠시 동안 우리는 말없이 어둠 속에 앉아 있었습니다. 그러다가 문득 그가 입을 열어 저한테 이렇게 말을 걸어 왔습니다. '이믈락이여, 오랫동안 나는 그대와 벗이 된 것을 내 인생의 가장 커다란 축복으로 여겨 왔네. 지식이 결여된 도덕적 고결함은 연약하고 무익한 것이며, 도덕적 고결함이 결여된 지식은 위험하고 무서운 것이라네. 나는 그대가 책임, 자비심, 경험, 그리고 꿋꿋한 의지 등에 필요한 모든 품성을 다 갖추고 있는 것을 보았네. 나는 오랫동안 어떤 직분 하나를 수행해 왔다네. 하지만 이 직분을 이제 곧 그만두어야 할 처지라네. 자연의 부름을 받아 세상을 뜰 날이 멀지 않았기 때문이지. 따라서 노쇠와 고통의 시간이 찾아왔을 때 내가 이 직분을 그대에게 물려줄 수 있다면 나로서는 큰 기쁨일 것이네.'

저는 그가 이처럼 저를 믿고 인정해 주는 것을 영광스럽게 생각했습니다. 그리하여 그의 행복에 기여할 수 있다면 무슨 일이든지 다 수행할 것이며 그것은 바로 저의 큰 행복이기도 할 것이라고 단언하며 말했습니다.

'그럼 이블락이여, 믿기가 결코 쉽지 않을 이야기이지만 한 번 들어보게. 오 년 전부터 나는 날씨를 통제하고 계절을 분배하는 능력을 소유하게 되었다네. 태양은 내 명령을 듣고 움직여서 내가 지시하는 대로 남북 회귀선을 오갔다네. 그리고 구름도 내 요청에 따라 머금고 있던 비를 뿌렸으며, 나일 강 역시 내가 명하는 바에 따라 넘쳐흘러 범람하곤 했다네. 나는 천랑성이 맹렬해지는 것을 억제했고, 거해궁이 뜨겁게 작열하는 것을 완화시키곤 했네.[23]

바람만이 오직 모든 자연의 힘 가운데 현재까지 내 권위를 거부하고 있다네. 그래서 해마다 춘분 추분 때의 폭풍우로 많은 사람들이 사망하는데, 그것만은 아직 내 능력으로 저지하

---

23) 천랑성은 여름철 더위를 일으키는 별로 여겨졌고, 거해궁(게자리) 역시 7월과 8월 여름철에 태양이 지나가는 별자리로 더위와 관계가 있다.

거나 억제할 수 없는 형편이라네. 어쨌든 나는 이 중차대한 직분을 엄밀하고 공명정대하게 집행해 왔으며, 지상의 여러 각 나라들에 치우침 없이 비와 햇빛을 고루 분배하여 주었다네. 만약 내가 구름을 특정한 지역에만 머무르게 했거나 태양을 적도의 어느 한편에다만 붙들어 놓았다면, 이 지구의 절반에 그 얼마나 큰 재난이 닥쳤을지 아무도 모를걸세.'"

42장

천문학자는 자신의 생각을 설명하고 주장하다

이플락은 이야기를 계속했다. "추측건대 그는 방 안의 어두움 사이로 제 얼굴에 떠오른 놀라움과 의심의 표정을 어느 정도 알아챈 듯했습니다. 왜냐하면 그는 잠시 말을 끊었다가 곧 이렇게 말을 이었기 때문입니다.

'그대가 내 말을 쉽게 믿지 못하는 것은 당연한 일이므로 나는 이를 조금도 섭섭하게 생각하지 않는다네. 아마 나는 이런 책임을 맡게 된 최초의 인간일 것이네. 내가 이렇게 특별히 선택된 것을 과연 상으로 여겨야 할지 벌로 여겨야 할지 잘 모르겠는데, 그것은 이 직분을 떠맡은 이래로 나는 그 이전보다 훨씬 불행해졌기 때문이라네. 선한 일을 수행한다는 믿음이 없었다면, 끝없이 경계하며 조심해야 하는 이 힘겨운 임무를 도저히 견뎌 낼 수 없었을 것일세.'

'선생님.' 제가 물었습니다. 이 중대한 직분이 선생님 손에 맡겨진 지는 얼마나 오래되었습니까?'

'약 십 년 전쯤이었네.' 그가 대답했습니다. '하늘의 변화를 매일매일 관찰해 오던 나는 마침내 어떤 한 생각을 하기에 이르렀다네. 그것은 만약 나에게 계절을 지배하는 힘이 있다면 이 지상의 만백성에게 더욱 커다란 풍요를 베풀어 줄 수 있지 않을까 하는 생각이었네. 이 생각은 내 마음에서 떠나지 않다네. 그래서 나는 몇 날 며칠 밤 동안 그러한 통치를 하는 상상에 빠져, 이 나라 저 나라에 땅을 비옥하게 하는 소나기를 뿌려 주고 또 떨어진 빗방울 하나하나만큼 적절히 비율을 맞춰 햇빛이 뒤따라 비치게 하면서 앉아 있었다네. 하지만 그때는 아직 좋은 일을 하고 싶다는 뜻만 있었을 뿐 그렇게 할 능력이 정말로 나에게 생기리라고는 상상하지 못했었네.

그런데 어느 날이었네. 뜨거운 햇빛으로 시들어 가는 들판을 바라보며 앉아 있을 때였는데, 문득 남쪽의 산악 지대에 비를 보내서 나일 강을 불어나게 하여 범람시킬 수 있으면 좋겠다는 소망이 갑자기 마음속에 솟구치는 것이었네. 소망이 간절한 나머지 상상력이 급속히 뻗어 가는 것을 억제하게 못한 나는 그만 비에게 쏟아지라는 명령을 내리고 말았다네. 그런데 그 후 내가 명령을 내린 시기와 강물이 범람한 시기를 비교한 결과 나는 구름이 내 말을 그대로 듣고 따랐다는 사실을 발견했다네.'

제가 말했습니다. '비가 온 원인은 다른 데 있는데, 다만 우연의 일치로 그렇게 된 것이 아닐까요? 나일 강이 언제나 똑

같은 날에 불어나기 시작하는 것은 아니니까 말입니다.'

그러자 그가 조급한 태도로 대답했습니다. '내 어찌 그런 반론을 생각하지 못했겠나? 나는 오랫동안 이치를 따져 가며 나의 확신을 반박하려 했고, 가능한 한 완강하게 사실에 맞서 그것을 부정하려고 애썼네. 때로는 내가 미친 것이 아닌가 생각하기까지 했고, 그래서 만약 그대와 같은 사람을 만나지 못했다면 그 누구한테도 감히 이 비밀을 말하지 못했을 것이네. 경이로운 것을 불가능한 것과 구분할 수 있고, 믿기 어려운 것을 잘못된 것과 구분할 능력이 있는 그대와 같은 사람을 만나지 못했다면 말일세.'

'선생님.' 제가 물었습니다. '방금 믿기 어려운 것이라고 말씀하셨는데, 어째서 그것을 그렇게 일컬으시는지요? 선생님께서는 그것이 사실임에 틀림없다고 생각하시면서 말입니다.'

'왜냐하면.' 그가 대답했습니다. '나는 그것을 어떤 외적 증거로도 입증해 보일 수 없기 때문일세. 나는 증명의 법칙을 너무나 잘 알고 있는지라, 단지 확신에 찬 주장만으로는 나와 달리 그것의 진실성을 느끼지 못하는 사람을 설득할 수 없다는 사실을 잘 알고 있다네. 그러므로 나는 논증에 의해 다른 사람이 나를 믿게 만들려고 시도하지 않을 것이네. 내가 이 능력을 분명히 느끼고 있다는 것, 즉 오래전부터 나에게 주어진 이 능력을 내가 매일 매일 발휘하고 있다는 것만으로 나는 충분하다네. 하지만 인간의 생은 짧고, 나에게는 노쇠로 인한 여러 가지 질병이 생겨나고 있으니, 계절의 순환을 통제하는 자인 내가 흙으로 돌아가야 하는 때도 곧 닥치게 될 것이네. 그래서 후계자를 한 사람 임명하는 일이 늘 걱정으로 남아 오랫동안 마음이 괴로운 상태였다네. 내가 아는 모든 사람들을 비교하고 가늠해 보느라 주야로 여념이 없었는데, 그대만큼 합당한 사람을 아직 보지 못했다네.'"

43장

천문학자는 이믈락에게 지침을 남기다

　"'그러므로 내가 그대에게 전해 주는 말을 잘 듣게. 세계의 행복이 걸린 일인 만큼 그에 합당한 주의를 기울여서 말일세. 흔히 왕의 책무를 어려운 것이라고들 생각하는데, 그것은 단지 몇 백만 명의 백성만 염려하면 되는 것일세. 게다가 그가 백성들에게 끼칠 수 있는 이로움이나 해악이란 사실 별로 굉장한 것이 아니지. 그런데 바로 그런 왕의 임무가 어렵다고 한다면, 자연의 운행을 좌우하고 빛과 열기를 베풀어 주는 중차대한 임무를 맡고 있는 사람의 심려와 걱정은 얼마나 엄청난 것이겠는가! 그러니 내가 하는 말을 주의 깊게 명심하여 잘 듣도록 하게.

　나는 지구와 태양의 형세를 열심히 살펴 연구해 오면서, 그것들의 위치를 어떻게 바꿔 볼 수 없을까 하는 생각을 수없이 많이 해 보았네. 때로는 지구의 축을 한쪽으로 돌려놓기도 했고, 때로는 태양의 황도를 변화시켜 보기도 했네. 하지만 이 세계에 이로움을 가져다줄 수 있도록 배치를 바꾼다는 것은 불가능하다는 것을 나는 깨달았다네. 상상할 수 있는 어떤 변경이든 그것으로 인해 어느 한 지역이 이익을 얻으면 다른 한 지역이 손해를 입게 된다네. 우리에게 아직 알려지지 않은 태양계의 멀리 떨어진 곳까지 생각하지 않더라도 말일세. 그러므로 계절의 순환을 집행하면서 우쭐대고 싶은 오만에 빠져 혁신 따위를 도모하는 일이 없도록 하게. 미래의 모든 세대들에게 그대 자신을 유명하게 만든다는 자기만족적인 생각에 빠져 계절의 순서를 어지러뜨리는 일도 없도록 하게. 해악을 끼쳐 유명해지는 것은 조금도 바람직하지 못한 명성이네. 또한 사사로운 인정이나 이해관계에 지배되는 것은 더더욱 그대의 직분에 합당하지 못한 행위일 것이네. 결코 다른 나라에 내려 줘야 할 비를 빼앗아 그대의 나라에 쏟아 주는 일이 없도록 하게. 우리들에겐 나일 강만으로도 충분하다네.'

천문학자의 이와 같은 말에 저는 기후를 다스리는 능력이 제게 주어진다면 그 능력을 강직하고 청렴결백하게 사용하겠노라고 약속했습니다. 그러자 그는 제 손을 한 번 꼭 쥐어 보고는 그만 가 보라고 했습니다. '이제 드디어 안심할 수 있을 것 같군.' 그는 말했습니다. '맡은 직분을 선하게 수행해야 한다는 조바심으로 내 마음의 평온이 파괴되는 일은 더 이상 없을 것이네. 지혜와 덕을 갖춘 사람을 마침내 이렇게 찾아내어 태양에 대한 지배 능력을 기쁜 마음으로 물려줄 수 있게 되었으니 말일세.'"

라셀라스 왕자는 이 이야기를 아주 진지하고 주의 깊게 들었다. 그러나 공주는 흥미롭다는 듯이 빙그레 미소를 지었고, 페쿠아는 재미있다고 온몸을 흔들면서 웃어 댔다. 이믈락이 말했다. "공주님 그리고 페쿠아 아가씨여, 인간을 괴롭히는 불행 가운데 가장 심각하다고 할 불행을 비웃는 것은 자비롭지도 못하고 지혜롭지도 못한 행동입니다. 세상 사람들 가운데 이 천문학자만큼 높은 지식 수준에 오르거나 훌륭한 덕을 실천할 수 있는 사람은 거의 없을 것입니다. 하지만 세상 사람 누구나 다 이 천문학자와 똑같은 불행을 겪을 수 있습니다. 우리 인간의 현존하는 삶에 내재된 불확실성들 가운데 가장 두렵고 끔찍한 것은 바로 이성의 불확실한 지속성입니다."

공주는 곧 진지해졌고, 시녀 페쿠아도 부끄러워하며 얼굴을 붉혔다. 이믈락의 이야기에 좀 더 깊은 영향을 받은 라셀라스는 이믈락에게 그러한 정신적 질병이 빈번하게 일어나는 것이라고 생각하는지, 그리고 어떻게 해서 그런 질병에 걸리게 되는 것인지 등에 대해 물었다.

44장

상상력의 위험한 지배

이믈락이 말했다. "정신적 질환은 우리가 믿는 것보다 훨씬 자주 발생합니다. 다만 우리가 피상적으로만 관찰하는 탓에 그것을 잘 모르고 있을 뿐이지요. 엄밀하게 따져 말한다면, 아마 정신이 완전히 똑바른 상태에 있는 사람은 아무도 없다고 할 수 있을 것입니다. 상상력이 이성을 지배할 때가 전혀 없는 사람, 자신의 주의력을 의지에 의해 완전히 조절하고 통제할 수 있는 사람, 자기 마음대로 생각을 떠올렸다 사라지게 할 수 있는 사람, 그런 사람은 이 세상에 아무도 없습니다. 인간이라면 누구나 때때로 터무니없는 생각에 휩싸여서 이성적인 한계를 넘어선 과도한 희망이나 두려움을 품는 경우가 있기 마련입니다. 이성을 지배하는 공상의 힘은 모두 어느 정도 비정상이라고 할 수 있습니다. 하지만 우리가 그것을 통제하고 억누를 수 있는 한, 그 힘은 다른 사람의 눈에 보이지 않을 뿐더러 우리의 정신 능력을 해치는 요인으로도 간주되지 않습니다. 오직 우리가 그것을 다스릴 수 없게 될 때만, 그래서 그것으로 인해 말이나 행동에 분명한 영향을 받게 될 때만, 그것은 광기로 선언되는 것이지요.

허구의 세계에 빠져 상상력의 날개를 펼치는 일은 조용한 사색을 지나치게 즐기는 사람들이 흔히 탐닉하는 유희입니다. 인간은 혼자 있을 때 언제나 일에만 열중해 있지는 않습니다. 생각을 집중하여 일에 몰두한다는 것은 사실 너무 힘들어서 오래 지속될 수 없지요. 탐구의 열정은 때때로 나태나 싫증 따위에 굴복하기 쉽습니다. 그런데 그럴 때 외적인 기분 전환거리가 아무것도 없는 사람은 자기의 생각 속에서 즐거움을 찾을 수밖에 없지요. 그리고 그 결과 자신의 실제 존재와는 다르게 자신의 모습을 상상하게 됩니다. 자신의 실제 모습에 만족하는 사람은 세상에 아무도 없으니까요. 아무튼 그는 곧이어 미래의 끝없는 가능성 속을 멋대로 돌아다니면서 상상할 수 있는 모든 상황으로부터 현재 그가 가장 원하고 있는 것만을 골라냅니다. 그러곤 실현 불가능한 온갖 기쁨으로 자신의 욕망을 즐겁게 달래 주면서, 현실에서는 도달할 수 없는 경지까지 자신의 자부심을 올려놓고 거기에 한껏 빠져듭니다. 그의 마음은 장면을 바꿔 가며 상상의 춤을 추고, 온갖 종류의 쾌락을 온갖 방식으로 결합시켜 아무리 운이 좋고 조건이 좋아도 현실에서는 결코 얻을 수 없는 그런 기쁨에 탐닉하게 됩니다.

그러다가 시간이 지나면서 어떤 특정한 일련의 생각들이 그의 관심을 사로잡아 그 밖의 다른 지적 만족은 모두 거부되고 맙니다. 그러면 그의 마음은 삶이 지겹거나 한가로울 때마다 그가 좋아하는 생각들을 떠올리고, 진실의 쓰라린 맛에 속이 상할 때마다 그런 생각들이 주는 감미로운 거짓의 향연에 빠져 위안을 얻곤 합니다. 공상의 지배는 점차 확고해져 가는데, 그것은 먼저 오만 방자해지다가 시간이 흐르면 마침내 전제적인 폭군이 되고 맙니다. 그러면 허구적인 것들이 실재처럼 작용하기 시작하고 거짓된 생각들이 마음을 사로잡아 버리게 되어 삶은 결국 황홀하거나 고뇌에 찬 꿈속만을 헤매게 됩니다.

왕자님, 바로 이런 것이 고독한 삶에 따르는 위험 가운데 하나입니다. 사실 고독한 삶이 인간의 덕을 증진시키는 데 해로울 수 있다는 것은 우리가 전에 만났던 은자가 고백한 바였지요. 그리고 천문학자의 불행이 입증해 주고 있는 것도 바로 고독한 삶이 인간의 지혜를 해칠 수 있다는 사실이라 하겠습니다."

시녀 페쿠아가 말했다. "이제부터 저는 아비시니아의 여왕이 되는 상상 같은 것은 더 이상 하지 않겠습니다. 저는 자주 공주님께서 제 마음대로 쓰도록 허용해 주신 시간을 여러 가지 예식을 조정하고 궁중을 다스리는 상상을 하면서 보냈습니다. 저는 권세 있는 자들의 오만을 제재했고, 가난한 사람들의 청원을 들어주었습니다. 좀 더 복된 자리에 궁전들을 새로 짓게 했고, 산꼭대기마다 나무를 심어 숲을 가꾸도록 했으며,

여왕으로서 선정(善政)을 베푸는 일에 한껏 즐거워하곤 했습니다. 그런데 그런 상상에 너무 깊이 빠진 나머지 저는 공주님께서 들어오실 때 절을 올리는 것조차 잊고 있을 지경이었습니다."

공주가 이어 말했다. "나도 이제부터 양 치는 여인이 되는 백일몽 따위는 더 이상 꾸지 않도록 하겠어요. 나는 자주 목가적인 생활의 평온함과 순수함을 떠올리며 즐거운 생각에 젖었는데, 방 안에 앉아서도 들판을 스치는 바람 소리와 '매애' 하고 우는 양들의 울음소리를 진짜처럼 들을 수 있을 정도였지요. 때로는 어린 양이 덤불에 걸려 있는 것을 풀어 주기도 하고, 지팡이로 늑대와 맞서 싸우기도 했답니다. 내 상상을 더욱 실감나게 하기 위해 시골 아가씨들이 입는 옷을 한 벌구해다가 입어 보기도 하고, 피리도 하나 구해 부드럽게 연주하면서 양 떼가 내 뒤를 따라오는 공상에 빠지기도 했습니다."

"고백하건대." 왕자도 말했다. "나 역시 너희들의 경우보다 더 위험한 공상의 즐거움에 탐닉하곤 했단다. 나는 자주 완벽한 통치가 어떻게 가능할까 하는 것을 상상해 보고자 애썼는데, 모든 불의가 척결되고 모든 악이 바로잡히며 모든 백성들이 평온하고 순수한 삶을 영위할 수 있는 그런 통치 형태를 머릿속에 그려 보았다. 그러면서 무수히 많은 개혁의 구상을 펼쳤고, 여러 가지 효율적인 법규와 유익한 칙령을 선포했다. 이런 식으로 나는 혼자 있을 때마다 일삼아 혹은 재미 삼아 열심히 상상에 빠지는데, 그러다가 문득 내가 아버님과 형님들의 죽음을 아무런 가책도 없이 당연시하고 있다는 것에 생각이 미치면서 소스라치게 놀라곤 한다."

이플락이 말했다. "그와 같은 것들이 바로 비현실적인 공상에 빠진 결과 일어나는 현상입니다. 공상을 처음 마음속에 품을 때 우리는 그것들이 터무니없는 망상이라는 것을 잘 알고 있지요. 하지만 그것들에 점차 익숙해지고 또 시간이 흐르면, 우리는 그것들이 어리석은 망상이라는 사실을 마침내 잊어버리고 마는 것입니다."

45장

그들은 한 노인과 대화를 나누다

저녁 시간도 이제 많이 지났다. 그리하여 왕자 일행은 일어나 집으로 발길을 돌렸다. 달빛이 강물에 비쳐 반짝이는 광경을 즐겁게 바라보며 나일 강의 둑길을 따라 걷고 있을 때, 그들은 약간 떨어진 곳에서 노인 한 사람이 걸어오는 것을 보았다. 현자들의 모임에서 이야기하는 모습을 왕자가 자주 보았던 사람이었다. 왕자가 말했다. "저기 세월에 의해 정열이 차분히 가라앉았지만 이성은 여전히 흐려지지 않은 노인 한 분이 있소. 오늘 밤의 토론을 마감할 겸해서 저분한테 자신의 현재 상태에 대해 어떤 소감을 지니고 있는지 한번 물어보기로 합시다. 인간이 번민으로 몸부림치는 것은 오직 젊었을 때뿐인지, 그리하여 인생의 노년기에는 뭔가 좀 더 나은 희망이 남아 있는지 등에 대한 답을 혹시 얻을 수 있을지도 모릅니다."

이윽고 그 현자가 가까이 다가와 왕자 일행에게 인사를 했다. 그들은 그에게 함께 걷기를 청했고, 안면 있는 사람들이 우연히 서로 마주쳤을 때 그러하듯 먼저 잠깐 동안 가벼운 인사말을 주고받았다. 노인은 쾌활하고 이야기하기를 좋아하는 사람이어서 왕자 일행은 그와 함께하는 동안 가는 길이 짧게 느껴졌다. 그는 왕자 일행이 자신을 존대하는 것을 보고 흐뭇해하면서 그들의 집까지 동행해 주었다. 그러곤 왕자가 초청을 하자 집 안까지 함께 들어갔다. 왕자 일행은 그를 상석에 앉히고 술과 설탕에 절인 다과를 차려 앞에 내놓았다.

공주가 입을 열었다. "선생님, 저녁 산책이 선생님처럼 학식 깊은 분에게 가져다주는 즐거움은, 무지하고 미숙한 사람은 거의 알 수 없는 그런 즐거움임에 틀림없을 것입니다. 선생님께서는 보이는 모든 사물이나 현상의 본질적 속성과 원인, 강물이 흐르는 법칙, 행성이 순환하는 주기 등을 다 알고 계시겠죠? 선생님께는 모든 것이 명상의 소재가 될 것이며, 이를 통해 선생님은 선생님 자신의 고매한 통찰력을 늘 새롭게 확인하시겠지요?"

"아가씨." 노인이 대답했다. "기운 있고 팔팔한 사람들이나 바깥나들이에서 즐거움을 기대할 수 있는 법이오. 늙은이는 그저 심신의 편안함이나 얻을 수 있다면 그것으로 족하다오. 나에게 세상은 이제 더 이상 새로울 게 없는 곳이오. 주위를 아무리 둘러보아도 내 눈에 보이는 것이라곤 모두 과거의 좋았던 시절에 이미 본 기억이 있는 것밖에 없다오. 어쩌다 나무에 몸을 기대고 쉬기라도 할라치면, 예전에 바로 그 나무 그늘에서 나일 강이 매년 범람하는 것에 관해 지금은 죽어 저승에 가 있는 한 친구와 논쟁을 벌이던 일을 생각하게 될 뿐이라오. 눈을 들어 달을 쳐다보지만, 차고 기우는 달의 모습은 곧 인생의 부침과 성쇠에 대한 고통스러운 생각만 떠오르게 할 뿐이오. 자연의 물리적 현상에 대한 진리는 나에게 더 이상 기쁨을 주지 못한다오. 곧 뒤에 남겨 두고 떠나야 할 것들인데, 그것들이 나한테 대체 무슨 의미가 있겠소?"

이믈락이 말했다. "그래도 선생님께서는 최소한 존경스럽고 유익한 삶을 살았다는 기억을 통해 어느 정도 위안을 얻으실 수 있겠지요? 게다가 사람들이 모두 입을 모아 선생님께 드리는 칭송도 누리실 것이고 말입니다."

현자가 한숨을 쉬며 대답했다. "사람들의 칭송이라는 것은 늙은이에게는 공허한 소리에 불과하다오. 나에게는 자식의 명성을 기뻐할 어머니도 없고, 남편의 영예를 함께 나눌 아내도 없소. 친구들도 그리고 경쟁자들조차도 모두 나보다 먼저 저 세상으로 갔소. 이제 나에겐 아무것도 중요하지가 않다오. 나와 관계가 있거나 내가 영향을 끼칠 수 있는 사람이 나 자신 말고는 아무도 없기 때문이오. 젊은이는 박수갈채를 받고 기뻐하기 마련이라오. 그들에게는 박수갈채가 미래의 이로움을 보증해 주는 것으로 여겨질 수 있고, 인생에 대한 기대 또한 멀리 뻗어 있기 때문이오. 하지만 이제 노쇠하고 쇠약해져 가는 나는 사람들의 악의에 대해 두려워할 것이 거의 없으며, 사람들의 호감이나 존경으로부터도 기대할 게 더더욱 없다오. 혹시 사람들이 나한테 빼앗아 갈 것이 아직 좀 남아 있을

지 모르나 별것 아니며, 사람들이 나에게 해 줄 수 있는 것은 아무것도 없소. 재물이 있어 봤자 이제 아무 소용이 없을 것이고, 높은 직분도 고역이기만 할 것이오. 지난 인생을 회상할 때 내 눈앞에 떠오르는 것은 내가 많은 선행의 기회를 놓쳐 버렸고 많은 시간을 하찮은 것들에 낭비해 버렸으며, 또 그보다 더 많은 시간을 게으르게 멍하니 허비해 버렸다는 사실들뿐이라오. 계획만 하고 시도해 보지 못한, 또는 시도는 했으나 끝내지 못한 좋은 계획들이 얼마나 많은지 모른다오. 나는 마음을 괴롭힐 중대한 범죄 같은 것은 어떤 것도 범한 바가 없어서 어느 정도 평온한 심정으로 있긴 하오. 하지만 그래도 여전히 나는 내 생각을 희망이나 근심 따위에서 벗어나게 하려고 애쓰고 있다오. 비록 이성적으로는 그것들이 부질없는 것임을 잘 알고 있을지라도, 그것들은 여전히 예전처럼 내 마음을 지배하려 하기 때문이오. 다만 나는 차분하고 겸허한 마음으로 머지않아 내 운명이 다하는 그날을 기다리면서, 저 세상에서의 좀 더 나은 존재 상태에서는 이승에서 발견할 수 없었던 진정한 행복을, 그리고 이승에서 도달하지 못한 진정한 덕을 마침내 얻게 되리라 희망하고 있을 뿐이라오."

노인은 말을 마치고 몸을 일으켜 떠났다. 그의 이야기를 듣던 왕자 일행은 장수를 누리고 싶은 희망이 별로 간절해지지 않았다. 이윽고 왕자가 기분을 돌리려는 듯 이런 이야기를 듣고 실망하는 것은 타당하지 않다고 말했다. 왜냐하면 원래부터 노년기는 행복한 시기로 여겨진 적이 결코 없었기 때문이라는 것이다. 왕자는 또 노쇠하고 병약해진 상태에서 평온한 마음을 얻는 게 가능하다면 원기 왕성하고 활기찰 때에 행복을 누리는 일도 가능할 것이라고, 즉 인생의 저녁이 고요할 수 있다면 인생의 한낮이 눈부신 것도 충분히 가능한 일일 것이라고 말했다.

공주는 노인들이란 불평이 많고 심성이 뒤틀려 있어서, 새롭게 세상에 발을 내디딘 사람들의 기대를 꺾어 버리기 좋아하는 것 같다고 말했다. 그녀는 큰 재산을 가진 사람들이 자신의 상속자를 시기하는 마음으로 바라보는 것을 본 적이 있으며, 많은 사람들이 인생의 즐거움을 자기네들이 직접 누릴 수 있는 동안에 한해서만 인정하고 그 이상은 인정하려 하지 않는 것을 자주 보았다고 말했다.

페쿠아도 아까 그 노인이 겉보기보다 훨씬 더 늙은 사람 같다고 말하면서, 그의 불평을 우울증으로 인한 정신착란의 탓으로 돌리고 싶어 했다. 만약 그게 아니라면 그녀가 생각하기에 그는 불행한 삶을 산 사람이어서 바로 그 때문에 인생에 대한 불만으로 가득 차 있는 것임에 틀림없었다. 그녀는 "무엇보다도 흔히 사람들은 자기 자신의 처지를 바로 인생 일반으로 단정해 버리곤 하기 때문이지요."라고 말했다.

이믈락은 젊은이들이 낙담하는 것을 보고 싶지 않았던지라, 그들이 그렇게 곧바로 구실을 찾아내어 기분을 북돋는 모습을 보고 미소를 지었다. 그리고 그들과 똑같은 나이였을 때 바로 자기 자신도 그들과 마찬가지로 순수한 행복의 성취를 확신했으며, 실망을 이겨 낼 위안의 수단을 바로바로 찾아내곤 했다는 것을 기억했다. 그는 별로 달갑지 않은 인식을 그들에게 억지로 깨우쳐 주려고 하지 않았다. 그런 것은 시간이 지나면 곧 저절로 깨닫게 될 것이기 때문이었다. 공주와 그녀의 시녀는 자기네들 방으로 돌아갔다. 하지만 천문학자의 광기가 그들의 마음을 사로잡고 떠나지 않았다. 그래서 그들은 이튿날 천문학자가 물려준 직무를 즉시 시작하여, 다음 날 아침 태양이 떠오르는 것을 좀 늦추어 주었으면 하고 바랐다.

46장

공주와 페쿠아는 천문학자를 방문하다

공주와 페쿠아는 이믈락이 이야기한 천문학자에 대해 따로 은밀히 이야기를 나누었다. 그들은 그의 사람됨에 대해 아주 큰 호감을 느끼는 동시에 아주 기이하다는 생각도 들어 더 자세히 알아보지 않고서는 만족할 수 없었다. 그래서 그들은 이믈락에게, 그들이 천문학자를 만날 수 있는 방법을 한번 찾아보라고 부탁했다.

이것은 쉽지 않은 일이었다. 이 현자는 결코 여자들의 방문을 받아들인 적이 없었던 것이다. 그가 사는 이 도시에는 많은 유럽 사람들이 와서 자기들 나라의 개방적인 풍속에 따라 살고, 또 세계의 다른 지역에서 온 많은 사람들도 유럽 사람들처럼 자유스럽게 살아가고 있었지만 그는 그런 적이 없었다. 하지만 공주와 페쿠아는 단념하려 하지 않고, 몇 가지 궁리와 제안을 통해 그들의 의도를 성취하고자 애썼다. 자기네들을 곤경에 처한 이방인들로 소개하면 어떻겠느냐는 제안을 하기도 했는데, 그 현자는 그런 사람들을 언제나 만나 준다고 했기 때문이었다. 하지만 얼마간 숙고해 본 결과 그런 술책으로는 아무런 교제 관계도 형성될 수 없을 것이라는 결론이 났다. 왜냐하면 그래서는 대화가 길게 이어질 수 없고 또 그들이 자연스럽게 천문학자를 자주 방문할 만한 구실도 되지 못할 것이기 때문이었다. "그 말도 맞지만." 라셀라스가 덧붙여 말했다. "너희들의 신분을 거짓으로 밝혀서는 안 되는 좀 더 중요한 이유가 따로 있다. 나는 항상 누구에 대해서든지 그 사람의 덕성을 수단으로 삼아 그를 속이는 것은 그 경우가 크든 작든 바로 인간 본성의 고귀한 존엄성에 대한 배신 행위라고 생각해 왔다. 모든 속임수는 인간에 대한 신뢰를 약화시키며 자비심을 얼어붙게 만드는 법이다. 너희들의 정체가 겉으로 보인 것과 다르다는 사실을 이 현자가 알게 된다면 그는 분노를 느끼게 될 것이다. 고결한 품성과 능력을 지녔음에도 자신보다 저급한 지력을 가진 자들한테 속임을 당했다는 것을 깨달은 사람이라면 당연히 느낄 분노를 말이다. 그리고 이 분노와 더불어 그에게는 차후로 그가 결코 완전히 떨쳐 버릴 수 없을 인간에 대한 불신이 생겨나게 될 것인데, 이로 인해 그는 조언의 말문을 닫아 버리고 자선의 손길도 영원히 거둬들일지 모른다. 만약 그렇게 된다면 너희들은 과연 어떻게 무슨 힘으로 인간에 대한 그의 선행과 마음의 평화를 회복시켜 놓을 수 있겠느냐?"

왕자의 이 말에 공주와 시녀는 아무 대답도 하지 못했다. 그래서 이믈락은 그들의 호기심이 수그러들 것이라고 기대하기 시작했다. 하지만 다음 날 페쿠아가 그에게 와서 천문학자를 방문할 정직한 구실을 마침내 찾아냈다고 말했다. 그녀의 말인즉, 천문학자에게 가서 그녀가 전에 아랍인 도적 두목에 의해 입문했던 천문학 공부를 그의 문하생으로서 다시 계속할 수 있도록 허락해 달라고 간청하면 되지 않겠느냐는 것이었다. 그리고 공주님에 대해서는 그녀와 함께 배울 동료 학도로서 아니면 여자 혼자서 방문하는 것이 예의에 어긋날 수 있으니 그녀의 동행자로서 함께 방문할 수 있도록 청하면 되지 않겠느냐는 것이었다. 이믈락이 대답했다. "하지만 천문학자가 그대를 상대하는 것에 곧 싫증이 나지 않을까 염려되오. 아주 높은 경지의 학식에 이른 사람들은 자기 학문의 기초적인 원리부터 다시 설명하는 일을 즐거워하지 않는다오. 게다가 그 기초적인 원리들을 전달할 때조차 그들은 그것들을 여러 가지 추론과 연결하거나 여타 사유의 결과와 뒤섞으며 설명하기 마련이라 그대가 과연 그것들을 제대로 잘 알아듣고 이해할 수 있을지도 의심스럽소." "그 점에 대해서는 제게 맡기십시오." 페쿠아가 말했다. "부탁드리건대, 선생님께서는 그저 저를 그분께 데려다만 주십시오. 제가 알고 있는 천문 지식의 수준은 아마 선생님께서 생각하시는 것 이상일 수도 있습니다. 그리고 저는 항상 그분의 견해에 동의함으로써 그분이 제 지식을 실제보다 더 높이 생각하게 만들 것입니다."

이렇게 하여 마침내 결정이 되었고 천문학자에게는 다음과 같은 내용의 말이 전달되었다. 즉 외국의 한 지체 높은 여인이 지식을 추구하며 여행을 하던 중에 그의 명성을 듣고 찾아와서는 그의 제자가 되기를 갈망한다는 것이었다. 이 기이한 요청은 그에게 놀라움과 동시에 호기심을 불러일으켰다. 그는 잠깐 숙고해 보더니 그녀를 받아들이겠다고 승낙했다. 그런데 일단 그러기로 하자 그는 빨리 그녀를 만나 보고 싶은 마음이 되어 어서 다음 날이 되기를 고대했다.

공주와 시녀는 아주 훌륭하게 옷을 차려입고는 이믈락의 수행을 받아 천문학자를 만나러 갔다. 천문학자는 그렇게 화려한 차림의 여인들이 정중하게 자신한테 다가오는 모습을 보고 흐뭇해했다. 처음에 예를 갖춰 인사를 나눌 때 그는 좀 조심스럽고 수줍어하는 듯했다. 하지만 이야기가 어느 정도 궤도에 오르자 그는 자신의 본모습을 되찾았으며, 그리하여 그의 인품에 대한 이믈락의 설명이 틀리지 않다는 것을 곧 증명해 보였다. 어떻게 해서 천문학에 마음이 끌리게 되었느냐고 그가 물었을 때, 페쿠아는 피라미드에서의 사건과 아랍인 두목의 섬에서 보낸 생활에 대해 이야기해 주었다. 그녀는 이야기를 아주 편안하고 우아하게 했으므로 그녀와의 대화는 곧 그의 마음을 사로잡았다. 이어서 대화는 천문학 쪽으로 흘렀고, 페쿠아는 자신이 알고 있는 지식을 드러내 보였다. 그러자 그는 그녀를 비범한 천재로 여기면서, 그렇게 운 좋게 잘 시작한 공부를 중단하지 말고 계속하라고 간곡히 권했다.

공주와 시녀는 거듭해서 천문학자를 방문했는데, 매번 전보다 더 환영을 받았다. 현자는 그들이 방문을 중단하지 않고 계속 찾아도록 그들을 즐겁게 해 주고자 애썼다. 왜냐하면 그들과 함께 있는 동안 그는 자신의 마음이 점점 밝고 명랑해져 가는 것을 깨달았기 때문이었다. 그들을 즐겁게 잘 대해 주려고 자신을 추스르며 노력하는 가운데 염려나 근심의 먹구름이 점차 사라져 갔다. 그리하여 그들이 떠나고 혼자 남아 계절을 조절하는 예의 그 직분으로 다시 돌아가야 하는 시간이 될 때마다 그는 우울한 심정에 사로잡히곤 했다.

공주와 시녀가 그를 찾아와 그의 이야기에 귀를 기울인지도 이제 몇 개월이 되었다. 그런데 그가 자신에게 초자연적인 임무가 맡겨졌다는 생각을 계속 하고 있는지 아닌지 판단할 만한 단서를 그들은 아직 한마디도 듣지 못했다. 그들은 자주 이모저모 꾀를 써서 그가 생각을 분명히 밝히게 하려고 노력했다. 하지만 그는 그들의 모든 공략을 쉽게 피해 넘겼으며, 그들이 이쪽저쪽 돌아가며 아무리 압박해도 언제나 이를 따돌리고 뭔가 다른 화제로 달아나곤 했다.

천문학자와 친밀해지면서 공주와 시녀는 자주 그를 이믈락의 집으로 초대했다. 그리고 그때마다 특별한 존경의 태도로 높이 모시며 그를 대접했다. 그는 점차 지상 세계의 즐거운 일들에 기쁨을 느끼기 시작했다. 그는 일찍 찾아와서 늦게 떠나갔으며, 열의와 순응의 태도로 그들의 호감을 사고자 노력했다. 그리고 그들의 호기심을 자극하여 새로운 학문에 대한 관심을 일으킴으로써 그들이 계속해서 자신의 도움을 필요로 하게 만들었다. 또한 그들이 오락이나 탐구를 위해 소풍이나 나들이를 할 때면 언제든지 그들과 동행하기를 간절히 청했다.

그의 도덕적 고결함과 지혜를 오래 지켜보고 겪어 본 결과 왕자와 공주는 자신들의 정체를 그에게 믿고 털어놓아도 아무 위험이 없겠다는 확신을 하게 되었다. 이것은 그들이 해 준 정중한 대접으로 인해 그가 혹 어떤 잘못된 기대를 품지 않도록 하기 위해서이기도 한데, 어쨌든 그들은 마침내 그에게 자신들의 신분과 여행 동기를 밝혔다. 그리곤 인생의 선택에 대한 그의 의견을 청했다.

현자가 말했다. "세상이 그대들 앞에 펼쳐 보이는 여러 가지 삶의 양태들 가운데 과연 어느 것을 택하는 게 좋을지 나는 그대들에게 가르쳐 줄 수 없다오. 내가 말할 수 있는 것은 오직 내가 선택을 잘못했다는 것뿐이오. 나는 삶에 대한 체험이 없이 공부에만 일생을 다 바쳤소. 대부분 그저 아주 멀리 동떨어지게만 인간에게 쓸모 있는 그런 학문들을 성취하느라 말이오. 비록 지식을 얻긴 했지만 나는 인생의 일반적인 즐거움을 모두 그 대가로 치러야 했소. 여인과의 다정하고 우아한 교제를 누리지 못했으며, 행복하게 애정을 주고받는 가정생활도 해보지 못했소. 내가 혹 다른 학자들보다 뭔가 탁월한 것을 이루었다 할지라도, 그것은 두려움과 불안과 노심초사가 동반된 것이었소. 게다가 바깥세상과의 많은 접촉을 통해 내 생각이 다양해지고 넓어진 후부터는 이 탁월한 성취에 대해서조차 그것이 어떤 것이든 과연 정말로 탁월한 성취였나 하는 의심을 품기 시작했다오. 즐거운 놀이나 오락에 열중하여 며칠 동안 재미있게 지내고 나면 나는 언제나 내 학문적 탐구가 결국 오류에 불과하며 또 내가 많은 것을 희생했는데 그것도 헛되게 희생했다는 생각에 빠져들게 된다오."

이믈락은 현자의 분별력이 마침내 뿌연 안개를 뚫고 깨어 나는 것을 보고 기뻐했다. 그는 현자가 천체의 운행을 다스리 는 임무에 대해 더 이상 생각하지 않게 될 때까지, 그리하여 그의 이성이 본래의 지배력을 회복하게 될 때까지 그를 천체 에서 멀리 떨어져 있게 하기로 결심했다.

이때부터 천문학자는 왕자 일행에게 친구처럼 가까운 사이 로 받아들여졌으며, 그들의 모든 계획과 즐거운 일들에 함께 참여했다. 왕자 일행에 대한 경의의 표시로 그는 늘 열심히 경 청하며 따라다녔는데, 활동적인 라셀라스 왕자로 인해 남는 시간이 별로 없을 만큼 하루하루가 바쁘게 지나갔다. 언제나 뭔가 할 거리가 있었다. 낮에는 이런저런 관찰을 하면서 시간 을 보냈고, 저녁이 되면 그 관찰한 것들에 대해 이야기를 하느 라 시간 가는 줄 몰랐다. 그러곤 저녁이 끝나기도 전에 다음 날 할 일의 계획을 세우기에 바빴다.

마침내 현자는 이믈락에게 고백을 했는데, 인생의 명랑하 고 분주한 활동 속에 뒤섞여 시간 나는 대로 이런저런 즐거 운 일을 연이어 행하기 시작한 이래로, 천체를 다스리는 자신 의 권능에 대한 확신이 점차 마음에서 사라져 가는 것을 발견 했다고 말했다. 그는 또, 다른 사람에게 결코 증명해 보일 수 없는 자신의 신념을 점점 의심하게 되었다면서, 이성과는 아 무런 관계도 없는 원인들로 이 신념은 쉽사리 뒤집어질 수 있 다는 사실을 이제 깨닫고 있다고 말했다. "몇 시간 동안이라 도 우연히 나 혼자 있게 되는 경우가 생기면." 그는 말을 이었다. "나의 그 뿌리 깊은 신념은 곧바로 내 영혼에 달려들어 거역할 수 없는 강렬한 힘으로 내 생각을 꼼짝 못하게 묶어 버린다오. 하지만 왕자가 나타나 대화를 나누기 시작하면 내 생각은 금세 자유로워지고 페쿠아가 들어올 때도 그 즉시 놓여나게 된다오. 나는 마치 습관적으로 유령을 두려워하는 사람과 같은데, 말하자면 등불을 켰을 때는 안심을 하면서 공연히 어둠 속에서 두려워 떨었다고 어처구니없어 하지만, 등불을 끄면 곧 다시 공포감에 사로잡히고 마는 그런 사람과 같다오. 불이 켜지면 그 공포감을 더 이상 느끼지 않게 되리라는 것을 잘 알고 있으면서도 말이오. 하지만 나는 때때로, 혹시 내가 직무 태만이라는 죄를 범함으로써 마음의 평온을 누리고 있는 것은 아닌가, 나에게 맡겨진 중대한 책무를 내가 자진해서 망각하고 있는 것은 아닌가 하는 불안에 빠지기도 한다오. 만약 내가 잘못을 알고 있으면서도 계속 괜찮다고 나 자신을 방치하고 있는 것이라면, 혹은 분명한 확신도 없이 그저 스스로의 편안함에 의거해 이토록 중요한 문제를 해결해 버리고 있는 것이라면, 내 죄악은 그 얼마나 끔찍한 것이겠소!"

이플락이 대답했다. "상상력으로 인한 질병 가운데 가장 치유하기 어려운 경우는 바로 죄에 대한 두려움이 상상력과 복잡하게 결부될 때입니다. 그런 경우 공상과 양심은 서로 번갈아 가면서 우리에게 작용하고 영향을 끼치는데, 그 작용의 교체가 너무 빈번하기 때문에 공상으로 인한 착각은 양심의 명령과 구분되지 않습니다. 공상을 통해 부도덕하거나 불경스러운 생각이 우리 마음속에 떠오를 때, 그것들이 우리에게 고통을 주면 우리 마음은 곧바로 그것들을 물리쳐 쫓아 버립니다. 하지만 우울하고 병적인 생각들이 의무감의 형태를 띠고 나타나는 경우에는, 그것들은 아무 저항도 받지 않고 우리의 정신 능력을 장악해 버립니다. 그것들을 배척하거나 쫓아내기를 우리가 두려워하기 때문이지요. 바로 이런 이유로 미신적인 생각들은 흔히 우울한 성격을 띠고, 우울한 생각들은 거의 항상 미신적인 성격을 띠기 마련입니다.

하지만 소심한 마음에서 비롯된 그런 생각들이 선생님의 한층 높은 능력인 이성을 지배하지 않도록 하십시오. 태만이라는 죄를 범할 위험은 오직 어떤 책무가 주어져 있을 때만 가능한 것입니다. 그런데 선생님께서 공상에서 벗어나 이성적으로 생각하신다면, 선생님의 그 책무라는 것은 사실 거의 존재하지 않을 뿐더러, 혹 조금이나마 존재한다 해도 그것 역시 날마다 점점 없어지고 있다는 것을 곧 깨닫게 되실 것입니다. 선생님의 마음을 여시고, 때때로 비쳐 드는 이성의 빛을 받아들이십시오. 양심의 가책이 선생님을 사로잡고 괴롭힌다면, 물론 맑은 정신일 때는 그것의 근거 없음을 쉽게 간파하시겠지만 그렇지 않은 경우, 그것들과 맞서 상대하려 하지 말고 그것으로부터 달아나 일상적인 일에 몰두하든가 아니면 페쿠아를 만나러 가든가 하십시오. 그리고 다음과 같은 사실을 항상 염두에 두십시오. 선생님께서는 거대한 인류 집단을 구성하는 극히 작은 한 존재에 불과하며, 따라서 초자연적인 능력이 은혜나 고통으로 특별히 주어질 만큼 선생님께서 무슨 비범한 덕이나 악을 지니고 있는 것은 아니라는 사실을 말입니다."

47장

왕자가 들어와 새로운 화제를 꺼내다

천문학자가 말했다. "그 모든 것은 나 역시 자주 생각했던 바이오. 하지만 내 이성은 통제할 수 없고 저항하지 못할 생각에 너무나 오래 압도되어 왔던지라, 스스로 내린 결정조차 신뢰하지 못하는 지경에 이르렀다오. 그러나 나는 이제 깨달았소. 터무니없는 망상이 나 자신을 은밀히 갉아먹도록 내버려둠으로써 내가 마음의 평온을 얼마나 치명적으로 희생시켰는지를 말이오. 다만 우울한 생각을 하는 사람은 다른 사람과의 대화를 피하는 법이고, 또 내 고민을 나눌 만한 사람을 만나지도 못한 탓에 나는 그동안 말을 못하고 있었던 것이오. 고민에서 놓여날 것을 확신하면서도 말이오. 이제 그대를 통해 마침내 내 느낌과 생각이 틀리지 않다는 것을 확인하게 되어 나는 무척 기쁘오. 그대는 쉽게 미혹당하지 않는 사람인

데다가 또 남을 미혹하려는 동기나 의도 같은 게 전혀 없는 사람이기에 그렇소. 나는 이제 앞으로 여러 가지 세상일에 참여하며 살아가는 동안 그토록 오랫동안 나를 지배해 온 어두운 미망이 완전히 걷혀 사라지기만을, 그리하여 남은 인생을 평온하게 보낼 수 있기만을 희망하고 있다오."

이믈락이 말했다. "선생님의 학식과 덕을 생각할 때 충분히 그렇게 될 수 있을 것입니다."

그때 라셀라스가 공주와 시녀를 데리고 들어왔다. 그는 이믈락과 천문학자에게 다음 날 할 새로운 소일거리를 생각해 낸 것이 있느냐고 물었다. 네카야가 말했다. "사람의 인생이란 변화에 대한 어떤 기대가 있을 때만 행복할 수 있게끔 되어 있나 봅니다. 변화 그 자체는 사실 아무것도 아닌데 말이지요. 바라던 어떤 변화가 일어났을 때 우리는 바로 다음 순간 또다시 새로운 변화를 원하게 됩니다. 하지만 세상에는 색다른 것이 아직 많이 남아 있을 테니 자, 내일 또 뭔가 이제까지 보지 못한 새로운 것을 좀 구경시켜 주세요."

라셀라스가 말했다. "다양한 변화는 생활에 만족하기 위해서 꼭 필요한 요소인지라, 우리가 살던 그 행복의 골짜기조차 똑같은 향락만 되풀이 되자 나는 싫증이 나게 되었지요. 하지만 나는 나중에 성 안토니오 수도원의 수도승들을 보았을 때 참을성이 없었던 나 자신을 꾸짖지 않을 수 없었습니다. 왜냐하면 그 수도승들은 변화 없는 삶을, 그것도 기쁨이 아니라 고행만이 늘 똑같이 이어지는 삶을 아무런 불평도 없이 묵묵히 견뎌 내고 있었기 때문입니다."

이믈락이 대답했다. "고요한 수도원에서 살고 있는 그 수도 승들은 행복의 감옥에 살고 있는 아비시니아의 왕자들보다 오히려 더 나은 삶을 살고 있다 하겠습니다. 수도승들은 무엇을 하든지 늘 적절하고 타당한 동기를 바탕으로 그 일을 수행합니다. 그들은 노동을 통해 생활에 필요한 것들을 마련합니다. 따라서 그들에게 노동은 게을리 할 수 없는 일과이자 그 보답이 확실하게 주어지는 행위이지요. 그들의 종교적 헌신은 내세의 다른 존재 상태를 맞이하기 위한 준비 행위입니다. 그들은 점점 다가오는 그 다른 존재 상태를 늘 상기하면서 그것에 합당한 존재가 되고자 노력하는 것이지요. 그들의 시간은 규칙적으로 분배되어 있는데, 한 가지 의무를 실행하면 곧바로 다른 의무가 바로 이어져서 할 일이 정해지지 않은 채 뭘 할까 선택하느라 마음이 오락가락하는 경우가 없습니다. 흐리멍덩한 무위의 몽매에 빠지는 법도 없고 말입니다. 항상 뭔가 일정한 과제가 마련되어 있어 적절한 시간에 이를 수행하게끔 되어 있는 것이지요. 게다가 수고하며 노동하는 것은 그들에게 즐거운 일입니다. 왜냐하면 그것은 경건한 신앙 행위로, 바로 그 행위를 통해 그들은 자신들이 영원한 지복을 향해 매 순간 나아가고 있다고 생각하기 때문입니다."

네카야가 말했다. "선생께서는 수도원의 규율을 따라 사는 것이 다른 어떤 삶보다 더 거룩하고 흠 없는 것이라고 생각하는 건가요? 세상 사람들과 거리낌 없이 어울려 살면서 자선을 베풀어 곤궁한 자들을 구제해 주고, 학식을 베풀어 무지한 자들을 깨우쳐 주며, 열심히 일하여 인간 삶의 전체적인 발전에 기여하는 그런 사람이 있다면, 그 역시 다가올 내세의 행복을 똑같이 기대할 수 있지 않을까요? 비록 그가 수도원에서 실천하는 고행 같은 것을 행하지 않고, 형편이 닿거나 여유가 되는 대로 해롭지 않은 즐거움들을 스스로에게 허용하여 누린다고 해도 말입니다."

"그것은." 이믈락이 말했다. "사실 오랫동안 현자들의 의견을 서로 갈라지게 하고 또 덕이 높은 사람들을 난감하게 했던 문제입니다. 저 역시 어느 쪽이 맞다고 결정하여 말하기가 망설여집니다. 세상 속에서 제대로 잘 사는 사람은 수도원에서 제대로 잘 사는 사람보다 더 나은 사람이라 하겠지요. 하지만 모든 사람이 다 세속의 삶에 따르는 유혹들을 이겨 낼 수는 없는 일입니다. 따라서 만약 그것들을 도저히 물리칠 수 없다면, 그런 사람은 은둔의 삶을 택하는 것이 오히려 적절할 수 있습니다. 사람들 중에는 선을 행할 능력도 거의 없고 또 악에 저항할 힘 역시 거의 없는 자들이 있습니다. 또 많은 사람들이 역경이나 고난과 싸우는 것에 지쳐서 오랫동안 헛되게 끌려다녔던 모든 열정들을 기꺼이 내던져 버리고 싶어 합니다. 그리고 노쇠함과 질병으로 사회의 힘든 직무에서 퇴출당하는 사람들도 많습니다. 수도원에서는 바로 그런 힘없고 약한 사람들이 행복하게 보호받을 수 있는데, 지친 사람들은 안식을 얻을 수 있고 뉘우치는 자들은 반성의 묵상을 할 수 있지요. 기도와 명상의 은둔 생활에는 뭔가 인간의 마음과 크게 부합하는 바가 있어서, 뜻이 맞는 몇 명의 진지한 동료들과 함께 경건한 사색을 하면서 생을 마감하고 싶다고 생각하지 않는 사람은 아마 이 세상에 거의 없을 것입니다."

"그것이 바로 제가 자주 소망하던 바입니다." 페쿠아가 말했다. "그리고 공주님께서도 자주 저한테 속세의 무리에 섞인 채 그대로 죽고 싶지 않다고 말씀하셨습니다."

이플락은 말을 계속 이었다. "해롭지 않은 쾌락을 누릴 자유가 누구에게나 있다는 것은 논박의 여지가 없을 것입니다. 하지만 그래도 따져 봐야 할 문제로 남는 것은 과연 어떤 것이 해롭지 않은 쾌락인가 하는 것입니다. 네카야 공주님께서 어떤 쾌락을 상상하시든지 간에 그 쾌락의 해악성은 행위 그 자체가 아니라 결과에 있습니다. 쾌락은 그 자체로는 무해한 것입니다. 하지만 그것은 우리로 하여금 현세의 삶, 즉 우리가 그 덧없음과 일시성을 알고 있는 이승의 존재 상태에 애착을 갖게 만듦으로써, 그리고 우리가 매 순간 그 시작을 향해 다가가고 있고 또 아무리 긴 시간이 지나도 그 끝에 이를 수 없는 저 내세의 존재 상태에 대해 우리의 생각을 멀어지게 만듦으로써 해로운 것이 될 수 있습니다. 금욕이나 고행 역시 그 자체로는 덕행이 아닙니다. 하지만 우리로 하여금 감각의 여러 유혹에서 벗어날 수 있게 해 준다는 점에서 그것은 유익한 것이 될 수 있습니다. 물론 우리 모두가 도달하기를 갈망하는 내세의 저 완전한 존재 상태에 이르면 해로울 가능성이 전혀 없는 쾌락과 주저할 필요가 전혀 없는 평안을 누릴 수 있겠지요."

공주는 말없이 잠자코 있었는데, 라셀라스가 천문학자를 돌아다보면서 공주의 은둔을 늦출 수 있도록 그녀가 이제껏 본 적이 없는 뭔가 새로운 것을 구경시켜 줄 수 없겠느냐고 물었다.

현자가 말했다. "그대들은 그동안 아주 널리 호기심을 뻗치면서 매우 왕성하게 여러 가지 지식을 쌓아 왔는지라 이제는 새로운 것들을 찾아내기가 좀처럼 쉽지 않은 상황이오. 하지만 살아 있는 자들의 세상에서 더 이상 만나 볼 수 없는 새로운 것을 혹시 죽은 자들의 세상에서는 발견할 수 있을지 모르오. 이 나라의 경이로운 명물 가운데 하나로 지하 묘지, 즉 고대의 지하 매장지가 있소. 인류 초창기에 살았던 사람들의 시체가 안치된 장소인 그곳에는 미라를 만들 때 사용한 송진으로 인해 아직도 시체가 썩지 않고 그대로 남아 있다오."

라셀라스가 말했다. "지하 묘지를 구경하면서 우리가 어떤 즐거움을 얻을 수 있을지 잘 모르겠군요. 하지만 이 밖에는 다른 제안이 없으므로 나는 지하 묘지를 보러 가기로 마음을 정하겠습니다. 그리고 이제까지 행한 다른 많은 것들과 마찬가지로 이것도 의미 있는 일로 생각하겠습니다. 왜냐하면 어쨌든 우리는 뭔가 행하고 경험하는 셈이니까요."

그들은 한 무리의 기마 호위대를 고용했다. 그러곤 다음 날 지하 묘지를 구경하러 갔다. 동굴 묘지로 막 내려가려고 할 때 공주가 말했다. "페쿠아, 지금 우린 또다시 죽은 자들의 거처를 침범하여 들어가려고 한다. 물론 너는 안 들어가고 뒤에 남아 있겠지. 하지만 이번에는 우리가 돌아왔을 때 네가 아무 일 없이 안전하게 있는 것을 보게 해 다오." "아닙니다. 혼자 남지 않겠습니다." 페쿠아가 대답했다. "공주님과 왕자님 사이에

서서 저도 함께 내려가겠습니다."

그리하여 그들은 모두 함께 내려갔는데, 미로 같은 지하 통로를 따라 이리저리 돌아다니며 놀라워했다. 지하 통로의 양쪽에는 시체들이 줄지어 안치되어 있었다.

48장

이플락이 영혼의 본질에 대해 논설하다

왕자가 말했다. "이집트인들은 왜 이렇게 많은 비용을 들여 시체를 보존하는 것일까요? 과연 그 이유는 무엇일까요? 다른 나라에서는 시체를 화장하거나 썩어서 흙과 뒤섞이도록 땅에 묻어 버리거나 하는데 말입니다. 게다가 어느 나라 사람들이든 한결같이 적당히 예를 갖춰 장례를 치르고 나면 시체들을 곧바로 눈에 보이지 않게 치워 버리지 않습니까?"

이플락이 말했다. "고대의 관습은 그 기원이 대개 알려져 있지 않습니다. 왜냐하면 관습은 계속 이어져 실행되지만 그것을 낳은 원인은 흔히 없어지고 말기 때문이지요. 미신적인 제례나 의식(儀式) 역시 그 기원을 추측하는 것은 헛된 일입니다. 인간의 이성과 무관하게 생겨난 것을 이성적으로 설명한다는 것은 불가능한 일이니까요. 저는 시체를 미라로 처리하고 보존하는 관행이 생겨난 것은 오직 죽은 사람의 유해에 대한 친지나 친척의 특별한 애정 혹은 정성 때문이었다고 오래 전부터 믿어 왔습니다. 저의 이 믿음은 더욱 확고해지는데, 그것은 이러한 처리 관행이 아무래도 일반적으로는 행해질 수 없었을 것이기 때문입니다. 죽은 자들이 전부 미라로 보존되었다면 그들을 매장한 묘지는 시간이 지나면서 살아 있는 사람들의 주거지보다 더 넓은 자리를 차지하고 말았을 게 틀림없으니까요. 제가 추측건대, 부자나 존귀한 자들의 시체만이 썩지 않도록 보존되었고 나머지 사람들의 경우는 자연의 풍화 과정에 그대로 내맡겨졌을 것입니다.

하지만 사람들의 일반적인 견해에 따르면, 이집트인들은 육체가 썩어 없어지지 않고 남아 있는 한 영혼도 살아 있다고 믿었으며 따라서 이런 방식으로 그들은 죽음을 면하려 했다고 합니다."

네카야가 말했다. "지혜롭다는 이집트인들이 영혼에 대해 어떻게 그런 어설픈 생각을 할 수 있었을까요? 영혼은, 혹시 육체가 죽고 난 뒤에 살아 있을 수 있다 하더라도, 일단은 육체에서 분리되어 버린 상태일 텐데, 그것이 여전히 육체의 영향이나 자극을 받는다고 생각하다니 말이 되지 않는 소리 아닌가요?"

"의심할 여지 없이 이집트인들은 잘못 생각하곤 할 때가 많았소." 천문학자가 말했다. "철학의 빛이 아직 밝기 전이라 미개 신앙의 몽매함 속에 있을 때였으니 당연한 일일 것이오. 사실 영혼의 본성에 대해서는 오늘날 명철한 인식이 가능한 이 모든 조건에도 불구하고 여전히 논쟁이 분분하다오. 그래서 어떤 사람은 영혼이 물질로 되어 있을지 모른다고 아직도 말하고 있다오. 영혼의 불멸성을 믿으면서도 말이오."

이믈락이 대답했다. "영혼이 물질로 되어 있다고 주장하는 자들은 실로 예로부터 있어 왔습니다. 하지만 생각을 제대로 할 줄 아는 사람이라면 그런 주장을 했을 리 없다고 저는 믿습니다. 이성적으로 생각할 때 우리는 언제나 정신의 비물질성을 인정하는 결론에 도달할 수밖에 없을 뿐 아니라, 모든 감각적 인식과 과학의 탐구 결과 역시 한결같이 물질의 비정신성을 증명해 보이고 있기 때문이지요.

사유 능력이 물질 속에 본질로 내재되었다거나, 물질의 각 입자가 사고하는 존재라고 생각하는 사람은 이제껏 아무도 없었습니다. 말하자면 누가 봐도 물질의 각 부분에는 사고 능력이 존재하지 않는다는 것이지요. 그런데 어떻게 물질의 어딘가에 사고하는 부분이 있다고 가정할 수 있겠습니까? 물질이 다른 물질과 구별되는 것은 오직 형태, 밀도, 부피, 움직임, 움직이는 방향 등을 통해서입니다. 그런데 아무리 변화를 주고 달리 결합한다 하더라도 이런 성질들 중 그 어떤 것도 의식(意識)과 결합될 수 없습니다. 둥글거나 정사각형이라는 것, 고체이거나 액체라는 것, 크거나 작다는 것, 천천히 또는 빨리 이쪽이나 저쪽으로 움직여질 수 있다는 것 등등은 모두 물질의 존재 양태들로, 한결같이 사유 능력이라는 성질과는 동떨어진 것들입니다. 이처럼 물질에 사고 능력이 없다고 한다면, 물질이 생각할 수 있게 되는 유일한 가능성은 결국 물질에 뭔가 새로운 변화를 가하는 것밖에 없을 것입니다. 하지만 물질이 수용할 수 있는 변화 가운데 사유 능력을 수반하고 있는 것은 역시 아무것도 없지요."

"하지만 영혼 물질론자들의 주장은 물질에 우리가 아직 모르는 성질들이 있을 수 있다는 것이오." 천문학자가 말했다.

이믈락이 대답했다. "지금 알지 못하는 뭔가가 혹시 있을지도 모른다는 것 때문에 자신이 현재 확실히 알고 있는 것을 부정하는 결론에 이른다면, 다시 말해 가설적인 가능성을 내세워 이미 인정된 확실성을 부인한다면, 그런 자는 이성적인 존재라고 할 수 없을 것입니다. 우리가 확실히 알고 있는 물질의 특성은 바로 물질 스스로 움직일 수 없으며 감각이나 생명이 없다는 것입니다. 그런데 이런 확실한 인식을 부정하는 방법이 오직 우리가 현재 모르는 뭔가에 의지하는 것밖에 없다면, 그것은 결국 인간의 지성으로 파악 가능한 모든 증거를 이미 다 확보했다는 사실을 뜻할 뿐입니다. 우리가 알고 있는 것이 아직 모르고 있는 것에 의해 파기될 수 있다면, 전지적 존재가 아닌 한 그 누구도 확실성이란 것에 결코 도달할 수 없을 것입니다."

"하지만." 천문학자가 말했다. "너무 오만하게 창조주의 능력을 제한하여 단정하지는 말아야겠지요."

이믈락이 대답했다. "어떤 한 가지가 다른 것과 양립할 수 없다는 생각, 즉 하나의 명제가 옳은 것과 틀린 것 둘 다 될 수 없으며 하나의 숫자가 짝수이자 동시에 홀수가 될 수 없다는 생각, 그리고 사유 능력이 없게끔 창조된 것을 사유 능력이 있다고 할 수 없다는 생각이 전능자의 능력을 제한하는 것이 될 수는 없습니다."

"이 문제를 따지는 것이 과연 무슨 큰 쓸모가 있는지 잘 모르겠군요." 네카야가 말했다. "어쨌든 제 생각에 이믈락 선생께서는 영혼의 비물질성을 충분히 입증하신 듯한데, 그렇다면 거기에는 영원한 존속 가능성도 필연적으로 포함되는 것인가요?"

이믈락이 말했다. "비물질성에 대한 우리의 인식은 부정적 논증 방식에 의한 것이라서 좀 명료하지 못한 면이 있습니다. 하지만 비물질성은 영구적인 존속 능력을 자연스럽게 포함한다 하겠는데, 이는 그것이 소멸의 원인을 아무것도 내재하고 있지 않기 때문이지요. 무엇이든지 사라져 없어지는 것들의 소멸은 바로 그것을 구성하는 조직이 해체됨으로써 그리고 부분들이 분해됨으로써 일어나는 법입니다. 그런데 구성 부분들이 전혀 없고 따라서 해체의 소지가 전혀 없는 것이 어떻게 자연적으로 썩어서 분해되거나 파괴되어 없어질 수 있겠습니까? 상상하기 어려울 것입니다."

"잘 모르겠습니다만." 라셀라스가 말했다. "그렇다고 해서 공간적 속성이 없는 것을 상상할 수는 없지 않습니까? 공간적 속성을 지녔다면 그것은 반드시 부분들로 구성되어 있을 것이고, 그렇다면 선생께서도 인정하듯이 부분들로 구성된 그것은 결국 파괴되어 소멸될 수 있는 것 아닌가요?"

"왕자님의 머리에 떠오르는 관념 같은 것을 한번 생각해 보십시오." 이믈락이 대답했다. "그러면 이해가 좀 쉬워질 것입니다. 자, 어떻습니까? 공간적 속성이 없는 실체의 존재를 느끼실 수 있겠는지요. 하나의 관념적 형상은 물질적 형체를 띤 사물 못지않게 분명한 실재성을 지니고 있습니다. 하지만 그것에는 공간적 속성이 없지요. 가령 왕자님께서 피라미드에 대한 생각을 하신다고 할 때, 피라미드에 대한 관념이 왕자님의 정신에 존재하고 있다는 것은 피라미드 자체가 땅 위에 서있다는 것 못지않게 분명한 사실입니다. 그런데 생각해 보십시오. 피라미드에 대한 관념이 과연 곡식 한 알에 대한 관념보다 더 넓은 공간을 차지할 수 있습니까? 또 두 관념 중 그 어느 것이라도 과연 잡아 늘이거나 찢을 수 있습니까? 결과가 그렇다면 원인도 마찬가지인바, 관념이 그렇다면 관념을 생각하는 능력 역시 마찬가지일 것입니다. 즉 인간의 정신 능력은 물리적인 형체가 없으며 부분의 해체를 통해 소멸되지도 않는 것이지요."

"하지만." 네카야가 말했다. "감히 이름을 부르기 두려운 그 절대자, 즉 우리의 영혼을 창조하신 절대자께서만은 그 영혼을 소멸시켜 버리실 수 있겠죠."

"물론 그분께서야 영혼을 소멸시키실 수 있지요." 이믈락이 대답했다. "영혼이 아무리 소멸될 수 없는 것이라 할지라도 그것의 존속 능력은 어디까지나 초월적 능력을 지닌 존재에 의해 부여되는 것이니까요. 본래부터 내재된 소멸의 원인이나 부패의 자연법칙 따위에 의해서 영혼이 죽어 없어지지 않는다는 것은 철학으로 밝힐 수 있을지 모릅니다. 하지만 그 이상은 철학이 말해 줄 수 없는 부분입니다. 우리의 영혼을 창조한 분이 그것을 소멸시켜 버리지 않으시리라는 점에 대해서는 철학보다 더 높은 권위를 지닌 것으로부터 우리가 겸손히 깨우쳐야 할 사항입니다."

일행은 모두 잠시 동안 말없이 생각에 잠긴 채 서 있었다. "자, 이 사멸의 현장으로부터 그만 돌아갑시다." 이윽고 라셀라스가 말했다. "죽은 자들의 이 처소는 자신이 영원히 죽지 않으리라는 것을 모르는 사람에게 참으로 얼마나 우울하게 보일까요. 지금 살아서 작용하고 있는 자신의 정신 능력이 그 기능을 계속 수행할 것이며, 지금 생각을 펼치고 있는 자신의 영혼이 영원히 생각을 계속하리라는 사실을 모르는 사람에게는 말입니다. 여기 우리 앞에 죽어 누워 있는 자들, 즉 고대의 현자나 권세가였을 이 사람들의 모습은 우리에게 현세의 삶이 짧다는 사실을 기억하라고 경고하는군요. 그들 가운데는 아마 우리처럼 어떤 인생을 선택할까 열심히 고민하는 도중에 저 세상으로 붙들려 간 사람도 많을 것입니다."

공주가 말했다. "저에게는 이제 인생의 선택이 별로 중요하지 않게 되었습니다. 바라건대 앞으로는 영원의 선택에 대해서만 생각할까 합니다."

그들은 곧 서둘러 동굴 바깥으로 나왔다. 그러고는 데리고 간 호위대의 보호를 받으며 카이로로 돌아왔다.

49장

결론이 아무것도 없는 결론

때는 바야흐로 나일 강이 범람하는 시기였다. 왕자 일행이 지하 동굴 묘지를 방문한 지 며칠 뒤에 나일 강은 불어서 넘치기 시작했다.

그들은 집 안에 갇혀 지내야 했다. 주변 지역 전체가 물에 잠겨 있는지라 바깥나들이 같은 생각은 전혀 할 수 없었다. 하지만 이야깃거리가 풍부하게 있었던바, 그들은 자신들이 관찰해 온 삶의 다양한 형태들을 비교해 보면서, 그리고 각자가 마음에 품고 있는 여러 가지 행복의 구상을 이야기하면서 심심함을 달랬다.

페쿠아는 그 어느 곳보다도 아랍인 두목이 그녀를 공주에게 되돌려 준 곳인 성 안토니오 수도원에 강렬하게 마음이 끌렸다. 그래서 그녀는 그 교단의 수녀원장이 되어 그곳을 경건한 처녀들로 가득 채우는 것이 자신의 더할 나위 없는 소망이라고 했다. 기대와 환멸로 점철된 인생에 이제 싫증이 났고 그래서 뭔가 한결같고 변함없는 상태의 삶에 기꺼이 정착하고 싶다는 것이었다.

공주는 지상의 모든 것들 가운데 지식이야말로 으뜸가는 것이라고 생각했다. 그녀는 먼저 세상의 모든 학문을 익히고 배우기를 희망했으며 그런 다음 학문하는 여성들의 대학을 설립하여 이를 운영해 나가고자 했다. 그리하여 노인들과 친교를 나누고 젊은이들을 가르침으로써 지혜의 터득과 전파에 시간을 바쳐 헌신하는 가운데, 다음 시대를 위해 분별의 본보기와 경건의 귀감을 양성하고자 했다.

왕자는 조그만 왕국을 하나 다스리고자 했는데, 자신이 몸소 정의를 베풀고 나라의 모든 부분을 자기 눈으로 직접 살펴 통치할 수 있는 그런 왕국을 소망했다. 하지만 그는 자기가 다스릴 영토의 크기를 어느 정도로 제한할 것인지 결코 결정하지 못했으며 또한 다스릴 백성의 숫자도 확정하지 못한 채 계속 늘려 나갔다.

이믈락과 천문학자는 특별히 정한 목적지가 전혀 없이 그저 인생의 물결을 따라 흘러 떠내려가는 것으로 만족하고자 했다.

그들은 자신들이 품은 이런 소망들 중 그 어느 것도 달성할 수 없다는 것을 잘 알고 있었다. 잠시 동안 그들은 앞으로 어떻게 할 것인지에 대해 숙고해 보았다. 그러다가 마침내 강물의 범람이 그치면 아비시니아로 돌아가기로 결심했다.

인간의 소망이나 행복의 헛됨에 대한
독특한 철학적 이야기*

『아비시니아의 왕자 라셀라스 이야기(The History of Rasselas, Prince of Abissinia)』(이하 『라셀라스』)는 18세기 계몽주의 시대 영국의 지성을 대표하는 작가인 새뮤얼 존슨이 쓴 소설적 인생론이다. 비록 우리나라의 일반 독자들에게는 잘 알려져 있지 않지만 이 작품은 18세기 영국의 계몽주의적 이성이 도달한 최고의 인생 철학을 가장 명료하게 구현한 문학 작품으로서 영문학 분야에서는 일종의 고전적 지위에 올라서 있는 작품이다. 존슨의 절친한 지기이자 그의 사후에 전기를 출판한 제임스 보즈웰은 존슨이 『라셀라스』 하나만으로도 문학계에

---

* 이 글은 《근대영미소설》 8권 2호에 실렸던 논문을 일부 수정하고 다듬은 것이다.

서 불멸의 이름을 얻기에 충분했을 것이라고 하면서 이 작품을 높이 평가하고 있기도 하다.

이 작품에서 존슨은 전형적인 계몽주의적 태도, 즉 합리적인 이성의 관점 위에서 인간의 본성과 삶의 의미에 대한 여러 가지 사유를 펼치고 있다. 그러나 『라셀라스』에 담긴 존슨의 사유와 성찰은 18세기 독자뿐만 아니라 모든 시대의 독자들이 다 함께 공감할 수 있는 본질적인 것들이다. '진정으로 행복한 인생이란 어떤 것인가'라는 근원적인 질문을 풀기 위해 인생의 다양한 양상을 탐색해 나가는 라셀라스 왕자의 이야기는 시대를 초월하여 누구에게나 설득력을 가질 수 있는 보편적인 이야기이기 때문이다. 사실, 그 어느 때보다도 무한한 물질적 욕망에 사로잡혀 있는 현대인들이야말로 행복에 대한 본질적 질문을 던지고 있는 라셀라스의 이야기를 되씹어 가며 읽어 볼 필요가 절실하다 고 해도 과언이 아닐 것이다.

존슨이 『라셀라스』를 쓴 구체적인 시기는 1759년 1월, 90세라는 고령에 이른 그의 어머니가 임종을 맞이하던 무렵이다. 전기나 편짓글 등의 기록에 의하면 존슨은 고향 리치필드에 사는 어머니가 위독하다는 소식을 듣고 곧 필요할 어머니의 장례 비용과 채무 관계의 청산 등을 위한 경비를 마련해 보고자 이 작품을 집필하기 시작했다고 한다. 그리고 일주일 동안의 저녁 시간을 들여 이 작품을 완성했다고 전해진다. 이런 사정은 일단 영국 최초의 전업 작가로서 돈을 벌기 위해 글을 쓴다고 솔직하게 공언한 현실적인 작가의 모습을 우리에게 보여 주는 셈이라 하겠지만, 다른 한편으로는 삶의 중대한 위기의 순간을 창조적 자극으로 전환한 존슨의 작가적 실천성을 보여 주는 대목으로 볼 수도 있다. 즉 비록 오랫동안 어머니를 찾아보러 고향에 내려가지 못했을 뿐더러 어머니의 임종 자리도 지켜보지 못했지만, 존슨에게 그의 어머니는 가장 가까운 혈육으로서 일생 동안 강렬한 애정과 정신적 영향력을 지녔던 존재였으며, 이런 어머니의 죽음이라는 극도의 슬픔과 삶의 중대한 위기 순간에 직면한 존슨은 이를 삶의 의미와 본질을 성찰하고 정리해 보는 창조적 계기로 삼았을 것이다. 물론 경제적 동기가 표면에 분명히 자리 잡고는 있었지만, 어머니의 죽음이라는 정신적 위기의 긴장된 상황 속에서 일단 촉발된 존슨의 창조적 능력은 삶에 대한 근원적 질문으로 모아지고 이로부터 자연스럽게 그의 인생론을 집약하여 담고 있는 작품이 그 결과로 빚어 나오게 되었을 것은 쉽게 미루어 짐작할 수 있다.

『라셀라스』가 일주일 동안의 저녁 시간이라는 비교적 단기간에 가볍게 쓰였다는 사실도 단순하게 받아들일 것이 아니다. 즉 이 작품은 이미 존슨의 삶 속에서 경험적 사고를 통하여 오랫동안 충분히 숙성되고 녹여진 인생관이 어머니의 죽음이라는 계기를 통해 창조적 형태로 발현된 결과이기 때문에 그 창작 과정의 쉽고 자연스러움은 당연한 결과인 동시에 거꾸로 그만큼 작품의 집중성과 질적 농도를 돋보이게 하는 증거라고 볼 수 있다. 사실 작품을 읽으면서 우리는 작가가 금전적 쪼들림에 쫓겨 단시일에 서둘러 상상력을 짜낸 흔적이나 개인적 불행으로 인해 주관적으로 삶을 어둡게 바라본 편향의 흔적 등을 발견하거나 느끼지 않는다. 오히려 그 차분함과 사려 깊음과 균형감에 이끌려 마치 정성 들여 손으로 빚고 오랫동안 구워 낸 옛 도공의 작품을 감상하는 듯한 느낌으로 작품을 읽어 가게 된다.

『라셀라스』의 내용이 존슨의 상상력 속에서 오랫동안 숙성되어 온 것이라는 점은 이 작품 이전의 존슨 저작물 가운데『라셀라스』의 원형이 되었음 직한 글들이 여럿 있다는 사실에 의해서 충분히 뒷받침된다. 그 첫 번째이자 대표적인 예는 존슨의 대표적 시 작품인 「인간 소망의 헛됨(The Vanity of Human Wishes)」이다. 이 시는『라셀라스』보다 꼭 십 년 전에 쓰인 작품으로 유한한 능력의 인간이 이 세상에서 이루고자 하는 것들과 그것을 위한 소망과 노력은 모두 헛되고 부질없는 것이며 우리는 초월자인 신에 대한 겸손한 의지를 통해 궁극적 희망을 구할 수 있다는,『라셀라스』와 상당히 흡사한 주제를 표현하고 있다. 앞에서 언급한 보즈웰은 이 시와『라셀라스』와의 관계를 "『라셀라스』는 존슨이 자신의 시 「인간 소망의 헛됨」에서 운문을 통해 성공적으로 역설했던 흥미로운 진리를 보다 확대하여, 보다 철학적으로 깊이 있게 산문으로 언술한 것으로 여겨질 수 있다."고 설명하기도 했다. 그러나 두 작품을 비교해서 읽어 보면 금방 드러나는바,『라셀라스』는 허구적 형상화의 수준이나 보편적 호소력의 측면이나 장르적 효용성과 적합성의 측면이나 주제의 폭과 깊이의 측면 등 거의 모든 점에서 「인간 소망의 헛됨」과의 비교를 넘어서 있다.

이 밖에『라셀라스』의 오랜 숙성 과정을 증거해 주는 존슨의 원형적 저술로 두드러지는 것들로는 존슨이 대학 시절 읽고 그 얼마 후 번역까지 한 포르투갈 신부 로보의 프랑스어본 『아비시니아 여행기(A Voyage to Abyssinia)』와 존슨 자신이 발행한 잡지 《산책자(The Rambler)》 204호와 205호에 연이어 게재한 에티오피아 군주 세게드의 이야기가 있다. 로보의 여행기 번역은 『라셀라스』의 지리적 세부 사항의 전체적인 밑바탕으로 존슨의 기억에 저장되어 있었을 것이 틀림없으며, 낙원과 같은 섬에서 행복의 불가능성을 경험적 탐색의 과정을 거쳐 확인하는 세게드의 이야기는 보다 구체적으로 『라셀라스』의 원형적 밑그림으로 시도된 것이라고 할 수 있다. 그런데 이 둘 중 『라셀라스』와 기본 구도와 주제가 거의 흡사한 내용을 지닌 《산책자》의 글들은 흥미롭게도 바로 1752년 2월 존슨의 아내가 사망을 앞두고 있던 시기에 발표된 것들로, 저술 상황에 있어서까지 이렇게 비슷한 면모는 『라셀라스』가 작품으로 창조되기까지 거친 숙성 과정의 성격과 강도에 대해 좀 더 구체적으로 시사해 주는 사항이다.

한편 존슨 연구가들은 이 밖에 그의 산문집 『한량(The Idler)』이나 잡지 《모험가(The Adventurer)》 등에 실린 존슨의 여러 글들에서 『라셀라스』의 원천이 되는 내용을 찾기도 하며, 성경의 「전도서」나 『아라비안나이트』, 또는 『라셀라스』와 비슷한 내용이나 주제를 가진 당대 또는 고전 작품등 존슨이 읽었음 직한 여러 문헌들을 『라셀라스』의 작품적 배경으로 밝혀 제시하기도 한다. 그러나 이 모든 것들은 어디까지나 『라셀라스』의 부분적 또는 원형적 배경으로 『라셀라스』의 작품적 창조의 숙성 과정이 오래됨을 증거하는 것들이다. 따라서 그것들은 존슨의 인생 철학과 문학을 종합하여 형상화한 문학 작품으로 『라셀라스』가 완성되기까지 오랫동안에 걸쳐 섞이고 첨가되고 곰삭은 원료와 질료들로 그 의의가 있다 할 것이다. 사실, 우리가 『라셀라스』를 읽고 이해하는 데는 이러한 작품 외적 배경이나 원료에 대한 지식이 별로 필요하지 않다. 그만큼 존슨은 이 작품에서 계몽주의 시대를 대표하는 작가로서 자신의 인생관을 보편적인 주제에 초점을 맞춰 허구적 이야기의 틀과 구조를 통해 흥미롭게 그리고 명료하고 분별력 있는 언어와 문체와 기법으로 독자에게 설득력 있고 차분하게 전달하고 있기 때문이다.

존슨의 인생관을 효과적으로 담고 있는 허구적 이야기로서의 『라셀라스』는 장르적 측면에서 좀 규정하기 어려운 독특한 성격을 지니고 있다. 이는 『라셀라스』에 여러 가지 산문적 양식과 특징이 조금씩 섞여 혼합되어 있기 때문인데, 이로 인해 『라셀라스』는 존슨의 산문 작품 중 가장 '문제적인' 작품으로 여겨지곤 한다. 먼저 이 작품은 아비시니아라는 동방적인 이국의 배경과 인물을 지니고 있어 일단 '동방 이야기'로 분류될 수 있지만 이는 외형에 그칠 뿐 실제 내용에는 이국적 특수성이 거의 없는 보편적 인생론이 전개되고 있다. 한편 인물과 플롯과 사건 등의 측면에서 교훈적 주제를 전달하기 위해 구체성과 개연성과 사실성보다 일반화와 도식화와 유형화에 치우쳐 있어 '우화'적 성격 또는 로맨스적 성격이 강하다고 할 수 있지만, 그렇다고 또 완전히 우화나 로맨스로 분류할 수도 없는 형편이다. 왜냐하면 배경이나 인물의 대화나 행동 등이 어느 정도는 소설적이라 할 수 있을 만큼 구체성과 자연스러움과 실감을 최소한 확보하고 있는 것 또한 사실이기 때문이다. 또한 이 작품에 인간의 어리석음에 대한 풍자 요소가 상당히 짙게 깔려 있지만 이 역시 부분적인 특징에 그칠 뿐 작품을 결정적으로 규정하는 양식이 못 된다. 요컨대『라쎌라스』는 우화나 로맨스 또는 풍자적 성격을 상당히 강하게 드러내고 있지만, 각 성격들은 가령 버니언의『천로역정』이나, 『아라비안나이트』또는 스위프트의『걸리버 여행기』등의 경우처럼 작품 전체의 성격을 규정지을 만한 지배적 요소가 되지 못할뿐더러 오히려 그 각 요소들과 배치되는 성격들, 즉 이야기적, 소설적, 사실적 요소들이 더 강하게 함께 작품 속에 존재하고 있는 것이다.

물론 이런 점과 존슨 당대가 소설의 발생기라는 사실을 아울러 고려하여『라쎌라스』를 초기 소설의 과도기적 단계에 해당하는 것으로 보고 넓은 의미의 소설 장르에 속하는 작품으로 보는 것이 혹 가능할 수도 있다. 사실《산책자》4호에서 존슨이 로맨스와 소설을 비교하면서 거짓된 내용을 꾸며내는 로맨스보다 인간 본성에 대한 진실된 통찰을 즐겁고 재미있으면서도 진실되게 전달하는 소설을 높이 평가하고 있기도 하거니와, 이런 측면에서『라쎌라스』를 존슨의 소설적 시도의 산물로 짐작해 볼 수도 있다. 하지만 그럼에도 불구하고 이 작품을 소설로 쉽사리 편입시키는 것에는 적지 않은 무리가 따르는 것으로 보인다. 무엇보다 존슨 당대의 여러 다른 작가들의 작품과 비교해 볼 때 『라셀라스』는 아무래도 인물, 사건, 구성, 묘사, 구체성과 개연성 등 모든 면에서 분명 미흡하고 뒤떨어진 게 많기 때문이다.

말하자면 『라셀라스』는 여러 가지 산문 양식이 혼합되어 있어 어느 한 가지 장르로 성격이 규정되기 어려운 작품이라는 것인데, 이는 결국 『라셀라스』의 작품적 가치를 올바로 평가하고 이해하기 위해서는 소설과 같은 특정 장르의 형식적 기율에 비추어 『라셀라스』를 재단해서는 안 된다는 것을 뜻한다. 사실 『라셀라스』의 장르적 무정형성은 우리가 그것을 작품 자체의 하나의 고유한 형식이라는 객관적 사실로 받아들이면 더 이상 문제나 고민거리가 되지 않는다. 즉 '인간의 소망이나 행복의 헛됨에 대한 철학적 산문으로 된 허구의 이야기'로 이 작품을 넓게 규정한 뒤, 그 허구의 이야기가 소설적 요소, 알레고리적 우화의 요소, 풍자적 허구의 요소, 이국적 동방 이야기의 로맨스적 요소 등등의 여러 형식들을 혼합하여 작가가 전달하고자 하는 내용과 주제에 어울리는 하나의 유기적 산문 형식으로 꾸며져 있다고 이해하고 설명하면 충분한 것이다. 그 이상으로 소설의 형식적 기준에 비추어 이 작품의 알레고리성과 교훈적 성격을 비판하거나 애써 이 작품의 풍자적 원천이나 동방 로맨스적 원천 등을 밝히려 하면서 형식을 가지고 공격적 또는 방어적으로 논의하거나 평가하는 것은 작품에 대한 정당한 이해에 별로 도움이 되지 않을 것이다.

그러면 『라셀라스』에서 존슨이 독특한 철학적 허구의 이야기 형식을 통해 나름대로 즐겁고 유익하게 전달하고자 하는 삶에 대한 계몽적 성찰의 내용은 구체적으로 무엇인가? 이것은 크게 두 가지로 나누어질 수 있다. 하나는 이 작품의 전체적인 주제로, 우리의 인생에서 절대적 행복의 성취란 불가능하며 따라서 그런 기대를 갖거나 이를 위해 노력하는 일은 모두 결국 헛되고 부질없는 것일 뿐이라는 본질적 차원에서의 보편적 깨달음이며, 다른 하나는 작품의 이야기 전개 과정에서 이루어지는 삶과 인간의 여러 양태와 측면에 대한 묘사가 우리에게 일깨워 주는 구체적 경험 차원에서의 삶과 인간 본성에 대한 다양한 보편적 이해와 각성이다. 물론 이 두 가지 차원은 작품 속에서 서로 따로 나뉘어 전달되는 것이 아니라 부분과 전체의 축적되고 압축되는 상보적이고 유기적 관계로 독자에게 지적 자극을 가해 온다.

먼저 본질적 차원의 전체적 작품 주제부터 살펴보기로 하자. 아비시니아 왕자 라셀라스는 모든 것이 완벽히 갖춰진 '행복의 골짜기'에 살고 있다. 그러나 이 '행복의 골짜기'에서 아무것도 부족한 게 없는 왕자는 사실 행복하지가 못하다. 그리하여 왕자는 동생 네카야와 선생 이믈락과 일행이 되어 완벽한 행복을 찾아 행복의 골짜기를 탈출하여 세상으로 나온다. 그러고는 어떠한 '삶의 선택'이 인간에게 행복을 안겨 줄 수 있는지 이모저모로 탐구해 나간다. 하지만 왕자는 관찰과 경험과 토론과 지도를 통해 결국 현세의 삶에서는 절대적인 행복이 성취될 수 없다는 것만을 깨닫고 아비시니아로 돌아가기로 결심한다. 이것이 작품 줄거리의 요체이자 주제의 요약이다. 행복을 붙잡고자 하는 왕자의 기대와 노력은 무지개를 잡으려는 짓과 같이 헛되며, 이 과정에서 행복의 실현 가능성으로 여겨지는 다른 인간들의 여러 노력과 시도와 이념 들 역시 모두 불완전하고 헛된 것으로 증명된다. 왕자의 이야기는 인간 보편의 궁극적 희망과 실패를 본질적으로 구현한다.

사실 행복에 대한 기대와 희망의 헛됨이란 이 결론은 평자들이 지적하고 있듯이, 작품의 첫 문장에서 이미 거의 다 암시적으로 전제되어 있다. "공상이 속삭이는 소리를 곧이곧대로 들으며 희망의 환영을 열심히 좇아 가는 사람들이여, 나이를 먹으면 젊은 날의 기대가 이루어질 것이며 오늘 부족한 것이 내일이 되면 채워질 것이라고 기대하는 이들이여, 아비시니아의 왕자 라셀라스에 관한 이야기에 한번 귀를 기울여 보라."(1장) 사람들이 공상의 속삭임을 '곧이곧대로 듣고' 희망의 환영을 '열심히 좇아'가면서 '기대'하고 추구하는 것은 결국 한마디로 행복의 성취이다. 그런데 이런 우리의 모습을 언급하며 라셀라스의 이야기로 우리를 초대하는 화자의 어조에는 우리의 그 모든 기대와 노력이 틀렸고 헛된 것이라는 단정이 아이러니로서 이미 어느 정도 분명하게 깔려 있다. 즉 우리는 라셀라스의 이야기가 결국 행복을 추구하는 우리의 그 모든 희망과 분투를 부질없는 것으로 규정하는 내용이 될 것이라는 예감을 이미 처음부터 강하게 가지고서 작품을 읽기 시작하는 것이다. 그리고 과연 라셀라스 왕자 일행이 행복의 골짜기와 바깥세상에서 겪는 경험의 과정을 작품의 끝까지 다 따라간 뒤에 우리에게 남는 결론은 바로 이 예상이 틀리지 않았다는 사실의 확인이다.

즉 『라셀라스』는 작품으로서 첫 말문이 열리는 순간에 이미 그 결론을 안고 출발하는 셈인데, 이것은 라셀라스 왕자가 행복을 찾아나가는 행위 자체에서도 똑같이 일어나고 있다. 왜냐하면 라셀라스의 모험 역시 이미 처음부터 그 실패가 전제된 채 출발하기 때문이며, 바로 이런 점에서 라셀라스의 이야기 전체는 하나의 '극적 아이러니'를 구성한다고 할 수 있다. 왕자가 처음 머무르던 곳은 바로 다름 아닌 '행복의 골짜기'이다. 물론 이 행복의 골짜기가 진정한 행복의 처소가 아니라는 아이러니는 이곳에 대한 묘사에서 드러나는 '감옥'의 이미지와 '의심'의 흔적에 의해 독자에게 일찌감치 간파되지만, 어쨌든 이 행복의 골짜기는 그래도 이 지상에서 가능한 가장 행복한 장소이다. 따라서 바로 이곳에서 왕자가 행복하지 못하다는 사실은, 그리고 이곳을 떠나 훨씬 불완전한 세상, "폭풍우로 물보라가 치솟고 거센 소용돌이로 들끓는 바다와 같은"(12장) 세상으로 행복을 찾아 나간다는 사실은 이미 극명한 아이러니로서 왕자의 세상 속에서의 시도가 내포하고 있는 본질적 헛됨을 입증해 놓고 있는 것이다.

이 점은 곧바로 『라셀라스』가 지닌 구조의 아이러니를 보여 준다. 절대적 행복이라는 낭만적 유토피아의 동경을 주제로 한 이 작품은 보통의 유토피아적 작품들과는 달리 현실에서 유토피아로의 이동이 아니라 유토피아에서 현실로의 이동이라는 역전된 경험의 진행 구조를 지니고 있다. 즉 『라셀라스』는 유토피아의 주제에 반하는 디스토피아적 구조를 갖추고 있음으로써 작품 주제의 디스토피아적 귀결을 미리부터 필연적인 것으로 담보하고 있는 셈이다. 그리고 이것은 라셀라스가 겪는 구체적인 경험이 전개되는 세부 구조를 결정짓는 틀이기도 하다. 라셀라스는 절대적인 행복의 성취로 가상된 어떤 하나의 유토피아 상태를 점검하는 것이 아니라 현실의 유한한 인간 세계를 탐험하며 절대적 행복의 가능성을 찾는다. 따라서 그는 하나의 가상된 유토피아 형태와 만나는 것이 아니라 현실이 제공하는 여러 가능성과 마주친다. 따라서 라셀라스의 이야기는 행복의 발견 또는 성취에 대해 모종의 기대를 하다가 현실의 검증을 통해 그 기대가 무너지고 좌절당하는 경험의 반복이 축적되어 가는 방식의 구조를 띠고 전개될 수밖에 없다.

한껏 부풀었던 기대가 허무하게 무너지는 '점강'적 또는 '용두사미'적 귀결이 반복되고 축적되는 서술 패턴은 많은 평자들이 간파하고 있는 것이기도 한데, 이 패턴은 사실 왕자가 행복의 골짜기를 떠나기 전부터 이미 나타나기 시작한다. 가령, 탈출의 방도를 찾지 못해 낙심하고 있던 라셀라스 왕자는 날개를 만들어 산을 넘어갈 수 있다는 기술자에게 기대를 거는데, 왕자가 결국 목격하는 것은 실제의 비행 시도에서 기술자가 어처구니없이 곧장 물속으로 추락하고 그의 날개는 겨우 그를 물속에 가라앉지 않게 해 주는 역할을 하는 데 그친다는 사실이다. 그리고 세상에서의 온갖 경험을 통해 "지식의 샘물"(8장)을 마시면서 삶의 의미를 궁구하였지만 결국 세상에 대한 환멸로 행복의 골짜기를 찾아 들어온 이믈락의 이야기는 더욱 구체적으로 왕자의 경험 구조를 행복의 골짜기에서 미리 예시하여 보여 주고 있다. 특히 이믈락이 배를 타고 세상 경험길에 처음 설레는 마음으로 나섰다가 바다의 단조로움에 싫증이 나서 "앞으로 나의 모든 즐거움들이 이와 같이 지겨움과 실망으로 끝나게 되지 않을까"(9장) 의심했다는 고백은 이믈락 자신뿐만 아니라 바로 왕자의 모험이 겪을 과정과 귀결을 미리 요약하여 말해 주는 것이다.

물론 이믈락이 곧바로 육지에 대한 기대로 자신을 북돋는 것처럼 왕자 역시 늘 행복의 발견에 대한 희망을 새롭게 되살리곤 하는 모습을 보인다. 하지만 행복의 골짜기를 떠난 뒤 세상에서 왕자가 겪는 경험은 결국 이믈락과 같은 패턴을 통해 이믈락과 본질적으로 같은 실패를 향해 나가는 과정을 보인다. 처음 젊음의 쾌락을 즐기는 젊은이들과의 어울림을 통한 첫 환멸에서부터 시작하여 왕자는 합리적 이성의 철학, 전원의 삶, 부귀와 권력의 삶, 은자의 삶, 자연과 본성에 따르는 삶의 철학, 평범한 가정의 삶, 노년의 경험과 지혜로움, 지식에의 헌신 등등 여러 가지 가능한 행복의 이론과 양태를 하나하나 접해 나가면서 기대의 허무한 좌절과 실망을 계속적으로 반복해 경험한다. 그리고 바로 이런 기대와 실망이 반복되고 축적되는 구조를 통해 왕자의 이야기는 '절대적 행복에 대한 인간의 소망과 노력의 헛됨'이라는 주제를 점차 구현해 나가고 이 주제는 마지막 결론의 장에서 최종적으로 확인되고 있다.

마지막 결론의 장은 작품의 이해에서 가장 핵심적인 부분인 동시에 가장 문제적인 부분이다. 『라셀라스』에 대한 평가와 해석의 다양한 방향은 거의 모두 이 부분에 대한 이해를 어떻게 하느냐에 따라 결정된다고 해도 과언이 아니다. 이 부분은 '결론이 아무것도 없는 결론'(49장)이라는 제목이 붙어 있다. '결론이 없는 결론', 이것은 모순이다. 그러나 이 모순은 바로 역설을 포함하고 있는 모순임이 밝혀지고 따라서 결론은 아이러니로서 의도된 것이라는 사실이 곧 드러난다. '결론이 없는 결론'이 의미하는 것은 다름 아니라 바로 '결론이 없다는 것이 결론'이라는 역설이기 때문이다. 즉 최상의 행복의 성취를 위해 어떤 인생을 선택해야 하느냐라는 라셀라스의 문제에는 답이 없다는 것이 답이라는 역설이다. 사실 이 답은 결론의 바로 앞 장 말미에서 어느 정도 준비되어 있다. 여기에서 라셀라스 일행은 이집트의 지하 묘지를 방문하는데, 이 장을 마감하면서 공주 네카야는 "저에게는 이제 인생의 선택이 별로 중요하지 않게 되었습니다. 바라건대 앞으로는 영원의 선택에 대해서만 생각할까 합니다."(48장)라고 말한다. 공주의 이 '영원의 선택'에 대한 기대는 행복을 추구하는 이 세상에서의 모든 기대와 노력이 결국 무의미한 것이 아니냐는 인식의 바탕에서 나온 것이다. 따라서 비록 다른 인물들이 어떻게 반응했는지에 대한 언급이 전혀 없이 장면이 끝나므로 네카야 개인만의 순간적인 생각에 불과할 가능성도 없지 않지만, 라셀라스와 공주의 계속된 실패 뒤에 나온 공주의 이 불가능성에 대한 인식은 다른 인물들이 무언으로 동의했을 것으로 보이며, 따라서 작품의 가능한 결론을 어느 정도 예비하고 있는 셈이라고 할 수 있다.

이어지는 마지막 장은 바로 이 예비된 결론을 확실하게 우리에게 인식시킨다. 그리고 이 인식은 아이러니의 기법을 통해 간결하면서도 최대한의 인상적인 방식으로 수행되고 있다. 카이로로 돌아온 왕자 일행은 나일 강의 범람으로 집에 머무르게 되고, 그들이 관찰한 삶의 다양한 형태들을 비교해 이야기하면서 시간을 보내는데, 이때 그들은 여러 가지 행복의 계획을 구상하여 서로에게 말한다. 공주의 시녀 페쿠아는 수도원의 경건한 삶을, 네카야는 여자 대학을 세워 지혜를 얻고 전달하는 데 힘쓰는 삶을, 라셀라스는 적당한 크기의 왕국을 완벽한 정의로 다스리는 이상적인 왕의 삶을, 그리고 이믈락과 천문학자는 "특별히 정한 목적지가 전혀 없이 그저 인생의 물결을 따라 흘러 떠내려가는 것으로 만족"(49장)하는 초연한 달관의 삶을 각각 구상한다. 그들의 이러한 기획은 곧 공주의 말을 통해 바로 앞 장 끝에서 얻어진 불가능과 허무의 인식이 행복에 대한 희망의 환상과 욕망을 여전히 진압하지 못했다는 사실을 증명하는 듯이 보인다. 그러나 이 인상은 바로 이어지는 문장에 의해 즉시 깨진다. 즉 "그들은 자신들이 품은 이런 소망들 중 그 어느 것도 달성할 수 없다는 것을 잘 알고 있었다."(49장) 그러고는 잠시 생각한 뒤 그들은 강물의 범람이 가라앉으면 아비시니아로 돌아가기로 결심한다.

즉 왕자 일행은 그동안의 경험과 관찰을 통해 절대적인 행복은 이 세상에서 이루어질 수 없다는 사실을, 따라서 행복에 도달하기 위한 모든 인간의 기획이나 노력 — 여기에는 많은 평자들이 잘못 보고 있는, 이믈락과 천문학자의 희망, 즉 삶의 흐름을 따라 떠내려가겠다는 무위자연의 '이상주의'도 포함된다——과 구상은 부질없는 것이라는 사실을 마침내 깨닫게 되는 것이다. 왕자의 세상 여행은 목적을 달성하지 못한 채 끝이 난다. 따라서 왕자의 삶의 선택 문제는 '결론이 아무것도 없이' 허무하게 종결되며, 이것은 곧 왕자의 문제 자체가, 즉 행복의 골짜기에서도 불가능했던 절대적 행복을 바깥세상에서 찾고자 했던 시도 자체가 애초부터 잘못되고 헛된 것이었다는 또 다른 허무한 인식을 수반한다. 그리고 이로써 '용두사미'의 패턴은 최종적으로 완성된다. 하지만 이와 동시에 왕자는 자신의 문제에 답이 없다는 깨달음을 결론으로 얻는다. 즉 결론이 없는 왕자의 문제는 결국 결론이 있는 셈이 된다. 결론이 없는 결론과 용두사미의 구조가 역설과 아이러니로 그 최종적인 의미를 드러내는 것은 바로 이 순간이다.

『라셀라스』의 이러한 주제와 결론을 통해 우리가 얻는 인식은 사실 그다지 새로운 것이 아니며 또 별로 어려운 깨달음도 아니다. 즉 참다운 행복을 성취하기 위해 어떤 삶을 선택하느냐 하는 질문과 완전한 행복이란 이 세상에서 성취 불가능한 것이며 따라서 인간의 모든 노력과 기대는 헛된 것이라는 대답은 궁극적으로 인생의 무상과 허무의 주제를 확인해주고 있는 셈이다. 그렇다면 『라셀라스』는 바로 우리에게 너무나 익숙한 상식인 인생무상과 허무라는 주제를 애써 다시 보여 주고 있는 것이나 다름없다. 우리는 존슨의 현자적인 어조의 초청에 이끌려 『라셀라스』의 이야기를 읽으면 혹 뭔가 새로운 깨달음과 결론에 이르지 않을까 하는 기대를 그래도 한편에 안고서 이야기를 끝까지 따라간다. 그런데 결국 우리에게 안겨지는 것은 낡고 뻔한 상식적 결론이라는 배반뿐인 듯 보인다. 인생의 무상과 허무, 이것은 구태여 『라셀라스』의 이야기를 따라가지 않아도 우리가 충분히 알고 있는 사실이다. 존슨은 사실 십 년 전에 그의 시 「인간 소망의 헛됨」을 통해 거의 똑같은 소리를 들려주었었다. 그러면 존슨의 화자는 왜 우리에게 『라셀라스』의 이야기에 귀를 기울이라고 목청을 돋우는가? 뻔하고 진부한 인생무상과 허무의 주제를 담은 『라셀라스』가 우리에게 어떤 다른 의미를 줄 수 있는가? 우리가 『라셀라스』를 읽는 의미는 상식적 인생론의 확인 이상으로 무엇이 있는가?

얼핏 심각하고 막연하게 보이는 이 질문들에 대한 대답은 우리가 흔히 상식과 이치로 여기는 것들의 역설적 성격에 대해 생각할 때 의외로 쉽게 실마리가 잡힌다. 상식과 이치는 삶 속에서 가장 기본적이고 당연히 지켜져야 할 가치이자 덕목으로 우리가 누구나 동의하는 것들을 일컫는다. 따라서 상식과 이치는 늘 강조되고 반복된다. 그러나 바로 이 강조와 반복의 한 전제는 곧 그 당연한 상식과 자명한 이치가 우리의 삶 속에서 잘 지켜지지 않는다는 것, 다시 말하면 지키기 힘들다는 사실이다. 즉 뻔하고 자명한 것이 경험의 영역에서 가장 뻔하지 않고 자명하지 않은 것이라는 역설을 낳는 것이다. 이 역설로 인해 상식과 이치는 계속 강조되고 반복될 수밖에 없고 그 결과 실제로는 전혀 뻔하지도 자명하지도 않은데 아주 뻔하고 자명한 것으로 판이 박혀 너무나 쉽게 우리의 일상에서 귓가로 스쳐 가는 것이 되곤 한다. 물론 삶 속에서 우리는 상식과 이치가 상투성과 진부성의 그물을 찢고 문득 상기된 얼굴을 들이미는 경우를 가끔 마주친다. 가령 매일 신문과 방송에서 쏟아 내는 수많은 죽음의 뉴스를 무심하게 지나쳐 듣다가 어느 날 우연한 한 사망 소식이나 가까운 친지의 부음 등을 통해 비로소 죽음을 늘 앞에 두고 있는 우리의 존재 양식, 즉 망각했던 절대적 상식과 이치를 새롭게 발견하고 그 의미를 곱씹어 보는 기회를 갖게 된다.

그러나 이러한 우연한 각성은 그 우연함으로 인해 일회적이고 지속성이 없기 쉽다. 따라서 우리에게는, 뻔한 상식과 자명한 이치가 상투성과 진부성의 그물을 뚫고 반복적으로 새롭게 우리의 인식에서 되살아나 욕망과 집착으로 어그러지고 빗나간 삶의 궤도를 좀 더 '뻔하고 자명한' 방향으로 돌려주는 기회가 최대한 많이 주어질수록 좋다. 그런데 『라셀라스』를 통해서 존슨이 하고 있는 작업이 바로 이것이다. 즉 존슨은 인생의 무상과 허무라는 상식과 이치를 우리의 삶 속에서 가능한 한 반복적으로 되살려야 할 것으로 여긴 것이며, 따라서 그가 이미 십 년 전에 했었고 또 그 뒤로도 여러 글들을 통해 피력하곤 했던 이 인생무상과 허무의 상식과 이치를 『라셀라스』의 이야기를 통해 다시 한번 우리에게——그리고 어머니의 죽음을 앞둔 자기 자신에게——되살리고 있는 것이다.

물론 뻔한 상식과 자명한 이치가 효과적으로 되살려지기 위해서는 반복으로 인해 덧씌워진 상투성과 진부성의 껍질을 벗거나 가리는 새 옷이 필요하다. 이는 곧 상식과 이치를 전달하는 방식의 문제인데, 여기에 바로 존슨이 아비시니아 왕자의 모험이라는, 그로서는 예가 없는 허구적 이야기의 새로운 형식을 취한 이유가 있다. 즉 『라셀라스』는 존슨이 과거에 시나 교훈적 단편 산문을 통해 개진해 온 인생에 대한 성찰을 좀 더 새롭고 효과적으로 전달하기 위한 시도의 소산인데, 그 결과 소설을 비롯하여 존슨이 접한 과거와 당대의 여러 가지 허구의 양식들이 이모저모로 차용되어 하나의 허구적인 철학적 산문이 창조된 것이다. 그리고 앞에서도 언급했듯이, 존슨은 이 실험적 형식에서 여러 가지의 효과적인 서술 양식과 기법을 나름대로 적절히 배합하여 구사한다. 즉 상식과 이치의 전달에 불가피한 일반화와 유형화를 위해 알레고리적이거나 우화적인 인물 설정과 사건 진행을 사용하는 한편으로 독자의 관심을 놓치지 않도록 인물과 스토리에 어느 정도의 소설적 구체성과 로맨스적 흥미 요소를 가미하고 있다. 다루고 있는 내용의 사변적 깊이와 논리적 설득력을 확보하기 위해 여러 가지 상황을 설정해 대화와 토론을 전개하고 있지만 그것이 빠질 산문성을 견제하기 위해 최소한의 소설적 형상화와 개연성을 유지하고 있다. 삶의 본질이라는 무거운 주제에 어울리는 엄숙하고 무거운 스타일과 어조가 지배하는 듯하면서도 은근한 유머와 아이러니의 맥이 바탕에 녹록찮게 관통하며 흐르고 있다. 요컨대 혼성 양식의 허구적 이야기 형식은 존슨이 전달하고자 하는 상식과 이치를 명료하고 논리적이면서도 구체적이고 흥미롭게 표현해 낼 수 있는 최상의 효과적인 방편으로 활용되고 있는 것이다.

어쨌든 『라셀라스』는 인생무상과 허무라는 궁극적 명제의 상식과 이치를 우리에게 되살려 인식시킴으로써 욕망과 집착의 그물에 사로잡혀 어리석은 선택과 고민에 부대끼는 일상의 삶으로부터 우리의 정신을 한순간 깨어나게 해 준다. 그리고 그 자극과 각성을 통해 우리는 삶에서 잠깐 한 걸음 떨어져 삶의 궁극적 본질을 새롭게 되새겨 본다. 물론 이러한 각성이 갖는 실천적 의미는 다시 일상의 삶으로 돌아갈 수밖에 없는 우리가 다시 돌아온 일상의 삶에서 매 순간 욕망과 대면하며 선택을 해 나갈 때 좀 더 객관적이고 분별력 있는 판단과 행동을 할 수 있도록 해 주는 바탕이 된다는 점에 있다. 사실 『라셀라스』가 전하는, 행복의 불가능성과 인간 행위의 헛됨의 주제는 자칫 우리에게 허무주의적 태도를 유발하기 쉽다. 아무리 해도 참다운 행복을 이룰 수 없다면 일상의 삶 속에서 우리가 기울이는 모든 노력은 궁극적으로 부질없는 것이 되고 따라서 자살하지 않는 한 우리의 삶은 오직 몽매한 가운데 "어둠 속에서 운명의 급류에 실려 뒹굴며 흘러가"(Roll darkling down the torrent of his fate, 「인간 소망의 헛됨」 346행)야만 하는 것처럼 보일 수 있기 때문이다. 이런 점에서 『라셀라스』는 비관적인 작품으로 여겨질 소지가 있다.

하지만 『라셀라스』의 의미는 이것이 아니다. 죽음이라는 절대적 한계가 우리 앞에 늘 존재하지만 우리 대부분이 삶을 포기하지 않듯이, 인생의 무상과 허무라는 궁극적 인식을 깨닫는다고 해서 우리는 일상의 삶을 버리지 않는다. 아니 정확히 말하면 삶은 우리를 놓아주지 않는다. 즉 우리는 완전한 행복에의 환상을 포기하고 라셀라스 일행과 함께 일상의 구체적 실천의 터전으로 돌아올 수밖에 없는 것인데, 이때 삶의 궁극적 한계와 본질에 대한 인식의 되살림은 곧 우리로 하여금 헛된 욕망과 집착의 함정에 완전히 함몰되지 않도록 하면서 순간순간 우리의 행동과 판단을 좀 더 이성적이고 사리에 맞도록 견제해 주는 바탕이자 틀 역할을 할 수 있는 것이다. 존슨이 『라셀라스』를 통해 우리에게 전달하는 주제의 의미는 바로 이 실천적 차원에서의 효용성에 있다.

그런데 이렇게 우리가 삶 속에서 이성적이고 분별력 있는 선택을 하는 데에는 삶의 궁극적 본질에 대한 되살림만으로는 부족하다. 우리의 나날의 실천과 문제에 좀 더 직접적인 바탕으로 관계하고 영향을 미칠 수 있는 보다 실용적이고 구체적인 삶의 여러 가지 이치와 상식의 되살림이 필요하다. 『라셀라스』에서 존슨이 우리에게 일깨워 주는 계몽적 성찰의 두 번째 차원은 바로 이것이다. 즉 라셀라스가 행복의 골짜기와 세상에서 겪어 나가는 여러 가지 경험의 과정을 통해 존슨은 우리에게 삶의 여러 문제와 인간 본성의 여러 측면에 대한 보편적 이치와 상식을 재현하여 보여 주고 있으며, 이를 통해 우리에게 정신적 각성을 주는 자극을 가하고 궁극적으로는 구체적 경험의 차원에서 우리에게 도움을 주는 것을 꾀한다. 그리고 이 작업은 라셀라스의 행복에 대한 답을 찾으리라는 기대가 좌절되는 사건들과 이를 둘러싼 등장인물들 사이의 토론 과정을 통해 주로 수행된다.

『라셀라스』가 일깨워 주는 삶과 인간의 구체적인 보편적 이치에 대한 성찰 중 가장 대표적인 것은 인간의 마음이 지닌 욕망의 무한성이다. 이는 앞에서 살펴본 작품의 전체적 주제인 참다운 행복의 불가능성을 가져오는 가장 핵심적인 원인이기도 한데, 행복의 골짜기에서의 왕자의 상황을 통해 일찌감치 나타난다. 왕자는 행복의 골짜기, 즉 물질적으로 부족함이 없는 지상 낙원에 살고 있으나 행복하지가 않다. 그는 이렇게 고백한다. "나에게 있는 지각 능력 가운데 합당한 즐거움으로 그 욕구가 채워지지 않은 것은 하나도 찾아볼 수 없어. 하지만 나에게는 기쁘고 즐겁다는 느낌이 없단 말이야. 인간에게는 분명히 여기 이곳에서는 충족시킬 수 없는 어떤 감각이 숨겨져 있는 게 틀림없어. 아니면 감각과는 다른 어떤 욕구가 존재하고 있어서 그것이 채워진 뒤에야 비로소 인간은 행복해질 수 있는 것임에 틀림없어."(2장) 왕자가 짐작하듯이 물질적 감각적 욕구가 모두 만족되어도 인간에게는 채워지지 않은 정신적 욕구가 남는다. 그러나 왕자가 미처 깨닫지 못하는바, 이 정신적 욕구는 항상 현재의 주어진 것을 넘어서 뭔가 그 이상의 새로움 또는 변화를 무한히 추구하는 것을 그 본질로 하기 때문에 결코 채워질 수 없다. 만족하지 않는 인간의 욕망은 이플락이 지적하는 것처럼 한편으로는 희망이라는 긍정적 형태를 취하여 삶을 정체되지 않고 보다 나은 쪽으로 발전하게 만드는 원동력으로 작용할 수 있지만, 동시에 인간으로 하여금 항상 뭔가를 쫓아 또는 뭔가에 사로잡혀 달려가도록 몰아가면서 삶을 끊임없이 괴롭히는 무한한 굶주림과 결핍으로 작용한다. 따라서 이 욕망은 인간이 내면에 지니고 있는 심리학적 딜레마로서 인간의 삶을 시시포스처럼 고통스러운 노동의 끝없는 연속으로 만들 수 있다.

이 사실은 작품 속에서 왕자 일행이 피라미드를 방문했을 때의 이믈락의 논평과 같이 몇 차례 반복해서 지적되는데, 그들이 찾아간 은자의 경우를 통해 가장 명료하게 요약되어 밝혀진다. 라셀라스 일행이 삶의 궁극적 행복에 대한 답을 얻으리라 기대하고 찾아간 은자는 자신의 인생 실패를 고백하며 오히려 라셀라스 일행을 따라 인간 세상으로 돌아온다. 그리고 얼마 후 라셀라스는 현자들의 모임에서 이 은자에 대해 이야기한다. 그때 모인 자들 중에 한 사람, 작가 존슨의 사고를 대변하고 있는 듯한 익명의 현자가 이를 유심히 듣고 있다가, 그 "은자가 몇 년 후에는 다시 예의 그 은둔처로 돌아갈 것이며, 그런 다음 만약 그가 창피를 무릅쓸 수 있고 또 계속 살아 있다면 결국 그 은둔처에서 또다시 세상으로 돌아오고 말 것이라고" 말하면서 이렇게 덧붙인다. "왜냐하면 행복에 대한 소망은 너무나 깊이 우리 마음에 새겨져 있어서 우리가 아무리 오랜 경험을 쌓아도 지워지지 않는 법이기 때문이오. 현재의 삶이 어떻든 간에 우리 인간은 늘 불행하다고 느끼기 마련이고, 또 그런 느낌을 밖으로 털어놓지 않으면 안 되게 되어 있소. 하지만 시간이 흘러 현재의 이 삶을 멀리서 다시 바라보게 될 때 우리의 상상력은 그것을 바람직한 것으로 채색하기 마련인 것이오."(22장) 이 무한한 순환의 딜레마로서 인간의 존재 양식, 끝없는 욕망의 수레바퀴에 사로잡혀 돌아가야 하는 인간의 처지는 바로 우리가 구체적 삶의 실천에서 봉착

하는 문제들의 근본적인 원인이다. 따라서 『라셀라스』는 인간성에 대한 이 기본적이고 보편적인 이치를 우리에게 정직하게 인식하여 직면하도록 반복해서 되살려 주고 있는 것인데, 이 인식의 되살림을 통해 우리는 최소한 우리의 문제가 어디에서 비롯되는지를 좀 더 객관적으로 알 수 있으며 그 결과 주어진 상황에서 가능한 한 이성적인 해결을 모색할 수 있는 보다 타당한 출발점에 설 수 있는 것이다.

인간의 무한한 욕망에 대한 인식은 곧 인간의 유한한 능력에 대한 인식을 동반한다. 『라셀라스』에서 우리가 확인하고 깨닫는 또 다른 삶의 이치는 이것이다. 행복의 달성이 불가능한 것은 곧 우리의 능력이 우리의 욕망만큼 따라줄 수 없기 때문이기도 하다. 『라셀라스』에서 이것은 이상과 현실의 문제, 이론과 실천의 괴리에 대한 성찰을 통해 극명하게 일깨워진다. 인간의 욕망과 인식 능력은 삶의 궁극적 기대와 이상적 양태를 구상하고 믿으며 이를 추구하지만, 경험의 현실에서 구체적 가능성이 검증될 때 그것들은 늘 실천적 한계를 드러내고 인간의 유한성을 폭로하기 마련이다. 이믈락이 왕자에게 펼치는 시인의 자질론은 그 대표적인 예이다. 이믈락은 참다운 시인이 되기 위해 갖춰야 할 요건들을 상세히 라셀라스에게 설명하는데, 시인은 자연 사물에 대해 구체적이고 경험적인 지식과 보편적이고 일반적인 본질과 속성의 이해를 아울러 지녀야 할 뿐만 아니라 인간 삶의 모든 양태들에 대해서도 같은 지식을 갖춰 "자연의 해석자로서 그리고 인류의 입법자로서"(10장) 글을 써야 한다. 그러나 이믈락은 시인의 노력이 여기에서 그치지 않는다고 말한다. 시인은 여러 언어와 학문을 섭렵하고 있어야 하며 사고에 합당한 문체를 위해 말의 섬세함과 조화의 모든 사항을 터득하고자 끊임없는 훈련을 수행해야 한다.

이믈락이 이렇게 시인의 직분에 대한 설명에 한창 열을 내어 몰두하기 시작할 때 왕자가 마침내 외친다. "그만하시오! 그대 말을 듣자 하니, 시인이 될 수 있는 사람은 이 세상에 실로 아무도 없다는 확신이 드오. 자, 그러니 하다 만 이야기나 계속하시오."(11장) 이믈락의 시인론은 이론으로서 완벽하고 논리적으로 설득력 있는 주장을 담고 있다. 하지만 그의 이론은 낭만주의 영국 시인 셸리의 시인 옹호론을 연상시키듯이 낭만주의적 이상론이다. 그러나 그것은 왕자가 대변하는 것처럼 인간의 유한한 능력이라는 소박한 상식적 이치에 비추어질 때 필연적인 모순과 한계를 드러내고 만다. 라셀라스 왕자의 추구를 통해 반복적으로 행해지는 것은 바로 삶의 이상적 이론들이 지닌 이러한 실천적 한계의 폭로이다. 이성의 명철한 정신에 따라 살면 인간의 모든 헛된 공상과 감정과 두려움과 고통의 지배를 벗어날 수 있다는 지혜로운 설법으로 왕자를 감복시켰던 철학자가 자기 딸의 죽음이라는 현실 앞에 그의 모든 이성적 지혜의 무용함을 드러내는 이야기(18장)와, 자연에 순응하여 살면 누구나 행복에 도달할 수 있다고 말하는 현자가 왕자에게 드러내는 추상적 모호성과 자기도취의 모습(22장)이 바로 그 전형적 예들이다. 그리고 이러한 예를 통해 존슨은 삶과 인간에 대해 논리적이고 이상적인 해석과 답을 펼치는 모든 그럴듯한 이념과 이론에 대한 비판적 시선을 일깨워 주며 그런 이념과 이론에 쉽게 끌려들어 신념이라는 이름으로 이를 잘못 추종할 수 있는 맹신의 위험한 가능성을 경계하도록 한다.

한편 『라셀라스』가 우리에게 밝혀 주는 삶의 또 다른 이치는 인간의 운명과 삶이 지니는 부조리성과 우연성이다. 이것 역시 인간이 행복을 이루지 못하는 한 원인인데, 우리가 아무리 이성적으로 노력하고 합리적으로 행동하고자 해도 인간의 삶은 본질적으로 부조리한 모순을 안고 있거나 상황과 우연에 좌우되기 쉽다는 인식이다. 이것은 가령 은자를 찾아가던 중에 왕자 일행이 숲속에서 만난 안락한 부호의 불안한 실제 삶의 상태나, 왕자가 살펴본 통치자나 권력자의 딜레마, 또는 네카야가 살펴본 개인의 가족 관계가 지니는 갈등과 모순성 등을 통해 드러난다. 특히 결혼 문제를 둘러싼 왕자와 공주의 토론은 작품 전체의 주제인 인생의 선택 문제에 대한 하나의 제유(提喩)로서 인간 삶의 부조리성을 잘 보여 주는 것이다. 결혼과 독신 생활의 장단점과 이로 인해 절대적 선택이 불가능함을 보여 주는 두 사람의 자세한 토론은 인간 본성의 핵심적 측면에 대한 성찰을 집약해 담고 있을 뿐더러, 인간 삶의 모든 가치와 행동에 내재하는 상대성과 그 모순의 부조리성을 전형적으로 예시하여 우리에게 전달하고 있다. 그리고 이것은 네카야에 의해 다음과 같이 요약된다. "매 순간의 경험을 통해 저는 이믈락 선생이 입버릇처럼 자주 말하는 견해, 즉 '자연은 자신의 선물을 좌우 양편에다 갈라서 베풀어 놓았다.'라는 주장에 찬성하는 쪽으로 마음이 확실하게 기울어져 갑니다. 우리의 희망을 부추기고 욕망을 자극하는 삶의 상황들은 서로 반대편에 놓여 있는지라, 우리가 그중 어느 한쪽으로 다가가면 자연히 나머지 다른 쪽으로부터는 멀어지게끔 되어 있어요. 우리가 바라는 것들은 서로 너무나 상반된 것이어서, 동시에 두 가지 모두를 붙잡을 수 없는 것은 물론이고, 때로는 너무나 지나치게 신중을 기하다가 양쪽 모두에서 너무 멀리 떨어져 지나가는 바람에 결국 어느 한쪽에도 미치지 못하게 되는 경우가 많지요."(29장)

『라셀라스』는 이외에도 인간 본성과 삶의 본질에 대한 여러 가지 크고 작은 이치와 상식의 성찰들을 우리에게 지적 자극으로 계속 제공하고 있다. 예컨대 앞에서 언급한 날개 제작 기술자와 왕자의 대화는 과학 기술에 수반되는 윤리적 문제에 대한 이성적 사유를 일깨우고, 페쿠아의 납치에 반응하는 네카야의 모습을 통해 '슬픔'의 본질이 명료하게 설명되는가 하면, 과대망상증에 빠진 천문학자의 이야기로 인간의 이성과 상상력이 지닌 불확정성과 인간 관계의 사회적 가치 등을 우리에게 새삼 깨닫게 한다. 그리고 이 밖에도 우리는 순례를 비롯한 신앙 행위, 도시와 전원의 생활, 문학과 학문, 정치, 순수와 경험, 젊음과 늙음, 영혼과 내세 등등 삶 속에서 우리가 부딪히기 쉬운 여러 경험의 양상과 제반 문제에 대해 라셀라스의 이야기를 따라가면서 지속적으로 이성적으로 성찰하고 합리적으로 사유하도록 일깨워지고 자극받는다. 이러한 인식의 각성과 자극은 우리로 하여금 인간과 삶의 본질에 대해 좀 더 객관적이고 합리적 포괄성을 지닌 시선과 이해를 갖도록 이끌어 줌으로써 우리가 삶의 제반 문제에 대해 이분법적이거나 편협한 기준으로 쉽사리 판단하는 오류에 빠지지 않는 데 기여할 것이다.

물론 『라셀라스』가 주는 이러한 계몽적 성찰의 되살림과 자극이 우리에게 삶의 문제에 대한 절대적 해결이나 결정적 대답을 주는 것은 아니다. 그러한 것들은 『라셀라스』의 추구를 통해서 존슨 자신이 증명하고 있듯이 우리의 경험 현실에서는 도달 불가능한 유토피아적 욕망에 불과하다. 사실 『라셀라스』가 우리에게 비춰주는 상식과 이치는 우리의 삶의 궁극적 목표점을 가리켜 보여 주는 것이 아니라 출발점과 기준을 제시하는 데에 그 의미가 있다. 상식과 이치는 삶의 궁극적 의미와 목표가 아니라 근본적 바탕, 즉 출발점과 기준을 건드리는 것들이기 때문이다. 『라셀라스』는 인생의 무상과 헛됨이라는 얼핏 단순 명료한 명제를 답으로 제시하는 듯지만 그것은 사실 답이 아니라 삶의 의미에 대한 문제를 제기하도록 하는 핵심 기준이자 출발점으로 다른 무수한 기준과 출발점을 유도하는 바탕 내지는 전제일 뿐이다. 즉 『라셀라스』는 우리에게 삶의 모든 문제에 대한 답을 제시하기보다는 오히려 문제를 제기하고 우리의 사고를 자극하며 나아가 우리가 옳다고 믿고 있는 착각의 근원을 파괴하도록 기획되어 있다. 『라셀라스』의 결론이 결론 없는 결론이 될 수밖에 없는 이유가 여기에 있고, 『라셀라스』에서 일련의 난감한 서술적 불확실성이나 간혹 태도의 비일관성이 발견되는 이유도 근본적으로 여기에서 비롯된다.

『라셀라스』는 또한 삶 속에서 우리가 매 순간 부닥치는 선택과 실천의 구체적 방법을 가르쳐 주지도 않는다. 당신 앞에 "주어진 축복들 가운데 하나를 선택하고 만족하세요. 가을의 달콤한 열매를 맛보면서 동시에 봄날의 향기로운 꽃으로 후각의 기쁨을 누릴 수 있는 사람은 이 세상에 아무도 없습니다. 나일 강의 발원지와 하구 두 곳에서 동시에 물을 길어 잔을 채울 수 있는 사람은 아무도 없는 법이지요."(29장)라는 네카야의 말에서 우리는 자명한 이치에 의거한 바람직한 삶의 원칙과 기준을 발견할 수 있다. 하지만 네카야의 말은 우리에게 구체적으로 어떻게 해야 만족할 수 있는지, 어떻게 끊임없이 솟아나는 욕망을 적당한 수준에서 다스릴 수 있는지를 이성의 철학자나 사연주의 현자와 마찬가지로 가르쳐 주지 않는다. 왜냐하면 『라셀라스』 역시 본질적으로 삶에 대한 하나의 이론인 셈이고 따라서 실천과의 극복할 수 없는 괴리를 간직하고 있기 때문이다. 이론과 지식이 실천으로 옮겨져 '지혜'라는 질적 변화를 이루느냐 못 이루느냐는 이론에 달린 것이 아니라 오직 각 개인이 구체적인 현실 경험에서 이를 적용하여 실천한 결과에 달려 있다.

그러나 분명한 것은 우리가 『라셀라스』를 통해 인간과 삶에 대해 망각하기 쉬운 본질적 이치와 상식적 이성의 성찰을 새롭게 되살리고 확인하고 되새김으로써 우리의 삶을 가늠해 보고 질문해 보고 각성시키는 하나의 유익한 기회를 얻는다는 사실이다. 이 되새김의 정신적 자극의 경험은, 비록 우리에게 어떤 절대적인 확신의 전망이나 구체적 실천의 방법을 마련해 줄 수는 없는 것이지만, 좀 더 나은 삶을 성취하기 위해 노력하는 과정에서 하나의 계기이자 고리로 기여한다는 의미를 가진다. 물론 이러한 계기와 고리가 많을수록 좋을 것이며 또 망각이 우리 인간의 벗어날 수 없는 필연적 본질인 만큼, 삶의 이치와 상식을 풍부하게 집약하고 있고 이를 효과적인 형식으로 되살려 일깨워 주는 작품인 『라셀라스』는 반복해서 독서할 가치가 충분하다. 이런 점에서 매년 이 작품을 읽지 않고 지나친 적이 없다는 보즈웰의 고백은 존경하는 스승에 대한 찬사 이상의 진실성을 갖는다. 어쨌든 『라셀라스』의 독서와 같은 경험이 쌓일수록 우리에게는 순간순간 삶의 구체적 실천에서 좀 더 현명하게 선택하고 좀 더 나은 일상을 구축해 나갈 수 있는 지혜의 층과 겹과 폭과 깊이가 조금씩 쌓이고 넓어지고 깊어질 수 있을 것이다. 이것은 일견 소극적인 태도로 보일지 모르지만 사실 합리적 이성을 통해 우리가 현실 속에서 실천 가능한 삶의 태도로 찾아낼 수 있는 최상의 선택인 셈이다. 그리고 바로 이것이 『라셀라스』의 주인공들이 세상의 경험을 통해 얻은 교훈인 동시에 존슨 자신이 이 작품의 창작을 통해 그리고 『라셀라스』의 독자가 이 작품의 독서를 통해 얻고 있는 교훈의 요체일 것이다.

구 년 전쯤 우연히 이 작품을 처음 읽어 보고 많은 사람이 읽음직하다는 생각을 했다. 이 생각은 곧 번역을 해 보자는 생각으로 이어졌는데, 실제로 얼마 지나지 않아 틈나는 대로 번역을 해 나가기 시작했다. 하지만 번역이 워낙 시간을 필요

로 하는 일인 데다, 게으름과 바쁘다는 핑계가 겹쳐 길지도 않
은 작품이건만 번번이 한참 동안 작업이 중단되곤 하다가 얼
마 전에야 겨우 끝나게 되었다. 여러 사람들이 읽으면 좋겠다
는 생각에 자발적으로 시작했던 일이라 힘들긴 했으나 마침내
끝낸다고 생각하니 정말 후련하고 기쁘다. 역자의 능력 부족
탓도 크지만 존슨의 문체도 번역하기 쉽지 않은 탓에, 가독성
을 위해 원문의 의미를 풀어서 번역한 경우가 많다. 따라서 원
작의 맛을 크게 훼손하지 않았는가 하는 걱정이 크기만 하다.
게다가 오역과 악역에 대한 걱정까지 하노라면 송구스러운 마
음 실로 어찌할 길 없다. 그저 독자 여러분의 너그러운 용서와
질정을 기대해 볼 뿐이다. 번역 대본으로는 옥스퍼드 대학 출
판부에서 나온 문고본 1991년 판을 사용했다. 끝으로 선뜻 출
판을 결심해 주었을 뿐만 아니라 꼼꼼한 교정으로 문장을 잘
다듬어 준 민음사 편집부에 깊은 감사의 말을 전하고 싶다.
이 책이 독자에게 조금이라도 유익한 것이 되기를 빈다.

2005년 가을
이인규

작가 연보

1709년   9월 18일 영국의 중부 지방인 스태포드셔의 리치필드
          에서 태어났다. 아버지 마이클 존슨은 가난한 서적상
          이었고 어머니 세라 포드는 장로교적 성향을 지닌 독
          실한 기독교 신자였다. 아기였을 때 유모에게서 연주창
          이 전염되는 바람에 시력이 나빠지고 몸도 허약했다고
          한다.

1717년   리치필드의 고전 문법 학교에 입학, 라틴어를 공부했다.

1728년   옥스퍼드의 펨브루크 대학에 입학했다.

1729년   지적인 면에서 동료들과 선생의 주목을 받았으나 가난
          으로 12월에 학업을 중단하고 옥스퍼드 대학을 떠났다.

1731년   아버지 사망.

1732년   마킷 보스워스의 문법 학교에서 조교로 근무했다.

1733년	포르투갈 신부 제롬 로보가 쓴 『아비시니아 여행기 (A Voyage to Abyssinia)』를 번역했다.(1735년에 출간.)
1735년	포목상이었던 해리 포터의 미망인으로 존슨보다 스무 살 연상인 엘리자베스 포터와 결혼했다. 고향 리치필드 근처의 에디얼이라는 곳에서 학교를 열어 학생들을 가르치기 시작했다.(하지만 학생이 몇 명 안 되어 이 년 만에 문을 닫았다.)
1737년	작가로서 입신해 보려 결심을 하고 3월에 제자이자 훗날 유명 배우가 되는 데이비드 개릭을 데리고 런던으로 옮겨 왔다. 비극 『아이린(Irene)』을 완성했다.
1738년	《신사의 잡지》라는 간행물에 글을 기고하기 시작하면서 잡문 품팔이로 생계를 어렵게 이어 갔다. 첫 시 「런던(London)」을 익명으로 출판했다.
1740년	《신사의 잡지》에 의회의 토론을 보고하는 기사를 쓰기 시작해 1743년까지 이 일을 도맡아 했다.
1744년	런던에서 사귄 친구 리처드 새비지가 사망하자 그를 추모하여 『리처드 새비지 씨의 인생 기록(An Account of the Life of Mr. Richard Savage)』을 써서 익명으로 출판했다.
1745년	『맥베스의 비극에 대한 여러 가지 단상들(Miscellaneous Observations on the Tragedy of Macbeth)』 발표.
1746년	3월 일단의 런던 출판업자들로부터 영어 사전 편찬의 기획을 맡아 달라는 제안을 받고 이를 수락했다. 이듬해에 '영어 사전 편찬 계획'을 발표하여 세인의 주목을

받기 시작했다.

1749년 그의 대표작인 「인간 소망의 헛됨(The Vanity of Human Wishes)」 출판. 비극 『아이린』이 그 즈음 이미 배우로서 성공하여 극장의 매니저가 되어 있던 제자 개릭에 의해 공연되었다.

1750년 잡지 《산책자》 발행.(1752년까지.) 진지하면서 명료하고 위트와 지혜와 에너지를 담고 있는 에세이들을 통하여 독자들의 호응을 받고 모럴리스트로서의 명성을 확고히 구축했다. '아이비 레인 클럽'이라는 문인들의 사교 모임을 만들어 이끌어 갔다.

1752년 아내 엘리자베스 사망.

1753년 잡지 《모험가》에 기고하기 시작했다.

1755년 영어 사전 완성. 여섯 명의 시간제 조수들의 도움을 받으면서 거의 혼자 힘으로 방대한 사전 편찬 작업을 팔 년 반 만에 이룩해 냄으로써 크게 명성을 떨쳤다.

1756년 셰익스피어 작품 전집의 편찬 기획안을 수립하여 발표했다.

1758년 정기 간행물 《유니버설 크로니클》에 일련의 에세이를 1760년까지 기고했다. 이 글들은 나중에 『한량(The Idler)』으로 출판했다.

1759년 1월 어머니 사망. 『라셀라스』를 집필하여 출판했다.

1762년 그의 업적을 인정한 국왕 조지 3세의 명으로 매년 300파운드의 연금을 받게 되었다. 이로써 경제적 어려움에서 완전히 벗어나는 한편 당대 영국의 최고 문사로서 인정받았다.

1763년 그의 열렬한 추종자이자 절친한 친구로서 나중에 그의 전기를 저술하는 제임스 보즈웰(당시 스물두 살의 스코틀랜드 출신 청년.)을 만났다.

1764년 런던의 대표적인 문인 사교 모임인 '클럽'을 창설했다. 창설 회원으로는 당대의 대표적인 보수 논객 에드먼드 버크, 작가 올리버 골드스미스, 화가 조슈아 레이놀즈 등이 있었다.

1765년 더블린에 있는 트리니티 대학에서 박사 학위를 받았다. 셰익스피어 작품 전집의 편찬을 완성하여 출간했다. 양조업을 하는 헨리 스레일 부부를 소개로 알게 되었고, 이들 부부는 이후로 오랫동안 존슨을 가족처럼 대해 주면서 물심양면으로 후원하여 그가 정신적으로 안정된 생활을 누릴 수 있게 도와주었다.

1770년 「허위 경보(The False Alarm)」 발표. 이를 필두로 약 십여 년간 정치적 성격을 띤 짧은 글들을 종종 발표했다.

1773년 보즈웰의 권유로 그와 함께 스코틀랜드와 서쪽의 헤브리디스 군도 일대까지 여행했다.

1774년 스레일 부부와 영국의 중부 지방 일대를 거쳐 웨일즈 북부 지방을 여행했다.

1775년 보즈웰과의 여행을 정리한 『스코틀랜드 서부 도서 지방 여행기(A Journey to the Western Islands of Scotland)』 출판. 옥스퍼드 대학에서 박사 학위를 받았다. 스레일 부부와 프랑스를 방문했다.

1779년   『영국 시인전(The Lives of the English Poets)』을 출간하
         기 시작했다.(1781년에 완료.)

1781년   헨리 스레일의 사망으로 크게 상심했다.

1783년   오랫동안 그를 괴롭혀 온 천식과 수종(水腫)에 마비성
         뇌졸중까지 겹쳐 몹시 고생했다. 12월 새로운 문인 모
         임인 '에섹스 헤드 클럽'을 창설했다.

1784년   7월부터 11월까지 영국의 중부 지방을 여행하고 돌아
         왔다. 피로와 노쇠함으로 건강이 악화되다 12월 13일
         에 사망했다. 웨스트민스터 사원에 안장되었다.

1791년   보즈웰에 의해 전기가 출판되었다.

세계문학전집 **126**

라셀라스

1판 1쇄 펴냄   2005년 10월 15일
1판 21쇄 펴냄   2024년 3월 22일

지은이   새뮤얼 존슨
옮긴이   이인규
발행인   박근섭, 박상준
펴낸곳   (주)민음사

출판등록   1966. 5. 19. (제 16-490호)
서울특별시 강남구 도산대로1길 62(신사동) 강남출판문화센터 5층 (우편번호 06027)
대표전화 02-515-2000   팩시밀리 02-515-2007
www.minumsa.com

ISBN 978-89-374-6126-2 04800
ISBN 978-89-374-6000-5 (세트)

* 잘못 만들어진 책은 구입처에서 교환해 드립니다.

세계문학전집 목록

세계문학전집은 계속 간행됩니다.